Förfall

DDL Smith

Ansvarsfriskrivning

Den här berättelsen är påhittad. Den tar sin näring ur skräcken för övergivna platser och faran i det som lämnas kvar. I centrum finns en övergiven radioaktiv källa – en föräldralös källa.

Sådana källor är farliga. De avger joniserande strålning och kräver största försiktighet. Lyckligtvis är de sällsynta. Modern kärnkraft är något annat. Den är en av våra säkraste och renaste energier. Kraftverken byggs med flera lager av skydd, bevakade av forskare och ingenjörer som ser till att allt förblir säkert.

De tragedier som uppstår när en föräldralös källa lämnas okontrollerad säger inget om kärnkraften i stort. Blanda inte ihop dem.

Den här berättelsen hör hemma i försummelse. Inte i teknikens verklighet.

Contents

Sönder

Kullerstenen höll kvar gårdagens regn. Små pölar blänkte mellan stenarna, björksav spreds långsamt i luften. En tillbucklad Volvo stod vid skolans staket. Färgen hade mattats av snöslask och grusiga vägar. Vänster sidospegel var spräckt. Rost åt sig in längs dörrens nederkant, flagor lossnade från lacken.

Johan lutade mot bilen. Händerna i fickorna, huvudet svagt framåtlutat, som om han lyssnade. Tyngden växlade mellan fötterna. Högerbenet tog mest. Bakom molnen en blek sol, för svag för skuggor.

Han såg äldre ut än tjugoåtta. Inte mycket. Bara nött, som man blir när man slutar jaga fester och försöker slå sig till ro. Stubb längs käken, glesare kring ärret vid hakan. Grå luvtröja, tunn vid armbågarna, sladdrig vid handlederna. Fingrarna valkiga av gammalt arbete pillade på dragkedjan. Som ett barn som inte kan sitta still.

Vinden tog i honom. Inte hårt, men ihärdigt. Drog i jeansens fåll, lyfte grus från vägen. En buss frustade runt ett hörn. Staden låg stilla. För tidigt för folkmassor. För kyligt för att stanna. Försommaren i Östersund kom alltid med tvekan. Storsjön glimmade i fjärran, vid och orörd. Sannolikt fortfarande iskall.

Snön var borta, men vintern släppte inte taget.

Några få gick hem i skuggorna under balkongerna. Rockarna fortfarande knäppta. Hyreshus rena men trötta. Fönster stängda. Inget sipprade ut. Ingen musik. Få röster. Torget tomt. Festivalerna hade inte börjat. Turisterna hade inte kommit norrifrån kusten. Även för en stad i landets tysta mitt var det för stilla. Skolan var inte slut. Barnen fyllde ännu inte gatorna. Johan sneglade mot dörren igen. Blicken slog dit med jämna mellanrum. Sedan sorlet av röster.

Lena sprang ut först. Som ett fyrverkeri.

Hon rusade så fort hon kunde. Bara armbågar och knän, kroppen sprängfylld av energi efter en dag i skolan. Ryggsäcken studsade bakom, klarlila, en rem knuten i blått garn. Klistermärken lossnade i kanterna: rymdkatter, svärdprinsessor, en svamp som en gång glittrat i silver men nu bara tog ljuset i fläckar. Dragkedjan hängde öppen. En papperskrona stack upp som en flagga på reträtt.

Hon bar en jacka med blekta enhörningar på ryggen. Ärmarna för långa, muddarna fuktiga. Under den en bomullströja, alltid nedhasad snarare än instoppad. Leggings tunna vid knäna, lite uttänjda vid anklarna. Genom tyget syntes två plåster från förra veckans vurpa i matsalen. Ett orange med stjärnor. Ett format som en jordgubbe. De satt kvar på benen som troféer från ett okänt fälttåg.

Skorna var omaka och slitna. Den ena såg ny ut, den andra fläckig av torkad lera. Ett snöre knutet ordentligt, det andra instoppat för att inte slå.

I famnen bar hon sin kanin. En gång vit, nu grå av år av kramar. Öronen hängde olika. Hon höll den hårt men varsamt.

Som andra höll matlådor eller vattenflaskor. Något viktigt. Något som måste med överallt.

Håret hade smitit ur morgonens fix. Mörkblont, solblekt i topparna, lockade sig i halvfärdiga spiraler som studsade i vinden. Ramen kring ansiktet blev rufsigt, stycken för stycken. Ljusa fräknar låg tvärs över näsan och kinderna. Fina men tydliga. Som hennes mammas.

Hon fick syn på sin pappa i folkmassan och lyste upp. Leendet slog ut över ansiktet. Hon ropade något han inte hörde och kastade sig fram, en virvel av rörelse och kaninben. Han rätade på sig, ena handen redan höjd i en halv vink, halv kapitulation.

– Hej, pappa! skrek hon och slog armarna om honom i en kram som nästan fick honom ur balans.

– Hej, ungen, mumlade han och fångade henne med armar som inte visste riktigt hur. De höll, lätt, och släppte innan det blev stelt.

Hon backade, händerna på höfterna, ögonen stora och glittrande. – Får vi sova i tält i natt? Packade du marshmallows? Kan vi göra eld? Finns det björnar? Jag hoppas det finns björnar!

Orden kom i en enda andhämtning. Som en tändstift i människokropp.

Johan log snett och skakade på huvudet. – Det var många frågor.

– Nå?

– Eld? Ja. Marshmallows? Självklart. Björnar? Han fnissade åt tanken. – Vi får… hoppas de har annat för sig.

Lena rynkade näsan, spelat besviken.

– Inga björnar? Du förstör alltid det roliga.

– Jag försöker bara hålla dig vid liv, ungen.

Han öppnade bakdörren och höll den för henne.

Hon klättrade in, fortfarande mumlande om björngrottor och marshmallowlagar. Han stod kvar ett ögonblick, höll i dörrkarmen, såg henne lägga sig till rätta. Sådana stunder hade blivit få efter uppbrottet. Hon drog bältet över bröstet utan att någon sa till och började genast berätta ett påhittat äventyr för sig själv.

Han satte sig bakom ratten och startade motorn. – Din mamma borde vara vid huset nu. Planet landade för en timme sedan.

– Tog hon med snacks?

– Jag tror hon tog med sig själv. Det räcker långt.

Lena fnittrade. – Jag hoppas hon packade något med choklad.

När de körde ut från skolans parkering sneglade Johan i backspegeln. Hennes spegelbild såg upp mot himlen genom rutan, munnen fortfarande i rörelse, berättade en saga för molnen. Han lät rösten fylla bilen. Mjuk och kaotisk. Försökte inte tänka på hur tyst det varit utan henne.

Bara några minuter senare var de framme vid Johans lägenhet. Tredje våningen i ett blekgult hus öster om centrum. Litet, men lagom för honom ensam. Gamla tegelväggar, ny isolering. Trappan knarrade som möss när de gick upp.

Det var tyst när de kom in. Inte stilla på ett rogivande sätt, utan som i en bostad som stått tom för länge. Johan stängde dörren. Låset klickade hårt i luften. Inredningen kändes bar. Halvt ordnad. På det sätt man städar när ingen annan ser. En smutsig kaffekopp stod på ett lågt bord, hörnen repade. Under tv:n en gammal stereo som inte längre var kopplad till något. Ytorna saknade mjukhet. Ingen glädje syntes. Rummet möblerat i dova grå toner och slitet furu. En soffa med en filt halvt ihopvikt. Väggarna tomma, förutom två inramade tryck: kartor, inte konst. Exakta, tysta.

Lena släppte skolväskan vid dörren och for rakt mot köket. – Jag tar något sött, sa hon och ryckte upp kylskåpet. – Vi har juice, va? Du har alltid juice.

– Översta hyllan, svarade Johan.

Han gick till hallgarderoben och drog upp dörren med ett stön. Där hängde en smal röd ryggsäck och en låda med spridda småsaker. Reservpinnar till tältet, utgångna batterier, en ficklampa med sprucken lins. Han rotade tills han fann det han sökte: ett halvtomt paket litium-AA. Han skakade på det. Inte perfekt, men tillräckligt för lyktorna.

Han kastade en blick mot vardagsrummet igen och gick listan i huvudet: Karta. Kök. Vattentabletter. Kompass. Sovsäckar.

Resten låg redan packat i bilen.

På soffbordet låg en utskriven resplan.

SAS 070 – Ankomst: 14.45, ARN till OSD.

Stockholm till Östersund.

Hon borde ha kommit nu.

Johan dröjde en stund, vände sig sedan och gick genom den smala hallen in i sovrummet.

Rummet var dunkelt trots eftermiddagsljuset. En gardin halvt dragen, den andra hängde lös från skenan. Kläder låg vikta på en stol, aldrig undanlagda. Sängen obäddad, lakanen vridna och formlösa av vanan att inte användas. På nattduksbordet: en halvläst pocket, ett outnyttjat glasunderlägg, en laddsladd hoprullad som en sovande orm.

Han gick till garderoben. Gångjärnen gnällde när han öppnade. Svag doft av ceder och stillastående luft slog emot honom, minnen av försummelse. Han sträckte sig mot översta hyllan, fingrarna passerade en tröja han inte burit på år, en gammal skokartong med papper han inte klarat att slänga. Till han kände det lena bruna lädret.

Han drog försiktigt ut dagboken. Omslaget mjukt av bruk, hörnen slitna efter månader av daglig hand. Lädret gav en trygg tyngd, ett föremål avsett att bära viktiga tankar, svåra sanningar, ord som inte kunde sägas högt. Han bläddrade planlöst. Raderna fyllda av prydlig handstil, steg för steg genom återhämtning. Vissa sidor tättskrivna, andra glest och tveksamt.

Han suckade lågt och sköt in dagboken i jackfickan. Av vana sträckte han sig efter dörren, men fastnade vid spegelbilden i helkroppsspegeln.

Han såg sig själv tydligt i det dova ljuset. Ögon, gröna och trötta. Så lika Lenas att främlingar alltid påpekat det. Håret mörkblont, ovårdat. Mörkare än förr, hängde ned över pannan. Små linjer syntes i huden, spår han inte mindes från året innan. Fingrarna följde käken, stubbig, som om han försökte känna igen en främling. Kroppen smalare nu, utmagrad av bristande aptit och sömnlösa nätter.

Ett ljud från köket. Lenas skratt. Han ryckte till, blinkade bort självgranskningen. Stängde garderoben, lämnade spegeln och gick tillbaka mot vardagsrummet.

Lena hade klättrat upp på en kökspall. Hon stod på tå framför kylen, båda händerna runt en liter apelsinjuice.

– Vad gör du? frågade Johan.

– Hmm hm hmm umm hmm.

Klunk.

– Jag hittade juicen! sa hon triumferande, fortfarande med läpparna vid kanten.

Johan blinkade.

– Lena, vi har glas.

Hon torkade munnen med ärmen och log. – Ja, men det här går fortare.

Han öppnade munnen för att protestera, stängde den igen. Hon var sju. Om apelsinjuice direkt ur paketet var hennes största uppror den här veckan, fick han stå ut.

Utanför dörren stod Freya kvar längre än nödvändigt. Lukten slog emot henne först. Gammalt kaffe, tvätt som hängt för länge, något örtigt och trött. Hon knackade inte, inte än. Bara stod där med handen mot dörrkarmen, blicken fäst vid den flagande färgen.

Fingrarna slöt sig en gång, sedan stillnade de. Hon hade lovat sig själv att inte notera allt, men hjärnan hann före. Den kantstötta sockeln. En svag fläck på glaset. Ingen dörrmatta. Ingen musik. Ingen mjukhet.

Ingenting hade förändrats. Det var det värsta.

Hon hade inte sett Johan sedan bytet för sex veckor sedan. Han hade sett okej ut då. Bleknad, kanske, men samlad. Det var lägenheten hon oroade sig för. Rummen hade en förmåga att visa sanningen snabbare än ansikten.

Hon påminde sig: ett barn bor här varannan vecka.. Men tanken kändes falsk. Inte med lukten i hallen. Inte med tomheten bakom de tunna gardinerna.

Tummen gled längs väskremmen. Hon rättade till, drog ett långsamt andetag, gjorde sig redo.

Innan nästa klunk hann tas från paketet kom knackningen. Tre snabba slag. Bekant, inte bråttom.

Lena tjöt av glädje.

– Mamma!

Hon hoppade ner från pallen, gled över trägolvet i strumpor och drog upp dörren med båda händerna.

Freya stod där i kvällsljuset. Jeans, tunn jacka. Det mörkblonda håret stramt uppsatt i en knut. Ansiktet spänt av resan, tålamodet tunnslitet. Men leendet när hon såg Lena var utan filter.

– Där är du, sa hon och gick ner på knä för att ta emot kramen.

Lena kastade sig runt halsen på henne. – Du glömde inte!

– Jag sa ju att jag skulle komma, eller hur? Freya strök undan en lock bakom örat. – Hade du en bra dag? Var du snäll mot mormor och morfar?

– Vi ska slåss med björnar och sova på stenar, grinade Lena. – Vill du höra min tältröst?

Freya blinkade.

– Din vad?

– Min tältröst, sa Lena som om det var självklart. – Kom, jag visar!

Hon backade ett steg, vände sig om med armarna utsträckta och svischade förbi sin mamma som ett flygplan. – SAS flight till camping avgår nu! ropade hon. – Första klass!

Johan såg henne försvinna nerför trapphuset. Lenas steg studsade mot väggarna, ebbade bort tills allt blev stilla. Ett milt tryck spände i bröstet. Påmind om hur mycket han saknat de där vardagsögonblicken.

Freya rynkade på näsan. Lukten. Svag, obehaglig. Oundvikligt manlig. Torrt damm, nött bomull, en antydan av något örtigt som en gång varit tvål. Hon gick inte in direkt. Stod kvar vid tröskeln.

Ingenting hade förändrats. Samma slitna möbler. Samma bord, hörnet repat när Lena slagit i det för två år sedan. Samma kartor på väggarna. Ordning, tystnad, opersonligt. Det enda som skilt sig var frånvaron av familjefoton. Ingen värme. Inget liv. Bara väntan. Hon bet sig i tungan. En vana från konferensrum, när hon inte ville visa irritation.

Hon rättade väskremmen, lät fingrarna glida över dörrkarmen. Sade inget. Inte än. Väggarna kändes fortfarande ihåliga. Blicken svepte genom rummet. Inte dömande, bara registrerande. Landade på skänken vid fönstret. Johan följde den automatiskt.

Där stod en billig metallram, inklämd mellan ett läderfodral till en kompass och en skål med mynt.

– Har du kvar den? sa hon, rösten jämn.

Johans käke spände sig. – Glömde att den stod där.

– Du glömmer aldrig saker.

Resten höll hon inne. Att han alltid varit den som höll fast längre. Att det kanske aldrig handlat om henne, bara om formen av något han en gång kallat hem.

Ramen stod kvar där hon lämnat den. Samma plats. Samma vinkel. Ett stilla altare över något oavslutat.

Hon granskade fotografiet som om det kunde förändras av blicken. Glaset hade börjat imma i kanten. Fukt, kanske. Tid. Hennes spegelbild svävade över den yngre hon. Fräknig, kisande i lånade solglasögon. Håret blåste över Johans bröst. Han hade armen runt hennes midja. Den andra handen syntes inte. Troligen höll han Lena. De hade försökt få henne att skratta den dagen, efter att hon skrikit sig hes på båten.

Det hade varit deras tredje årsdag. Eller fjärde. Hon mindes färjan som stannade i fjorden. Hur Johan svor tyst, tillräckligt högt för att Lena skulle härma senare. Hon mindes tältet som knappt stod mot vinden, hörnen nedtyngda med bestick. Hon mindes hur hon vaknade kall fast de låg tätt, som blöt tvätt.

Han hade tagit bilden med självutlösare och för mycket optimism.

Hon hade hatat honom lite när han framkallade den. Han kallade det ett bra minne. Han kallade det bevis på att de varit lyckliga. Att det påminde honom om vad de kunde. Hon tog ett halvt steg mot skänken innan hon hejdade sig. Fingrarna ryckte till. Hon rörde inte ramen.

Hon visste inte vem hon var argast på. Honom, för att han sparat den som om den betydde något. Eller sig själv, för att en del av henne fortfarande ville att den skulle göra det. Värken kom igen, dov i bröstet. Något tystare. Känslan av att de i bilden redan var döda innan slutaren klickade. Tystnaden mellan dem var inte tystnad. Bara minne, väntande på namn.

– Kom du direkt från jobbet? frågade han till slut.

En lång paus. Hon tog ett steg närmare skänken. Ljuset träffade fotot mer nu. Glaset var immigt i ena kanten, ramen böjd där den en gång tappats. På bilden stod de på en sluttande klippa, utsikt över ett mörkblått sund i fjordarna norr om Ålesund. Bakom dem låg vattnet som vikt glas mellan bergen, prickat av måsar.

Tältet låg precis utanför bild. En orange duk, spänt snett i en vind som aldrig gav sig. Freya log på fotot, vinden drog håret över ansiktet, solglasögonen sneda över näsan. Johan höll armen runt hennes midja. Smalare då. Solen i ansiktet. Log som någon som ännu inte visste vad det innebar att se något falla sönder långsamt.

De hade haft med Lena. Fyra år gammal. Hon hade skrikit hela båtfärden men sovit som en sten varje natt i det kalla tältet, varm mellan dem.

Johan stod still, men andningen hakade sig lätt. – Det var en bra resa, sa han. Lågt. Som om väggarna skulle svara om hon inte gjorde det.

– Den dagen vägde inte upp de andra, svarade hon. – Du bär alltid på den version av oss som fungerade. Aldrig resten.

– Kanske för att resten inte var värt att behålla.

Freya såg på honom, blicken skarp.

– Jag vaknade inte bara en morgon och gick. Du försvann långt innan jag packade något.

Johan svarade inte. Fingrarna knöt sig vid sidan, käken ryckte till som något instängt och argt.

Freya andades ut, långsamt. – Du borde städa här. Det känns som om ingen bor i lägenheten.

Ett kort uppehåll. – Kanske gör ingen det.

Hon vände sig mot dörren utan att vänta på svar. Stegen klickade mot trägolvet. Vid tröskeln stannade hon bara länge nog för att ropa på Lena. Sedan försvann hon. Trapphuset svalde ljudet av hennes steg.

Johan stod kvar en stund. Tog sedan upp den sista väskan. Tyngre än den såg ut. Bar den ner.

Duffeln slog mot bagageutrymmet med ett dämpat duns. Sovunderlagen rullade omkull. Johan rättade till dem noggrant, linjerade allt med nästan militär ordning.

Utanför hördes Freya spänna fast Lena i baksätet. Hon pratade oavbrutet om insekter, om den exakta balansen mellan snacks och middagar, om de skulle få sova ute "utan tak den här gången." Johan slog igen bakluckan. Ett hårt, slutgiltigt ljud. Han stod still vid trottoarkanten ett ögonblick. Resan kunde bli lång, men den var för Lena.

De lämnade Östersund strax efter fem.

Staden gled undan i lager. Från hyreshus till träkåkar, sedan öppna fält, till slut tät skog som slukade vägen. E45:an smalnade och slingrade sig söderut, kantad av gran och tall.

I baksätet sparkade Lena av sig skorna och tryckte ansiktet mot rutan, följde träden som flöt förbi som en grön flod.

Freya satt i framsätet, armarna korsade. Solglasögon på trots att solen stod lågt, ljuset kom snett in genom träden och fladdrade över vägen.

Ingen talade på länge.

Johan körde med rutorna öppna en springa. Doften av sav och avlägset smältvatten följde med in. Däckens muller mot ojämn asfalt räckte för att dölja tystnaden, men inte sudda ut den.

– Jobbar du fortfarande deltid? frågade Freya till slut, utan att se på honom.

– Måndag till torsdag. Tio till två. Samma gäng. Vi har fått en ny kille från Åre. Kan inte slipa en kniv för sitt liv.

Freya drog in luft och släppte ut den snabbt. – Självklart. Fortfarande gyllene schema. Kommunen betalar dig för att åka på camping.

– Inte camping, sa Johan. Höll tillbaka smaken av bitterhet i orden. – Avverkning. Några av oss arbetar fortfarande med händerna.

– Jag jobbar med människor, svarade hon. – Det är svårare.

Han sa inget mer.

Lena lutade sig fram mellan sätena, kaninen i famnen som en andrepilot. – Tror ni vi får se renar?

– Kanske, sa Johan.

– Tror ni vi får se troll?

– Troll bor nog mest i tunnlar, svarade Freya och vände sig om
mot baksätet. Lena satt där med skorna av, kaninen i handen, ett
busigt leende i ansiktet.

– Jaha, mumlade Lena. Leendet försvann.

Hon sjönk tillbaka i sätet med en liten suck. Drog upp benen
under sig, som om hon ville krympa sig till en bekvämare form.
Bältet skavde mot nyckelbenet, men hon sa inget. Kaninen, mjuk
på vissa ställen, sträv på andra, låg under hakan. Nosen mot
hennes axel som om den lyssnade på hennes tankar.

Utanför rusade skogen förbi. Stammar, ljus som fladdrade
mellan grenarna. Tallarna susade längs bilen, som om de sprang
med. Som om de ville hålla henne kvar i skogen för alltid.

Hon försökte föreställa sig hur det skulle vara om troll bodde
där. Inte farliga, utan snälla. Med mossiga skägg och sömniga
ögon. Hon såg dem vinka bakom stenarna, dricka te ur kottar,
mumla mjukt om störiga bilar. Hon gillade när det var tyst. Inte
som i skolan. Inte som när mamma och pappa pratade med
röster som is. Den här tystnaden var annan. Mjuk. Grön. Full av
hemligheter.

Hon såg upp mot himlen. Inte dag längre, men inte natt heller.
Ett blått sken, som om solen gått till sängs men glömt släcka
lampan. Så hade det varit länge nu. Även när de kommit hem
sent från simträningen hade himlen inte mörknat. Bara stannat i
mellanrummet.

Hon tänkte fråga varför himlen aldrig blev svart på sommaren,
som på film. Om den riktiga natten skulle komma tillbaka. Men

vuxna gillade inte alltid de frågorna. Ibland svarade de med för långa ord som gick i cirklar. Ibland bara ett "hm" som om de inte hört.

Hon tryckte kaninen hårdare mot hakan. *Jag frågar pappa sen,* tänkte hon. *Pappa vet om träd och eld. Han vet säkert var natten tagit vägen också.*

Vägen låg tyst ett långt stycke. Skuggorna från träden sträckte sig längre över asfalten. Solen sjönk bakom träden, långsam, vilade mot horisonten. Vinden svepte genom skogen i vågor, viskade över takräcket, in genom springorna i rutorna.

Lena satt tyst i baksätet. Kaninen mot kinden. Ena handen ritade osynliga mönster i kondensen på glaset. Då och då mumlade hon något för sig själv. Halvt sång, halvt besvärjelse. Sedan tyst igen.

En liten träskylt for förbi i ögonvrån. **Östnår.** Några hus dök upp mellan träden och försvann lika fort, uppslukade av grönt.

– Jag glömmer alltid hur många småorter det finns här ute, mumlade Freya.

Johan flyttade greppet om ratten, svarade inte. Vägen fortsatte. Ljuset skiftade, fick en gyllene ton. Någonstans mellan Svenstavik och Åsarna öppnade skogen sig kort. En glimt av vatten. En bensinmack i falnat rött. Såg övergiven ut även när den var öppen.

Lena lutade sig fram mellan dem. – Kan vi stanna för snacks?

– Vi har snacks, sa Johan.

– Inte *affärssnacks*, förtydligade hon.

– Nej.

– Ugh.

En timme senare blinkade nästa by förbi. Åsarna. Knappast mer än en prick på kartan. Två hus med sadeltak, kanske en skola, en gul brevlåda. Sedan borta igen, uppäten av grönt. Vägen rullade ut rak och platt en stund, gran och myrmark på båda sidor.

Radion hade stått på sedan Östersund. Johans station, förstås. Ingen pop, ingen prat. Bara en nostalgisk ström av spräcklig trumpet och slö kontrabas.

Sheldon Allman. The Five Stars. Eartha Kitt. Les Baxter. Sångerna lät glada. Texterna gjorde det inte.

Freya sträckte sig fram och vred av. Klicket lämnade bilen i tystnad. Johan släppte inte vägen med blicken. – Varför gjorde du det?

– Det är morbid, sa hon efter en paus.

– Det är nostalgi. Toppen.

Tystnaden blev skarpare när musiken dog. Bara vinden genom rutorna hördes.

Lena vaknade till igen. – Mamma? Vad skulle pappa vara om han inte var trädfällare?

Freya höjde ögonbrynet. – Ett träd?

Johan fnös, dolde det som en hostning.

– Kanske en björn, sa Lena eftertänksamt. – Han är grinig. Han sover mycket… Han gillar fisk.

Johan log trots sig själv. Han och Freya möttes i en blick. Ett snett leende. En antydan om att något mellan dem lättade, om så bara lite.

Framför dem glesnade träden. Vägen sjönk och löpte ett stycke längs röjd mark. På andra sidan fältet, delvis gömda bakom granar, låg ett kluster av halvcylindriska skjul. Rostiga, fläckiga som buken på ett gammalt skepp som ruttnat på land. Den korrugerade plåten blekt av sol och år, lagad med flagnande tejp och brädor spikade i hast för decennier sedan. Dörrarna borta. En gapade öppen, fylld med fuktiga trälådor. En annan höll skelettet av en traktor, däcken spruckna vid fälgen.

– Vad är det där? frågade Lena från baksätet, pressad mot rutan.

– Förråd, svarade Freya utan att titta. – Det var militär här förr.

Johan sa inget. Men ögonen dröjde i spegeln. Former från en annan tid, stående kvar bland nässlor och mossa. Skogen kröp runt dem, tog tillbaka det som glömts. En kråka lyfte från ett av taken, vingarna tunga, försvann över dem.

Långt borta växte ett dovt *dunk-dunk-dunk*. Johan vevade ner rutan en springa. Ljudet klarnade till rotorblad. En gul helikopter flög lågt över trädtopparna, österut över dalen mot älvens kurva.

Freya kisade genom vindrutan. Det gula skenet gled över träden, rotorerna hummade genom glaset. – Ambulanshelikopter, mumlade hon. – Antagligen från Frösön.

Lena vred sig i sätet, ögonen stora. Helikoptern svängde en gång, försvann sedan bakom åsen.

– Kanske någon som är skadad, sa hon tyst.

Freya svarade inte direkt. Motorljudet fyllde tomrummet.

– Kanske, sa hon till slut.

– Eller bara på väg någonstans.

Vägen svängde igen, smal och ojämn. Skogen slöt sig tätare vid varje kurva.

– Avfarten snart, sa Johan lågt, mer till sig själv än till andra.

Freya rätade på sig, spanade mot vägrenen. En blå skylt gled förbi. **Rätanbyn – 500 m.** Under den en vit, solblekt som pekade österut.

– Du kommer missa den.

– Jag kommer inte missa den.

Freya korsade armarna. – Som i Åsarna?

– Vi var redan på rätt väg, muttrade han. – Hur skulle jag kunnat missa den?

Blinkersen klickade. En gång. En gång till. Volvon svängde av, däcken knastrade mot gruset. Träden slöt sig direkt, vägen smalnade till nästan bara en stig. Byn fladdrade förbi: några stugor, en tom busskur, en gul brevlåda solblekt till matt. Försvann på sekunder.

Från baksätet hördes Lena, nu med rastlös ton. – Är vi framme snart?

– Inte än, svarade Johan.

Freya sneglade bakåt. – En halvtimme, sa hon. – Kanske längre, om din pappa tar en ny omväg.

Johan svarade med en höjd ögonbryn. Han var fokuserad nu.

De körde vidare. Marken mjuknade till låga kullar. Skog på alla sidor. Då och då en glimt av sjö eller bäck, ljuset slog till som hägringar mellan grenarna. En räv korsade vägen i ett rus och försvann utan ljud.

En halvtimme gick i svängar och raka sträckor. De passerade en bro över den västra änden av Handsjön. Vattnet öppnade sig på båda sidor, spegelblankt, orörligt. Lena lutade sig mot rutan och följde solens glitter över ytan. Långt borta stod en ensam fiskare i en platt båt, orörlig som en del av landskapet.

Skogen slöt sig igen. Björk bytte plats med gran, sedan tillbaka. En ny blå skylt dök upp: **Strandgårdarna.** Några röda stugor blinkade förbi, halvt dolda bakom gran och högt gräs. Sedan borta.

– Nästa vänster, sa Freya tyst.

– Jag vet, svarade Johan och lade redan foten på bromsen.

Avtaget kom plötsligt. En sänka i vägen, en skarp öppning mellan två lutande träd. Asfalt blev grus, grus blev jord. Några kilometer till, skogen tätare för varje meter. Förbi en sjö. Och en till.

– Här räcker det, sa Johan och stängde av motorn.

De tre klev ur och sträckte på sig. Skogen låg mitt i ingenstans. Utanför allt. Perfekt för att slå upp tält.

Cirkeln

Bilsdörrar slog igen med dova ljud. Skogen svalde dem direkt, gran och björk tätt som väggar. Tystnaden tog allt. Johan stod still en stund, drog ett djupt andetag. Kvällsluften klar och sval i lungorna.

Freya klev ur långsamt, gick runt bilen för att sträcka på sig. Tre timmar i bil efter flyget hade satt sig i axlar och rygg. Hon sträckte armarna över huvudet, ryggraden knäppte på ställen hon lärt sig att inte ignorera. Lena var redan några steg före, studsande på tåspetsarna. Kaninen tryckt mot bröstet som en andrepilot.

De hade bestämt att bara ta ryggsäckarna först. Tälten kunde hämtas när de hittat en plats.

– Håll dig nära, Lena, ropade Freya mjukt.

– Vi går inte för långt än.

– Det är lugnt, mumlade Johan, drog åt remmarna på ryggsäcken. – Här finns ingen. Platsen är vår.

Freya höjde ögonbrynet men sa inget. Hon följde Johan nedför en grund slänt, stegen mjuka i kängorna. Mossan låg tät mellan stenarna, marken täckt av barr. Varje steg försvann innan det landade.

Framför dem for Lena vidare. Ett rus av lockar och rörelse i skymningen, för snabb för tystnaden. Hon tvärstannade vid en murken stam, sedan länge fallit och halvt sjunkit ner i marken. Träet urholkat, ätet av tid. Hyllsvampar ringlade sig i rader, små solfjädrar på rad.

– Det ser ut som en tårta, meddelade hon, inte till någon särskild. Fingrarna svävade över lagren, nära nog att känna strukturen.

– Ät inte skogen, varnade Johan bakom henne.

– Jag tittar bara! kvittrade hon, men fingrarna rörde sig lite närmare ändå.

Freya andades ut, långsamt, blicken svepte över träden. Musklerna höll fortfarande kvar resans spänning.

De passerade en sjö till vänster. En stilla, grund spegel mellan stammar och sten. Knappast större än gläntan de lämnat. Vattnet glasklart, höll en perfekt bild av trädkronorna ovanför.

Lena saktade ner. Hukade vid kanten där svarta flugor svävade över tuvorna. Hon satte ner knät i mossan. Tyget sög åt sig vatten direkt.

– Det är något där nere, viskade hon.

Freya tog ett steg fram, spanade över ytan.

– Det är säkert en pinne till.

– Nej, sa Lena, rösten lägre nu. – Det är... inlindat i något.

Inte rädd. Bara nyfiken. Den där djupa, stilla nyfikenheten barn bär på innan vuxna lär dem tvivel och försiktighet.

Johan gick närmare, kisade mot vattnet. Ljuset föll fel, bröts i ytan. Minsta krusning splittrade spegeln, kastade träden i bitar. Vad Lena sett var redan borta.

– Kom nu, sa han mjukt. – Du hittar fler skatter i morgon.

Lena dröjde en sekund till. Lade handen mot mossan vid knät innan hon reste sig. Strök handflatorna längs benen. Leggingsen klibbade mot huden, fuktiga. Hon såg tillbaka tre gånger när de fortsatte längs stigen. Varje gång kortare.

Vid en krokig björk längre fram fastnade hennes blick på något ljust bland rötterna. Hon vek av igen, drogs dit.

När Freya kom runt kröken såg hon dottern huka vid marken, händerna vilande i blöta löv. Lena viskade.

– Vad gör du?

Lena såg upp. Leendet kom långsamt. Hemligt, som något halvt ihågkommet hon erbjöd.

– Det är ben, sa hon lågt. – Men fina ben. Såna från sagor.

Freyas rygg stramade utan orsak. Det var inga ben. Bara släta, ljusa stenar under löven. Vita mot marken. Luften stod still. Som om någon höll andan. Träden rörde sig inte. Även Lenas röst hade känts dämpad.

– Det är bara stenar, sa Freya mjukt. Inte för att övertyga Lena, utan sig själv.

– Jag vet, viskade Lena och drog fingertoppen över en. Sedan släppte hon den.

De fortsatte. Det kändes som de gått i en halvtimme nu. Lena halkade efter. Lite trött, men mest nyfiken. Hela tiden stopp och start för nya små upptäckter.

Längre fram samlades en svärm flugor över stigen. Lena sprang rakt in i dem och tvärstannade.

– Usch, muttrade hon och viftade framför ansiktet. – Bits svarta flugor?

– Bara om du smakar gott, svarade Johan utan att vända sig, drog åt remmarna på ryggsäcken.

– Jag smakar som morötter, meddelade Lena, fullkomligt allvarlig.

Freya höll tillbaka ett skratt när hon hann ifatt. Stigen böjde av längs vattnet och steg sedan in i tätare skog. Luften ändrades. Kallare, trots dagens värme. Högt ovanför rörde sig tallgrenarna, gnisslade mot varandra i torra viskningar. Marken mjukare här, mossan gav efter under kängorna. Ljus lav klädde stammarna som gamla runor.

Lena stannade igen. Blicken fast i undervegetationen. Två röda svampar stack upp vid foten av en stubbe. Orealistiskt klara i färgen.

– Är de giftiga?

– Giftiga, inte giftiga som ormar. Och ja. Väldigt., sa Johan. – Flugsvamp. Klassiska sagosvampar.

Lena rynkade pannan.

– Så inte röra?

– Inte äta heller.

Hon suckade.

– Naturen är full av regler.

De fortsatte. Stigen smalnade, träden tryckte sig tätare. Insekter surrade i kör, men blev glesare ju längre in de gick. Johan noterade det, sa inget. Lena var för upptagen. Pekade ut krokiga rötter, mönster i barken. Stannade ibland, stilla under en skev björk, lyssnande.

– Jag hör inga fåglar längre, sa hon lågt.

Freya såg sig omkring.

– Det fanns vid sjön.

– Men inte här, mumlade Lena. – Gick de vilse?

Johan log, men blicken gled bort. Ögonen svepte trädlinjen om och om.

De gick vidare i tystnad. Bara ljudet av kängor mot barr, kvistar som knäcktes under vikt.

Efter några minuter glesnade träden. Johan stannade, nickade framåt mot ett sken mellan stammarna.

– Andra sjön där framme. Kanske en bra plats.

Lena sprang före, kaninen i handen.

Och så öppnade skogen sig. Utan förvarning. Ena stunden skuggor och stammar. Nästa – himmel. Vattnet låg stilla i en sjö intill, inramad av sten täckt av grön lav. Ingen krusning.

Inga fåglar ovanför. Inga flugor.

Lena saktade in, ögonen smala.

– Var tog alla insekter vägen?

Johan lutade huvudet, lyssnade.

– Kanske gillar de inte platsen, sa han, rösten lägre nu. Tonen så pass annorlunda att Freya märkte det.

Ingen svarade.

Stigen smalnade och sjönk svagt. Mossan tjocknade under fötterna, mjukare än matta, höjde sig mellan rötterna i kuddar. Träden stod jämnt utspridda. Ovanligt jämnt. Som om någon ordnat dem för länge sedan och de accepterat sin plats.

Lena flämtade.

– Där!

Hon sprang igen. Fötterna viskade mot mossan, lockarna studsade. Freya ropade efter, men rösten dog platt. Slukad. Johan gick förbi henne, vidare framåt.

En glänta. Nästan rund.

Bar jord i mitten, orörd. Ingen mossa. Inga rötter. Inget gräs. Marken sluttade lätt inåt, som om något tungt en gång pressat ner där.

Ovanför öppnade grenarna sig i en perfekt cirkel. Söderut, genom en smal öppning i träden, glimmade sjön mellan stammarna. Vattnet där ute. Vaktande.

Johan klev in i det öppna. Stannade.

Värme steg genom kängorna. Som solvärmd sten. Han hukade, lade handflatan mot jorden. Den var varm. Inte sommarvarm. Inte solvarm. Något annat.

– Det är varmt här, sa han, mer till marken än till någon annan.
– Geotermisk spricka kanske. Perfekt för att hålla kylan borta i natt.

Värmen mild, behaglig.

Freya följde långsamt efter, ögonen sökte av gläntan. Hon strök armarna med händerna, som för att mota en kyla Johan inte kände. Hon svarade inte. Blicken låg på Lena, som redan cirklade runt kanten.

Hon satte sig på knä, lade handen mot marken som Johan. Kaninen hängde i andra handen. Leendet brett, ögonen lysande av förundran. Hon hoppade nästan genast upp igen, sprittande av iver.

– Kan det här bli min borg, pappa? frågade hon, ögonen stora. – Kan jag sätta mitt tält just där?

Hon pekade några meter bort, mot öppningen. Johan nickade, ett svagt leende drog över ansiktet. – Självklart, älskling. Bästa platsen i hela skogen.

Freya svarade inte direkt. Hon såg på Johan. Ögonen smala, inte arga. Mer som om hon vägde något.

Till slut suckade hon. – Okej då, sa hon mjukt och kastade en blick mot stigen. – Vi börjar innan ljuset försvinner.

Johan vände sig om, borstade händerna mot jeansen. – Jag hämtar tälten. Är strax tillbaka.

Han försvann in bland träden utan att se sig om.

Lena snurrade långsamt runt, armarna ut som vingar. Lockarna fångade solljuset som föll ner genom öppningen.

Freya klev ut på den bara jorden. Kängorna lämnade grunda avtryck i dammet. Hon hukade, strök med fingrarna över ytan. Den var varm. Inte solvarm. Något annat.

Lena hade redan börjat bygga. Hon samlade kvistar, lade dem i en rektangel, drog fram stenar till hörn. Hon pratade lågt för sig själv medan hon arbetade. – Den här sidan är dörren. Den stenen är bordet. Kaninen får hörnet så han ser allt.

Freya lät blicken vandra. Träden stod i cirkel, för jämnt för att vara naturligt. Ingen fågelsång. Inte ens flugor. Bara ett avlägset sus, men inte här.

Hon satte sig till slut, lutade sig bakåt på händerna, benen sträckta framför sig. Ryggen värkte efter vandringen och flyget. Nacken stum efter timmar i bilen.

– Är du okej, mamma?

Freya blinkade.

– Bra, älskling. Bara trött.

Lena återgick till sitt bygge. Helt uppslukad. Den där totala koncentrationen barn får när världen för en stund hänger ihop.

Minuterna gick. Blev till en halvtimme. Freya märkte att hon såg mer på dottern än på träden. Hur noggrann hon var. Hur målmedveten. Som Johan en gång varit, innan allt böjde sig ur form.

En liten klunga svampar växte vid foten av en gran. Freya såg på dem, rynkade pannan. Bleka, runda, placerade för jämnt. Hon lutade sig bakåt i stället, slöt ögonen. Andades.

– Tror du att det alltid sett ut så här?

Hon öppnade ögonen igen. Lena stod bredvid. Händerna smutsiga av jord, kaninen under armen.

– Hur då? frågade Freya.

– Här. Allt i cirkel.

Freya tog sin vattenflaska, drack innan hon svarade.

– Antagligen. Skogen växer konstigt när ingen ser.

Lena nickade, som om det var självklart. Sprang iväg igen, fortsatte sitt bygge.

Tystnaden lade sig. Djupare nu.

När Johan kom tillbaka hördes bara stövlarna mot marken i kanten av gläntan. Tälten slängda över ena axeln.

Lena sprang emot honom.

– Du kom precis i tid! Vi har ritningar nu.

För Johan var lägret rutin. Han hade slagit upp tält förut. Rörelserna blev precisa, vana. Han rullade ut tälten och la dem noggrant över den bara jorden. Varje öppning riktad mot värmen i mitten.

Lena hjälpte ivrigt. Hämtade tältpinnar, tryckte ner dem med små händer. Marken ojämn. Torr och hård. En pinne böjdes när hon försökte slå in den med en sten.

– Så här, pappa? flämtade hon, höll den i en vinkel som aldrig skulle hålla.

– Nästan, sa Johan och satte sig bredvid. Han rättade henne inte genast. Lät henne försöka en gång till. När pinnen började vackla lade han handen över hennes.

– Så. Vrid lite. Tryck rakt ner, sen vinkla.

– Så här? frågade hon ansträngt.

– Perfekt, svarade Johan varmt, pressade pinnen långsamt ner i marken. – Du är en naturbegåvning, ungen.

Lena strålade. Glädjen for ut ur henne när hon sprang upp, rusade mot högen med tältpinnar och greppade fler. Kängorna dunsade mot den bara jorden, jackan fladdrade bakom som en mantel. Hon var uppslukad av uppgiften.

Freya sysselsatte sig tyst. Packade upp, ordnade maten och utrustningen med noggrann hand. Lade ut kastruller, staplade tallrikar, ställde kylaren bredvid. Men blicken gled hela tiden. Inte mot arbetet. Mot det orange tältet när Johan vecklade ut tyget över marken.

Det fladdrade till i vinden. En bränd färgton, blekt nu. En dragkedja fastnade halvvägs. Johan ryckte till, muttrade. Freya stod still. Det tältet. Samma som i Norge. Samma resa som fanns på fotot i hans lägenhet. Vinden hade vrålat genom fjorden den natten, dränkt även Lenas gråt. Tältet hade inte hållit då heller. Johan hade knutit det i en klippa skosnören för att det inte skulle flyga bort.

Hon hade inte tänkt på den resan på månader. Freya blinkade, återvände till uppgiften. Fällde upp en tunn skärbräda, lade den prydligt bredvid en fällkniv.

Lena gav ifrån sig ett frustrerat ljud. En av pinnarna hade lossnat. Hennes *halvresTA tält* föll bakåt. Hon stirrade, förvirrad, sparkade till. Bara damm över kängorna.

– Behöver du hjälp? frågade Freya.

Lena tvekade, stoltheten brann till.

– Jag hade det.

Freya log och gick fram.

– Jag vet. Men tält är knepiga. Som människor... de håller inte alltid när man vill.

Johan såg upp vid de orden, sa inget. Slog till ett hörn av tältet, vände sig mot sin packning igen.

Tillsammans fick Freya och Lena det lila tältet på plats. Varje gång Lena fumlade rättade Freya till. Varje gång Freya hjälpte för mycket drog Lena undan. Men till slut stod tältet stadigt. Litet, trotsigt, mitt i gläntan.

– Inte dåligt för första gången, sa Freya och borstade barr från knäna.

– Jag ska sova med fliken öppen, sa Lena stolt. – Så att drakarna ser att jag är snäll.

Freya skrattade, kort men äkta.

– Bara låt inte myggen se.

– Jag såg inga, sa Lena eftertänksamt. – Bara vid sjön.

Freya dröjde en stund, såg sig omkring, nickade sedan. Gläntan var tystare än den borde. Stillastående. Perfekt för en campingtur. Hon fortsatte packa upp lyktor, kontrollerade batterierna metodiskt. En praktisk motvikt till Lenas sorglösa iver.

– Tror du vi behöver en extra filt? frågade Freya lågt medan hon vek upp sovsäckar och staplade dem i ordning.

Johan skakade på huvudet, såg åter mot mitten av gläntan.

– Med värmen där borde vi klara oss. Den verkar stabil.

Freya nickade, men ögonen smalnade en aning. Inte övertygad. Lena märkte inget. Hon studsade mellan dem, redan mitt i planerna för sin borg. Kaninen släpade efter henne som en trogen följeslagare på ett stort äventyr. Hon fyllde luften med prat om riddare och slott, drakar och magiska vänner.

– Pappa, tror du det bor drakar i skogen? frågade hon plötsligt, allvarlig, ögonen stora. Ett busigt leende gömde sig bakom frågan.

Johan log mjukt, satte sig på huk framför henne.

– Bara de snälla. Kanske kommer de i natt och säger hej.

Lena tänkte efter, log brett och fortsatte sitt bygge, mumlande om drakvänner.

När den sista tältpinnen klickade på plats steg Johan tillbaka, torkade händerna mot jeansen. Han granskade lägret. Lenas lilla lila tält lyste mitt i gläntan. Tyget skar mot de dova jordfärgerna. Vid sidan stod ett nytt, mörkblått tält åt Freya och det gamla orange åt honom själv. Slitet nu. Större än han behövde. Extra utrustning staplad i hörnet.

Värmen under marken gav trygghet medan skuggorna växte. Johan tillät sig en sekunds stilla tillfredsställelse.

– Det här är perfekt, sa Lena lyckligt och satte sig med korslagda ben vid öppningen. Hon kramade kaninen hårt, ögonen glänste av förväntan. – Vi borde stanna här för alltid.

Johan mötte Freyas blick. Ett kort ögonblick av värme mellan dem.

– Kanske inte för alltid, sa han mjukt. – Men några dagar kan bli bra.

Freya sträckte på armarna, såg mot det bleka ljuset ovanför träden.

– Okej, sa hon. – Ska vi äta innan det skymmer får vi börja nu.

Johan rätade på sig med ett stön, borstade händerna rena.

– Hjälper du mig med elden? frågade han Lena.

Hon flög upp på fötter.

– Ja! Får jag tända med tändstickorna?

– Vi börjar med stenarna, sa Johan och gick mot kanten av gläntan. – Tändstickor sen. Eld är mer än en gnista, älskling.

Freya såg dem gå. Johan pekade mot träden, förklarade lågt. Lena nickade högtidligt, sprang sedan in i riset med den där målmedvetenheten bara barn har. Freya skakade på huvudet, ett svagt leende drog förbi trots sig själv, och hon vände tillbaka till packningen.

Johan kom tillbaka till mitten av lägret med stenar. Han började lägga dem i ring, släta bitar i sänkan mellan tälten. Tyst arbete. Samtidigt tog Freya fram korv och konserver.

Lena dök upp igen, händerna kupade kring en hög småsten. Hon föll ner på knä bredvid honom, jeansjackan dammig, knäna fläckiga av löv och jord.

– Såna här? frågade hon och höll upp en bit sprucken granit.

Johan skakade på huvudet, knackade på ringen framför sig.

– För spröd. Spricker i värmen.

Hon frustade, reste sig, borstade händerna mot leggingsen.

– Jag ska hitta en bra.

– Leta efter en slät, ropade han efter.

Hon var redan borta, försvann mot skogsbrynet.

Freya stod vid öppningen till det orange tältet, armarna i kors, en liten rynka mellan ögonbrynen.

– Hon är envis, sa Johan utan att se upp.

– Det har hon alltid varit. Freyas röst mjuk, men med ett stråk av distans. Hon återgick till maten.

Johan la till en sten, justerade den en aning. Inte nödvändigt. Men det gav tyngd i tystnaden. Han kände Freyas blickar ibland. Som om hon såg på en främling hon nästan kände igen. Ännu inga ord. Ännu inget bråk. Det var åtminstone något.

– Fann en! ropade Lena efter några minuter och kom tillbaka, triumferande, stenen höjd över huvudet.

Den var slät och grå, formad som en flodsten men torr. Hon räckte den till Johan. Han vände den i handen.

– Den är lite varm, mumlade han.

– Den låg i solen, sa Lena, som om det förklarade allt.

Han gav tillbaka den.

– Perfekt till ringen.

Hon såg på den, kramade den sedan mot bröstet.

– Fast… jag tror jag vill behålla den.

Johan höjde ett ögonbryn.

– En sten?

– Det är inte bara en sten, sa Lena allvarligt. – Hon heter Pebble.

Freya såg upp.

– Du gav den ett namn?

Johan skrattade lågt.

– Okej. Ingen eld för Pebble då.

Efter några turer med Lenas stenlass låg eldstaden klar. Ringen lite sned, lite improviserad, men stadig. Johan la den sista stenen med en tyst tillfredsställelse.

Han sneglade mot träden. Lena satt hukad vid en fallen tall, drog i något mellan bark och rötter.

– Vad har du hittat? frågade han.

Hon såg upp, triumferande. Fingrarna klibbiga, glänsande bärnstensguld.

– Sav! ropade hon. – Kladdigt! På en pinne!

Johan gick dit, satte sig bredvid, knep mellan tumme och pekfinger.

– Bra kåda, sa han. – Perfekt för eld.

– Som draklim? frågade hon, ögonen stora.

– Precis, log han. – Drakarna använde det för att andas eld. Så har jag hört.

Lena strålade när han visade henne hur kådan skulle tryckas in i en barkbit. Hon följde honom tillbaka till stenringen, stegen lätta trots skymningen. Fingrarna glittrade i ljuset. Hon viftade dem som magi.

Johan byggde härden metodiskt. Torra kvistar underst. Kluven tändved ovanpå. Barkbiten med kåda nära mitten, som ett hjärta.

När han slog tändstickan brann den direkt. Ingen seg, fuktig tvekan. Bara ett snabbt fräs. Lågan slickade kådan, tog i björknäven, växte till ett dovt orange andetag.

Ett mjukt fräs, följt av ett rent *whoompf.* Värmen spred sig, glöden kastade ljus över gläntan. Lena klappade tyst, fortfarande med Pebble i famnen.

Freya kom fram. Ansiktet outgrundligt, men rörelserna mjuka. Hon delade ut papptallrikar, höll fingrarna undan från lågan.

Middagen enkel: färdigmarinerade korvar i folie, grönsaker på tunna pinnar, några skivor bröd. Limporna hade tryckts platta under resan.

– Glöm inte, jag ska rosta marshmallows sen, sa Lena och höjde påsen med båda händerna som en skatt.

Freya log svagt.

– Du måste äta något riktigt först.

– Jag gör ju det! svarade Lena och rev loss en brödbit med tänderna, fnissande.

Johan vände korvarna på gallret över elden, räckte henne en pinne.

– Håll den över värmen. Inte i lågan. Låt den rostas.

Lena följde noga, tungan ute i koncentration.

Freya satt mittemot Johan, benen i kors, gnuggade handflatorna som för att skaka av sig resans tyngd.

– Du har alltid gillat dina små projekt, sa hon och nickade mot stenringen.

Johan ryckte på axlarna.

– Eld förtjänar respekt.

Freyas mun drog till, nästan ett leende.

– Du var alltid mer romantisk än jag.

– Jag är inte romantisk, sa han och räckte henne ett foliepaket. – Bara noggrann.

– För vissa är det samma sak.

De åt utan mycket prat, men inte i tystnad. Elden knäppte jämnt. Värmen steg både från marken och lågorna, tröstade dem i sitt sken.

När de sista paketen lagts åt sidan reste sig Lena tvärt, marshmallowpåsen höjd som en helig gåva. Ansiktet redan kladdigt, men energin bara växte.

– Får jag göra den första? frågade hon, utan att vänta på svar. Hon rev upp plasten, höll upp en vit, mjuk bit mellan tumme och pekfinger.

Johan räckte henne en ren pinne.

– Om du kan hålla den stilla.

– Jag är jättestill, sa hon och tryckte marshmallowen på spetsen med för mycket kraft.

Freya drog sin stol närmare elden, tog påsen och plockade ut en åt sig själv och en åt Johan utan att fråga.

Lågorna vred sig långsamt, gyllene och låga. Fladdrade över träden och tälten. Kvällen hade djupnat till en tystnad som lade sig som dimma.

Lena satt hukad vid elden, ögonbrynen hopdragna i full koncentration.

– Inte i elden, va?

– Precis ovanför, sa Johan. – Låt värmen göra jobbet.

Hon justerade greppet, tungan stack ut i koncentration. Pinnen darrade i små händer. Freya lutade sig tillbaka, såg på lågorna istället för dottern.

– Du tar marshmallows på allvar.

– Hon har det från dig, sa Johan.

Freya log snett.

– Tror du jag lärt henne det?

– Struktur. Precision. Höga marshmallowkrav.

Lenas marshmallow tog fyr ändå. Lågan slog upp orange, hon pep till och blåste som om livet hängde på det. Johan tog pinnen, blåste snabbt och skalade av det brända lagret.

– Jag gillar den så, sa Lena och slet tillbaka den, stoppade i munnen med glädje.

– Självklart gör du det, sa Freya och räckte Johan en till. – En omgång till?

De satt så en stund. Lät rytmen bära dem, mjukare än samtal. Marshmallow för marshmallow byggdes ett stilla ögonblick. Den sortens tystnad som bara finns när ingen försöker fylla den. Elden knäppte, sprickorna lyste. Stjärnorna började synas högt ovanför.

Till slut sjönk Lena mot Freya, ögonen fortfarande mot elden. Såg den dansa långsamt, trött. Ett tungt blinkande av sömn.

– Jag tror det är dags, sa Freya och drog fingrarna genom hennes lockar.

Johan nickade, reste sig, borstade av händerna mot byxorna.

– Behöver du hjälp med dragkedjan?

– Jag har det, sa Freya och reste sig långsamt. Tog Lenas hand i sin. Rösten svalare igen, kvällen tillbaka till verklighet. – Kom nu, lilla glöd. Dags att sova.

Lena mumlade trött, men följde. Kaninen och Pebble hårt i greppet. De steg in i det lila tältet. Freya höll upp fliken medan Lena kröp in och föll ner på sovsäcken med dramatik. Hon la kaninen vid kudden, stack in Pebble under kanten på sovsäcken som en följeslagare.

Freya satte sig på knä bredvid, slätade sovsäcken, strök undan en lock från pannan.

– Bekvämt?

Lena nickade, men ögonen lyste fortfarande.

– Mamma… kan du berätta en saga?

Freya tvekade.

– Vad för saga?

– Mormor berättade om Vittra en gång. De som bor under jorden. Kan du dem?

Freya blinkade, överraskad.

– Mormor berättade om Vittra? Det är en gammal historia…

Hon kastade en blick mot det mjuka orange skenet från elden utanför. Sedan satte hon sig tillrätta bredvid dottern, sänkte rösten till en viskning.

– För länge sen, långt innan vägar och radiomaster, fanns Vittra. De bodde under skogarna och åkrarna, nära trädens rötter och stenens ådror. De var inte som vi. De hade egna stigar. Gömda. Såna bara vilda ting minns. Små gångar under mossan, tunnlar genom berget. Osynliga, om man inte lyssnade mycket, mycket noga.

Vittra tycker inte om att bli störda. Därför brukade folk på gårdarna alltid viska "Se upp!" innan de hällde ut hett vatten, kastade skräp, eller gick på toaletten i skogen. En varning. Inte för människor, utan för Vittra. Så de hann flytta undan. Så de inte blev brända, störda, trampade på av misstag.

För glömde man att varna dem… då glömde de inte dig.

De skadar inte av ondska. De bara… minns. Och ibland, när de blivit felade, för de med sig sjukdom. Inte feber och snuva, utan en långsam trötthet. En känsla som inte går bort. Som om världen ser på dig. Som om dina drömmar inte längre är dina egna.

Men är man vänlig mot dem, om man respekterar deras platser och inte för oväsen i deras skog, lämnar de en i fred. Ibland hjälper de till. Det finns historier om bönder som satte ut gröt eller grädde om natten och djuren hölls friska. Eller barn som gått vilse i skogen och hörde röster i vinden som visade vägen hem.

Men de hjälper bara dem som minns. Så om du någon gång hör något viska under fötterna, eller känner värme i marken när solen inte skiner... bli inte rädd. Säg bara "Se upp." Och mena det.

Freya såg ner på Lena. Hon sov redan. Ett mjukt leende, sedan reste sig Freya och drog igen tältet försiktigt bakom sig.

Elden hade sjunkit till en glöd. Johan satt vid kanten av cirkeln, axlarna framåtböjda, följde lågornas flämt mot trädstammarna. Högt ovanför hade himlen inte mörknat, bara bleknat. En tunn indigoslöja som vägrade ge plats åt natt. Trädkronorna försvann inte i skuggor som längre söderut. De låg kvar i silhuett, skarpa mot ett ljus som höll sig envist kvar.

Johan tittade upp en stund, kisade.

– Hon sover?

– Mm.

Freya drog stolen närmare, satte sig igen, gnuggade handflatorna som om värmen plötsligt försvunnit. Johan dröjde en sekund till, böjde sig sedan ner efter något i ryggsäcken. Den slitna boken, läderklädd, ryggen mjuk av användning. Freya sneglade, vände bort blicken. Han förklarade inte.

Han reste sig, gick långsamt mot kanten av gläntan. Marken fortfarande varm under fötterna. En värme som steg ur jorden själv. Han passerade träden, följde sänkan ner mot sjön.

Vattnet låg stilla och silverblankt. Ingen vind. Ingen rörelse. Timmens andlösa tystnad mellan dagar.

Han satte sig vid stranden och öppnade boken. Sidorna glödde svagt i skymningen. Himlen blå, obeveklig. Här uppe syntes inga stjärnor, inte på månader. Bara ett ljus som vägrade dö.

Han höll pennan stilla. Började skriva.

Lena verkar lycklig. Freya också, tror jag. Det känns tungt, men jag klarar mig.

Han stannade. Lyssnade. Eldens knäppande hördes långt borta. Inget annat. Ingen vind. Inga ugglor. Ingen rörelse i snåren. Bara tystnad. Tung och hel.

Han slöt boken, drog tummen längs ryggen. Reste sig, borstade av jeansen och gick tillbaka mot gläntan.

När han återvände hade Freya redan dragit igen dragkedjan i sitt tält. Han gjorde detsamma. Dagen hade åtminstone verkat lyckad.

Inneboende

Pappa! Pebble har fått ögon!

Johan möttes av Lenas gälla röst. Han gnuggade sig i ögonen, försökte vakna ur sömnen, och fick en sten tryckt mot ansiktet. Stenen från kvällen innan. Nu med plastögon klistrade snett och ett darrigt leende ritat med tusch.

Han puttade undan den för att kunna fokusera. Lena stod i tältet. Freya är också redan vaken. Några färgpennor och pysselsaker hade packats med.

– Visst är ögonen fina, pappa! tjöt Lena, innan hon rusade ut igen mot sin mamma.

Johan satt kvar en stund. Drog handen över ansiktet, gäspade. Solen hade varit uppe i timmar, fast klockan bara var halv åtta.

Blekt ljus silade ner genom grenverket och ritade streck över tältduken. Han satt still och lyssnade. Fåglar, långt borta. Inga mygg. Inga bett. Bara Lenas fnitter och ett gällt pip ibland, där hon och Freya redan fixade frukost.

Dragkedjan hakade sig halvvägs innan den gled ner med ett motvilligt fräs. Han klev ut. Morgonluften bet svalt mot huden. Kängorna blev fuktiga av marken. Eldstaden pyrde ännu, glöd gömd bland stenarna. Värmen höll sig längre än den borde.

Han gick bort till de andra vid deras lilla läger.

Freya log kort som hälsning, men sa inget. Håret löst framtill, en lock fast i kragen. Hon rörde i en mugg med en sked som klirrade ojämnt. Kylväskan stod halvöppen vid fötterna, redan täckt av kondens.

– Vi äter marshmallowflingor, meddelade Lena. – Men inte riktiga marshmallows. De fejkiga, mjuka. Så det räknas som frukost!

– Du äter bara de färgglada bitarna, sa Freya torrt, halvt till Johan. – Resten lämnar hon till myrorna.

– De måste också äta, kvittrade Lena. Sedan gäspade hon, plötsligt och länge.

Johan såg på henne, lite för långsamt. – Sov du bra?

Hon nickade, men rörelsen seg. – Jag tror Pebble pratade i natt, mumlade hon. – Hon gillar inte kalla fötter.

Johan och Freya möttes i en blick. Ingen av dem sa något.

Frukosten: flingor och mjölk, hämtad ur Johans förrådstält. Tre campingstolar stod runt den släckta elden från kvällen innan. Träet var fortfarande varmt i den kalla morgonsolen.

Johan rörde vid en stock och rynkade pannan, men lät bli att kommentera.

De satt en stund och pratade om dagen. Lena ville bygga ett torn av kottar. Freya ville gå leden runt den andra sjön. Johan deltog mindre. Han rörde om i muggen planlöst, skeden slog mot kanten. En gång. En gång till. Som en taktpinne ur rytm.

– Jag vill se en drake idag! ropade Lena och sträckte armarna i luften. Skålen höll på att flyga iväg.

– Kanske inte en drake, älskling… men en ren? sa Freya med ett snett leende.

– Toppen!

Snart var flingorna uppätna. Johan såg inte ut att vilja vandra än. Till Freyas missnöje stannade han kvar. Satt kvar, tyst, nästan sur.

– Får Pebble följa med, mamma?

– Självklart, älskling.

Pebble stoppades i fickan framtill på de blå jeansen. Lena började springa redan innan svaret landat, ivrig att komma iväg.

– Kom ihåg sköna skor, Lena. Det blir mycket att gå, påminde Johan medan han samlade ihop plastskålarna från frukosten.

Lena rusade iväg som en pil, dök huvudstupa in i tältet. Kom ut igen i sina skinande vita sneakers, drog i Freya som om de skulle gå direkt. Johan gick bort mot sjön med skålarna för att skölja ur dem. Han sa inget. Lät Freya och Lena gå åt andra hållet, in i skogen.

Lena studsade framför, småsprang och hoppade, morgonens

energi outtröttlig. Freya gick bakom, långsammare. Kroppen trög utan kaffe, utan värmen från ett hus. Lenas steg slog i små ryck: korta sprinter, plötsliga stopp för att granska ett blad eller en sten.

Luften var ännu kylig men solen steg. Dammpartiklar dansade i strålarna, svävande som pollen. Skogen luktade fuktig och levande. Mossa och våt bark, med en ton av bär någonstans längre bort.

Freyas kängor mjuka i mossan. Fågelsång nära igen, ett ljud som saknats vid lägret. En lövsångare visslade till vänster. Högt ovanför ekade en trast en gång genom grenarna, sedan stillhet.

De fortsatte norrut i fem minuter till. Stigen knappt en stig, bara en avbruten linje i vegetationen, nött av rådjurens spår. Kvistar knäppte svagt under sulorna. Lenas skor redan smutsiga i kanterna. Hon brydde sig inte.

– Ooh! Insekterna är tillbaka!

Hon hukade plötsligt, balanserad på tå, blicken fast vid en grön fläck där en röd prick darrade i vinden.

– Det fanns inga insekter vid lägret, sa hon, ögonen stora. – Kanske bor de här i stället.

Freya lutade sig fram över dotterns axel.

En nyckelpiga. Liten och blank. Tre svarta prickar som bläckstänk över rött. Den höll sig fast vid en skör bladkant. Färgen lyste orimligt klar mot de urblekta gröna tonerna i marken.

– Mamma, titta! En nyckelpiga!

Freya log.

– Hon är fin.

– Hon är en prinsessa, rättade Lena.

De stod kvar en stund, följde den lilla varelsen när den tog sig upp längs den darrande stjälken. Sedan vred vinden sig. Nyckelpigan lyfte. Ett rött flimmer som försvann mellan träden.

De gick vidare.

Vid middagstid kom hungern. Lena var först att säga det, handen mot magen, blicken framåt på stigen som om maten fanns där.

Solen stod högt nu, ljusa strimmor silade ner genom björkarna. Marken sjönk i en grund sänka, en naturlig paus i leden. En fallen stam låg tvärs över, barken halvt borta, blekt trä blottat i spruckna remsor.

Freya hörde magen kurra. Dags för lunch. De satte sig på stammen.

Hon släppte ryggsäcken med ett lågt stön, rullade axlarna, öppnade dragkedjan. Ur kom en plastlåda, mackor prydligt inlindade i smörpapper. Brödet höll formen ännu.

En med tjock skinka och ost till Lena. Hon log svagt, korsade benen, vecklade upp försiktigt.

Freya tog en rågmacka med smör och inlagd gurka. Den skarpa doften steg. Lena gav samma blick som alltid – halvt roat förakt.

– Du är så konstig, muttrade hon.

Freya ryckte på axlarna. Sedan kom chipsen.

Affärssnacks, som Lena kallade dem. Dill i grön påse, Freyas val.

Sourcream i blå, Lenas favorit.

Påsarna sprack öppna med skarpa prassel. Ljudet stack genom tystnaden, fick en ekorre att kasta sig uppför närmaste stam.

Freya åt långsamt, ögonen gled mellan tuggorna mot dottern. Lena åt halva mackan. Lade den mot knät. Tuggade en bit till. Lade ner igen. En till, sedan stopp. Blicken vandrade ut i skogen, som om hon försökte minnas något hon glömt. Fingrarna slaknade om smörgåsen tills den låg still i knät.

Freya svalde, lutade sig fram.

– Ät upp, älskling. Vi har en bit kvar tillbaka.

– Jag vet… sa Lena. Rösten osäker, blicken suddig.

Freya såg noggrannare. Hållningen annorlunda. Axlarna lätt böjda. Ingen studs i ryggen. Kinderna röda fast vinden var sval. Hon klagade inte. Bara såg bort, längre in.

– Är du säker på att du mår bra? frågade Freya mjukt.

Lena blinkade långsamt, vred blicken tillbaka.

– Ja, jag bara… – Hon stannade. Stirrade framåt. – Jag tror jag är mätt redan.

Mackan låg kvar, halväten. Freya pressade inte. Hon räckte över vattenflaskan. Lena tog en klunk, ställde ner den utan tanke.

En skalbagge kravlade upp på stocken mellan dem. Lena petade bort den med fingret. Ingen fniss. Inget nytt namn på insekten.

– Varför följde inte pappa med?

– Han surar nog, älskling.

***

Tillbaka i lägret satt Johan ensam. Den bruna läderboken vilade mellan händerna, tryckt mot bröstet som något viktigt, fast orden ännu inte funnits. Efter en stund öppnade han en tom sida. Pennan rörde sig trögt, motståndet större än stillheten runtom.

Det har varit svårt idag. Jag ville inte gå på vandring med Freya och Lena. För mycket på en gång. Att vara nära henne igen efter allt... det ligger kvar i luften.

Han stannade. Stirrade på orden som om de kommit någon annanstans ifrån. Andningen fastnade. Han slog ihop boken hårdare än nödvändigt. Ljudet skar genom tystnaden. *Det här är dumt*, var allt han kunde tänka.

Han hade inte rört lunchen. Magen stod emot. Inte äckel, bara ovilja. Aptiten hade inte kommit tillbaka sedan frukost.

Boken låg i knät. Ögonlocken tunga. Solen hade letat sig längre in i gläntan. Eldstaden stod orörd, men värmen fanns kvar i stenarna efter morgonens pyrande. Tröttheten blev tyngre ju längre dagen gick.

Han sträckte sig, rättade till hörnet på filten vid tältet. Lade den prydligt igen, utan tanke. Sedan lade han sig långsamt ner, armarna bakom huvudet. Kroppen sjönk i marken.

Solen värmde över bröstet. Ovanför drog vinden långsamt genom grenarna. Ljudet liknade något. Vågorna mot en brygga, kanske.

Han lät ögonen falla. Bara en minut. Sömn kom som den gör när trötthet vägrar erkänna sig själv. Som vatten genom en spricka i glas. Det sista han mindes var doften av gammal kåda.

***

Några kilometer norrut, på väg tillbaka, gick Freya och Lena långsamt hemåt. Dagen lutade mot kväll. Marken reste sig i mjuka ryggar, bröts av grunda myrar där vassen stod stilla som trötta vakter. Freya följde de torrare kanterna, stövlarna lämnade avtryck som fylldes med brunt vatten.

Lena gick bakom. Inte längre skuttande. Kroppen tung, stegen släpande. Hon hade plockat upp en pinne och drog den genom riset, nynnade en tonlös melodi.

Även insekterna var färre här. Någon enstaka fluga. Ett spindelnät spänt silver mellan kvistar. Eftermiddagen hade smugit över i sen dag.

I fjärran fick Lena syn på en ren. Hon ropade högt: – Titta! Nosen är lika stor som morfars!

Djuret rörde sig inte. Det stod stelt vid kanten av en glänta, halvt dolt bakom en mossig sten. Formen fläckig i ljuset. Ett ögonblick trodde Freya att det var en stubbe. Sedan blinkade det. Långsamt.

De kom närmare. Renen flydde inte. Bara stod där, riktad mot dem. Hornen lutade svagt, det ena längre än det andra.

– Den är inte rädd, viskade Lena förtjust. – Kanske vill den följa med oss.

De rundade snåret. Djuret stod kvar. Inte vaksamt, bara stilla. Nu såg Freya tydligare. Benen darrade under kroppen, tunna, vibrerade för varje andetag. Fradga hängde i en lång tråd från den slappa munnen.

Pälsen borde varit slät nu. Istället fläckig, borta i sjok över bakdelen. Rå hud lyste rosa under. Som om något bränt bort den. Bröstkorgen ryckte, inte som andning utan som en darrning inifrån. Hornen lutade, matta. Men det var ögonen som höll henne. Mörka, blanka, utan ljus.

Lena fortsatte framåt, lätt på stegen.

– Lena, stopp, sa Freya och höll armen framför dottern.

Lena stannade, bara några meter ifrån.

– Men… han gör ju inget.

– Just det. Det är inte så renar brukar vara. Vi går runt, älskling.

Hon höll rösten jämn. Ville inte att rädslan skulle sätta sig i barnet som den redan satt sig i henne själv.

– Jag tror den där renen är lite sjuk.

– Jag med, mamma. Renen och jag kan vara sjuka ihop! sa Lena glatt. – Jag ska döpa honom till Hornen!

Freya andades tyst ut. Handen hårdnade ett ögonblick på Lenas axel innan hon släppte. Skogen kändes tätare. För tät. Som om den höll andan.

Bakom dem svajade renen till, sänkte huvudet mot mossan, som om det blivit för tungt att bära. De gick vidare. Freya såg inte tillbaka. Det gjorde Lena.

Doften av nate och blöt bark låg i luften. Sjön glittrade i långa band av orange, dragen av en vind som aldrig nådde förbi trädlinjen. Ibland bröts stillheten av en lång båge under ytan. Öring.

Det andra kastet landade närmare stenarna, där mossan lutade mot skuggan. Några sekunder. Ett ryck. Linan spändes. Spöet bågade. Johan stod fast, tyst, fokuserad. Linan dansade en gång, sedan igen. Med lugna händer drog han in.

Fisken bröt ytan i ett silverblänk. Ännu en öring. Bra storlek. Sidorna som våt skiffer, prickar som gnistrade i den låga solen. Johan gick ner på knä, fingrarna löste linan. Fisken slog en gång mot handen, fortfarande kämpande. Han förde den till stranden.

När Freya och Lena återvände hade solen börjat sjunka. Lena släpade fötterna nu, varje steg tyngre, kinderna röda av vinden. Pebble hårt i handen som en talisman. Freya såg också trött ut. Inte bara i kroppen. Som någon som gått för långt med tankar hon inte velat säga.

Lena stannade när hon såg Johan. Blicken fast på fisken som glimmade på en flat sten vid eldstaden.

– Pappa har fått en fisk! sa hon. Rösten ljus, men inte lika hög som tidigare.

Johan höjde en hand i slö hälsning. Den andra redan på fickkniven. Freya böjde sig ner, lossade Lenas kängor utan ett ord. Johan såg upp.

– Såg en sjuk ren, sa Freya. Ingen hälsning, bara konstaterande.
– Kanske rabies. Annars såg viltet bra ut.

Han nickade, knappast lyssnande.

– Jag rensar den snabbt. Middag strax.

Han satte sig på huk. Höll öringen fast med vänsterhanden. Tennkniven skar under gälarna, tyst, vant. Blodet rann över stenen i en jämn linje. Lena stod några steg bort, stilla, ögonen på scenen.

Freya satt på en skumgummimatta, masserade vaderna, men höll blicken på dottern.

– Ska hon verkligen se det där? frågade hon lågt, nickade mot Johan.

Lena hann svara först.

– Det är inte äckligt. Det är bara naturen.

Johan grymtade, slängde inälvorna i en papperspåse bredvid.

– Du brukade säga så också, mumlade han mot Freya.

Hon svarade inte. Höll blicken mot träden, en svag rynka mellan ögonbrynen.

Lena satte sig på huk bredvid fisken.

– Gör det ont på dem? frågade hon.

– Inte nu, sa Johan kort. – När den fastnade? Kanske lite. Men så är det här ute.

Hon tänkte efter. Pannan rynkad.

– Det är nog rättvist, sa hon. Sedan vände hon blicken mot sjön.

Vattnet hade mörknat. Inte längre orange utan stålgrått, penslat med låg himmel och brutna speglingar. Freya följde Lenas blick.

– Inga änder, mumlade hon.

Lena märkte det inte. Hon kisade mot vassen.– Något rör sig där.

Hon gick på tå mot den grunda viken där de tjocka stråna svajade. Hukade, såg ner.

– Det är bara… en fisk, tror jag. Men den simmar konstigt.

Freya gick fram, ställde sig bredvid. Där, intrasslad i vassen, låg en liten fisk. Knappast tio centimeter lång. Ryggen böjd i en onaturlig båge. Fjällen matta, flagnande på ena sidan. Den simmade inte, bara ryckte. Stjärtfenan slog svagt i dyn. Gälarna pulserade långsamt. Öppet, stängt. Öppet, stängt.

– Ska vi hjälpa den? frågade Lena. – Den ser fast ut.

Freya såg länge, sedan andades hon ut.

– Nej, älskling. Jag tror det är… redan för sent.

Lena var tyst en stund.

– Tror du den är sjuk, som renen?

Freya svarade inte först. Sedan:

– Kanske.

Johan reste sig nu. Torkade kniven mot en vikt trasa. Han såg mot dem utan att tala. Blicken dröjde vid fisken längre än nödvändigt.

– Dags att äta, sa han till slut, rösten låg.

Lena vände sig om, hoppade ett steg mot elden.

– Jag vill ha den knapriga biten av skinnet!

Elden var åter tänd, veden hämtad från skogsbrynet. Öringen lades på gallret. Ånga steg, doften av flod och rök blandades. Röken drog sidledes in bland träden.

Middagen tog tid. Ingen sa mycket.

Skogens tystnad kröp närmare; vind mellan grenarna, trädens låga suck, äldre än dem alla.

När fisken var klar delade Johan upp den, ojämnt men rättvist. Freyas fingrar snuddade vid hans när han räckte över tallriken. Hon såg inte på honom.

De åt i en lös triangel runt elden. Lena åt långsammare än vanligt. Plockade i kanterna, läpparna på glänt som om hon skulle säga något men lät bli. Johan tuggade tyst, ögonen i lågorna.

– Smakar rök, sa Lena till slut. Inte klagande, bara konstaterande.

Johan såg upp.

– Det är meningen.

– Har rök en mening?

– Gör maten varmare. Torrare. Håller insekterna borta.

– Det finns inga insekter, mumlade Lena och petade med gaffeln i fisken. – Kanske har röken redan gjort sitt.

Freya såg på henne, sedan ner på tallriken.

– Försök äta lite till, älskling.

Lena svarade inte. Benen inskjutna under stolen, vridna hårt. Pebble låg vid foten, med ansiktet ner i jorden.

Johan försökte le.

– Du döpte en sten men inte din middag?

– Fiskar är svårare att prata med, sa hon lågt.

– De har inga ögonlock.

Ett knak hördes bortom gläntan. Inte högt, men verkligt. Freya vred huvudet skarpt mot träden, gaffeln frusen i luften. Inget följde. Bara vinden igen. Bara träd.

– Älg, kanske, sa Johan. Men mjukare nu. Som om han inte trodde det själv.

Lena rörde sig oroligt. Armbågen slog mot muggen. Vattnet skvalpade, blev stilla. Hon bad inte om ursäkt.

Halvvägs genom måltiden stannade hon. Gaffeln hölls svävande och sänktes långsamt. Blicken gled förbi eldstaden, ut mot träden.

– Mamma? viskade hon. – Jag vill inte ha mer.

Freya vände sig direkt.

– Vad är det, älskling?

– Jag känner mig… konstig.

Rösten darrade. Händerna gled mot magen.

Freya ställde ner tallriken med en gång.

– Hur konstig?

– Som svävande. Och tung på samma gång. Huvudet känns fel.

Plötsligt reste sig Lena. Vacklade två steg, vek sig dubbel. Ljudet var hemskt. Blött, hjälplöst. Spyan slog i jorden med en tunn stänk. Hon hulkade igen, knäna sjönk ner i marken, händerna pressade mot barren för att hålla balansen.

Freya var där genast. Höll henne om axlarna, strök undan håret.

Lena snyftade lågt, mellan kasten.

Johan satt först stel, sedan reste han sig långsamt. Skulden steg som värme ur bröstet.

– Hon åt knappt, mumlade han. – Det borde inte…

Freya såg upp, blicken skarp.

– Låt bli.

– Vad?

– Du gör alltid så. Som om hon inte just spytt upp lunchen.

– Jag menar bara att det kanske inte var fisken.

– Åh, säkert var det skogen då, fräste Freya. – Eller vinden. Eller så var den inte genomstekt.

– Jag har lagat öring sen jag var femton…

– Hon är sju, Johan. Kanske du ska lägga mindre tid på perfekta eldvinklar och mer på att se till att din unge inte blir förgiftad.

Han ryckte till vid ordet. Förgiftad.

– Den var klar, sa han tystare. – Jag kollade. Den flakade.

Lena pep svagt. Pannan mot Freyas bröst.

Freyas ögon låg kvar på Johan, hårda som flinta.

– Då är det något annat som är fel.

Johan svarade inte. Elden knäppte framför dem.

Lena låg stilla vid sin mamma. Händerna drog Freyas blick. Handflatorna hade blivit röda. Som ett utslag. Oro gled över

hennes ansikte. Hon reste sig, ledde Lena mot tältet. En arm
runt dotterns rygg, höll upp tyngden.

Pebble låg vid öppningen, på sidan i jorden. Johan såg efter dem.
Vände sig sedan mot fisken.

Hans egen tallrik låg halvfull där han lämnat den. Elden rök upp
i skymningen. Långt bort över sjön rörde sig något. En krusning
kanske. Eller bara vinden igen. Luften hade blivit kallare utan
förvarning. Johan såg ner på tallriken, sköt den sedan in i
lågorna.

Freya lade ner Lena på liggunderlaget i tältet, försiktigt, utan
att störa. Lena pep till men protesterade inte. Kroppen tung,
slapp som i halvsömn. Freya drog sovsäcken runt henne, upp till
armarna. Sträckte sig efter lampan i tältets tak och tände.

Ett mjukt sken fyllde rummet. Varmt. Bärnstensgult. Stillat.

Freya satte sig på knä bredvid, strök undan håret från den
heta pannan. Andningen grund. Rodnaden på händerna hade
mörknat, spridit sig upp mot handleden i fläckar. Inte svullet.
Inte varmt. Men ilsket i färgen.

– Kliar det, älskling? frågade hon lågt.

Lena nickade svagt, ögonlocken tunga.

– Som myror… fast inuti.

Freyas käke spändes. Tankarna rusade. Solen? Allergi? Fisken
ändå?

Pebble låg vid tältöppningen, på sidan i jorden. Ett enda plastöga
stirrade blint uppåt. Freya plockade upp den, borstade av
smutsen och lade den bredvid kudden.

– Jag kommer strax, älskling. Ligg stilla. Klia inte.

Lena nickade igen, utan att öppna ögonen.

– Mamma… varför brummar Pebble när solen försvinner?

Freyas blick skärptes. Dotterns ögon slutna. Rösten tunn. Hon svalde, reste sig, sköt undan tanken och klev ut i skymningen.

Johan satt fortfarande vid elden. Hopkrupen i stolen, armbågarna mot knäna. Han såg inte upp när hon gick förbi.

– Jag går till bilen. Det finns salva i handskfacket. Kanske hjälper mot utslaget.

Han nickade kort.

– Nycklarna?

Hon fångade dem i luften. Skogen kändes annorlunda nu. Inte stilla, mer väntande. Grenar rörde sig högt ovanför, men ingen vind mot huden. Bara elden som sprätte bakom henne.

Bilen stod en bit bort sedan dagen innan. Kängorna knäckte kvistar. Mossan sög i hälarna. Hon drog upp förardörren med ett gnissel, gled in bakom ratten.

Handskfacket satt fast. Ett hårt ryck. Det gav efter. Hon rotade: ett gammalt kvitto, lösa värktabletter, en skrynklig påse våtservetter, en halv tub handkräm. Där. Hon höll upp tuben mot ljuset. Tände lampan ovanför spegeln.

Klick.

Ljuset fladdrade, blinkade en gång, dog.

Hon rynkade pannan, tryckte igen.

DDL Smith
Klick.

Ett matt sken. Fladdrade, fräste svagt. Släcktes.

Hon prövade passagerarsidan. Samma sak. Ett kort
bärnstensljus. Sedan mörker.

– På allvar?

Hon lutade sig tillbaka, stirrade på instrumentbrädan. Väntade
nästan på ett hostande ljud. Ingenting. Bara tyst. Hon skakade
tuben, smällde igen handskfacket för hårt.

Vid elden hade Johan rest sig. Vände sig när hon kom tillbaka.

– Vad är det?

– Dina billjus är körda, muttrade Freya och klev in i eldskenet. –
Båda fladdrar och dör. Är det inte dags att kolla upp dem?

Johan drog handen över käken.

– De funkade förra månaden.

– Det gör de inte nu.

Hon stannade, blicken vid den stängda dragkedjan på det lila
tältet.

– Något är fel med henne, sa Freya lågt. – Utslaget… det är inte
bara huden. Hon brinner.

Johan svarade inte. Elden sprätte. Ett blött knäpp från en fiskben
som gav vika.

Freya vände tuben i handen, tummen följde etiketten. Sedan
försvann hon in till Lena.

Johan satt kvar. Kroppen tung i stolen.

Ryggen värkte som efter mer än vikt. Han gnuggade tinningen. Långsamma cirklar. Ett tryck bakom ögonen, dunkande som en trög puls.

Kunde varit vätskebrist. Kunde varit ingenting. Men det låg kvar.

Elden fräste till när en vedklabbe sprack. Ljuset svepte över marken, men skyn pressades inte undan. Behövdes inte. Även nu, efter midnatt, låg skymningen kvar. Grå som rök mot glas. Inga stjärnor. Ingen riktig natt. Bara ett evigt nästan-mörker.

Gläntan höll andan. Inte tyst, inte helt… men stilla på det där sättet som fick honom att känna sig som inkräktare. Han tryckte handloven mot pannan. Värken skarpare nu, suddade ut kanterna på världen. Han skyllde på blänket från sjön. På fisket. Men nu satt den kvar, fast.

Han lyfte dagboken från marken. Öppnade inte. Lädret kallt i handen, kanterna mjuka av år utan ord. Vände den en gång. Sedan igen. Han borde skriva. Om Lena, mest. Hur hon sett tröttare ut än vanligt. Kindernas rodnad, först frisk, sedan brännande. Och Freyas blick. Som om han borde ha sett det tidigare.

Istället såg han upp.

Skymningen låg kvar, blågrå över träden, vägrade mörkna. Det var en märklig sak, detta ändlösa ljus. Som om tiden stannat. Som om de kört ut ur världen, in i en evig gräns mellan dag och natt.

Hans ögon följde tältens siluetter. Tre låga former mot skogens tyngd. Freyas stilla. Lena rörde sig svagt, ett ben som sparkade i sömn. Ett barns dröm om att springa. Eller falla.

Johan andades ut. Marken under honom var fortfarande varm.

Kanske varmare nu. Värmen trängde genom kängorna, in i ryggen. Tröstande. Men också något mer. Svårare att sätta ord på.

Han öppnade boken. Skrev inte mycket.

> *Kände mig konstig idag. Lena också. Fisken smakade metall. Antagligen bara sjön. Ändå… måste hålla koll. På henne. På Freya. På mig.*

Han stängde den försiktigt. Lade den bredvid liggunderlaget. Huvudvärken stack till igen. Skarpare. Han reste sig långsamt, sträckte på kroppen. Drog sig in i det orange tältet. Dragkedjan raspade, svaldes av stillheten. Marken förblev varm. Även genom tältgolvet. Och himlen där ute mörknade aldrig.

Ekon

Elden tog motvilligt fart igen. Aska och glöd lockades till liv när familjen vaknade till morgonen. Johan satt hukad bredvid, ena knät i jorden, matade in små flisor av furu i kolet med samma tysta precision som när han lagade trasiga möbler. En tunn rökstegla ringlade uppåt, vred sig i den orörliga luften innan den försvann in i den bleka kupolen ovanför.

Gryningen kom utan åthävor. Knappast märkbar i det långdragna skymningsljuset. Himlen hängde tom och platt. En blekt pergamentton med en svag anstrykning av tenn, som om någon uråldrig gud skrapat solen strax under horisonten och lämnat den där, väntande.

Freya satt tyst i sin hopfällbara stol. Knäna uppdragna. Hon drog håret bakåt med ett uttänjt band som slitits tunt av många års vana. Ärmarna var upprullade till armbågarna, och även om kylan inte riktigt nådde huden klängde den vid hennes tankar som dimma. Hon betraktade Johan utan att säga något när han ställde ner en kanna i stenringen. Den där märkliga värmen pulserade fortfarande ur marken. Varken tröstande eller hotande nu. Bara där. Konstant. Lena satt nära, jeansjackan bylsig vid handlederna, lite för lång. Pebble hårt omfamnad i knät.

Hon ritade slöa cirklar i den lösa jorden med en pinne och såg dem falla ihop till ingenting.

– Kaffe? Johans röst bröt stillheten.

Freya nickade, tog en kantstött emaljmugg. Rostade bönor slog mot näsan innan ångan. Jordig. Bitter. Jordande. Perfekt för att vakna inför en lång dag. Det förankrade henne. Påminde om att hon fortfarande hade en kropp, fortfarande andades, även om allt runtom kändes som att det höll på att lösas upp.

– Jag gillar inte kaffe, mumlade Lena utan att se upp. Rösten är raspig av sömn, mer viskning än tal.

Freya log, mjukt men trött.

– Du är fortfarande på juicenivån.

Johan lyfte kannan och fördelade den sista slurken mellan två koppar. Utan ceremoni slängde han sedan bottensatsen mot träden bortom Lenas tält.

– Pappa! Lena for upp. – Du sa inte akta! Du måste varna dem först!

Johan blinkade, fångad mellan förvirring och ett leende. – Vad?

– Vittra, sa Lena allvarligt. – Mormor sa att om man slänger hett vatten utan att varna blir de arga. Du kan bränna dem. Då minns de dig.

Freya såg på Johan över koppkanten, ena ögonbrynet höjt. Hon höll koppen med båda händerna medan ångan steg.

Lena nickade allvarligt, borstade jord från Pebbles repade öga.

– De förlåter inte lätt. De gör dig sjuk. Eller vilse.

– Jag ropar nästa gång, lovade Johan och la handen mot bröstet.
– Så högt jag kan.

Lena funderade en stund, gav sedan en bestämd nick innan
hon satte sig igen. Hennes kropp vek sig inåt, ryggen böjd runt
kaninen och stenen, som om tyngdkraften blivit starkare över
natten. Stillheten återvände. Inte fridfull. Ingen prasslande tass
i buskarna. Luften låg onaturligt stilla, varje andetag smakade
svagt av unken uteluft. Freya sippade ur sin mugg, lyssnade utan
att inse att hon lyssnade till ingenting. Inga flugor, inga avlägsna
kvitter. Bara eldens mjuka sprak.

Johan reste sig långsamt och sträckte ut kroppen, ena handen
tryckt mot ryggen. Han sa inget, bara vandrade bort mot stigen
som ledde ner till sjön. Fötterna släpande lite mer än vanligt.
Han kändes mindre än han gjort tidigare. Lena gäspade och
kröp ihop ännu tätare kring Pebble och kaninen. Ögonlocken
tunga. Freya betraktade henne genom kaffets ånga.

– Redan trött? Freya rynkade pannan.

Lena nickade, blicken suddig.

– Lite.

Freya lutade sig fram, la en hand mot hennes panna. Fortfarande
varm. Kanske varmare.

– Gå och lägg dig en stund till, sa hon mjukt. – Vi hittar på
något kul sen när du vilat.

Lena protesterade inte. Hon reste sig utan ett ord. Den lilla
kroppen vek sig inåt, Pebble hårt pressad mot bröstet som
en helig relik. Tyst och långsamt stapplade hon mot tältet,
rörelserna mer instinkt än vilja.

Freya följde henne med blicken. Såg den lila duken svaja lätt innan den föll till och stängdes bakom henne.

Kvar i tystnaden andades hon djupt ut genom näsan och grep efter mobilen. Täckt av en stapplande stapel. En ensam plupp. Hånfullt fladdrande. Hon öppnade kameraappen, riktade den mot elden och tryckte av. Ett krispigt klick. Sedan inget. När bilden dök upp vände sig magen.

Brus.

Inte en digital smuts eller en linsreflex. Ett kornigt brus av störningar. Grått, som spruckna linjer på en skadad VHS. Hon stirrade, rynkade pannan. Telefonen var knappt två månader gammal. Toppmodell, vald just för att vara pålitlig vid kundsamtal och sena möten med Stockholm. Inte en telefon som glitchade. Hon tog en till. Mot träden. Långsam svepning, klick. Ännu en bild. Samma förvrängning. Inte över hela ramen, men samlad i nedre halvan. Ett grumligt flimmer, utsmetat precis ovan marken.

Hennes panna djupnade i rynkor. Hon sänkte linsen, knäppte en tredje. Denna gång med kängan tryckt mot den svampiga mossan vid eldstaden. När bilden dök upp skimrade samma gråa band längs nederkanten. Svagt. Nästan ignorerbart. Men obestridligt.

Hon nypde in för att zooma. Bruset rörde sig under foten som en underjordisk ström, som om störningen inte kom från apparaten. Något gammalt. Analogt.

Hon justerade greppet, putsade linsen mot tröjans kant. Försökte igen. Klick. Brus.

Alltid längst ner. Alltid slickande mot marken, som ett spöke på väg att stiga upp.

En rysning gick genom henne. Tummen svävade över skärmen, tveksam. Sedan rörde den sig. Hon svepte upp till SMS:en från Alva. Fingrarna började skriva.

> [Freya] Lena har fortfarande feber. Utslag på händerna. Matförgiftning kanske? Lite orolig.

> [Freya] Vi är i skogen. Dålig täckning. Ville bara kolla om det här låter normalt.

Hon tryckte på det. Stapeln för täckning fladdrade mellan en och noll. Hon vände mobilen lite, höjde den mot himlen. Det hjälpte inte.

Alva hade varit Freyas närmaste vän sedan gymnasiet. De sista två åren, när allt kändes rätt och för evigt. De hade delat ett buckligt skåp med bleknade klistermärken, överlevt ett spektakulärt misslyckat kemiexperiment.

Även när deras liv dragit åt olika håll – Freya in i styrelserum och formella meningar, Alva in i blodtrycksmanschetter och akutväskor – hade de aldrig riktigt glidit isär. Det fanns en mjukhet i den sortens historia. En slitstark närhet som avstånd inte raderade.

Alva jobbade inte bara på ännu ett sjukhus bland många i städerna. Hon höll ihop vården som betydde allt för halva byar de flesta kartor glömde. Hennes bas var Östersunds sjukhus, den enda större anläggningen på flera hundra kilometer, men hennes räckvidd sträckte sig som ett spindelnät genom skogar och fjäll.

Hon var alltid i rörelse. En vecka traumasköterska, nästa en livlina i små bykliniker.

Freya hade en gång skämtat, sent en natt över för många glas vin, att Alva höll på att bli fjällräddare, trots att ingen av dem någonsin lyckats stå på ett par skidor.

Nu satt Freya i gläntan, armen höjd, mobilen vinklad mot en smal remsa av himmel. En stapel. Sedan ingen.

Tummen hängde meningslös över försök-igen-knappen. Fortfarande inget. Hon kopierade texten, öppnade en annan app. Försökte skicka via ett socialt flöde i stället. Den snurrande ikonen roterade en gång, stannade halvvägs – och föll ihop i tystnad.

– Kom igen, viskade hon.

Hon tryckte på skärmen igen. En gång. Två. Signalen fladdrade kort. Dog sedan helt.

En suck slapp ur henne. Hon tryckte tummen mot ögonvrån, masserade lätt. Först då märkte hon hur mycket huvudet värkte. En dov, envis smärta. Som om skallbenen försökte sjunga. Hon stoppade tillbaka mobilen i fickan.

Johan hade återvänt. Han satt hukad vid eldstaden, rörde runt i askresterna med en halvt förkolnad pinne. Röken tunn, blek, knappt värd att följa. När han såg upp var något i hans ansikte äldre. Stramare. Linjerna vid mungiporna djupare än på morgonen.

– Mår du bra? frågade hon, följde honom noga med blicken.

Johan blinkade.

– Ja. Tänkte bara. Elden är snart slut igen.

Freya tvekade, sa sedan:

– Jag försökte skicka till Alva. Bilden gick inte. Inte ens texten.

Han ryckte på axlarna, borstade aska från handflatorna.

– Vi visste ju att täckningen var dålig.

Hon svarade inte. Tog i stället fram mobilen igen och öppnade galleriet. Bläddrade tillbaka till bilden hon nyss tagit. Stannade. Svepte till nästa. Johan och Lena vid tälten, från igår kväll. Ett nytt band. Bredare den här gången. Hon hade inte sett det då.

– Vad? Johan såg upp från den pyrande elden.

– Kolla. Hon sträckte fram skärmen. – Linjer. Över bilderna. Jag trodde det var blänk, men det är alla. Även de från igår.

Han rynkade pannan, tog telefonen och vinklade den.

– Konstigt. Antagligen linsen.

– Det är inte linsen. Rösten hårdare än hon menat. – Det är störningar.

Han räckte tillbaka den.

– Och? Telefonen glitchar.

– Det gjorde den inte innan.

Hon sa inget mer. Johan reste sig långsamt, borstade händerna igen. – Vi går en sväng. Får lite frisk luft. Det kan göra henne gott.

Lena rörde sig inne i tältet, gnuggade ögonen som någon som ännu drömde halvt. Duken prasslade svagt. Hon blinkade en gång, sedan igen. Som om rummet omkring henne inte riktigt stämde med det hon somnat i.

Freya hjälpte henne på med en jacka, knäppte översta knappen långsamt medan Lena mumlade om kaniner och något med vingar. Pebble hårt tryckt mot bröstet.

Bredvid packade Johan ner bröd och ost i en tygpåse och sköt in en termos bredvid.

De gick norrut, följde stigen som böjde runt den andra sjön och in i tätare tallskog. Solljus silade genom tunna moln, men värmen följde inte med. Luften kändes tung. Torr och kall.

Lena gick några steg bakom, släpande med fötterna. Pebble instoppad i fickan som ett sovande husdjur. Freya ännu längre bak. Blicken vandrade från grenar till jord till himmel. Stegen allt långsammare.

Framför dem, en plötslig färgklick. Lena plockade en gul blomma och höll upp den.

– Mamma, kolla! Som de vid älven.

Johan tog emot den, luktade.

– Luktar inte mycket.

– Man behöver inte lukta, sa hon allvarligt. – Den ska bara vara fin.

Freya var nära ett leende. Då snubblade Johan. Bara ett kort hack i steget. Handen mot magen, ansiktet spänt.

– Är det okej? Freya vred sig lagom för att se hans snubbel.

Han nickade, skrattade kort utan glädje. – Frukosten satt inte riktigt.

Freya sa inget, men höll kvar blicken på honom lite längre. Lena hade redan vandrat vidare, mumlande lågt till träden. Freya kollade mobilen igen. Meddelandet hade äntligen gått iväg. Inget svar, men ändå kändes det som ett steg framåt. De kom ut ur tallarna. Vattnet bredde ut sig framför dem. Stilla. Speglande. Nästan för stilla. Ljuset från molnen gled över ytan som olja. Inga fåglar. Inga krusningar. Bara tystnad.

– Här? frågade Lena, redan på väg att sparka av sig skorna. En landade bredvid Johans fot med ett mjukt duns.

– Perfekt, sa han.

Freya bredde ut filten med ett stön, borstade bort torra tallbarr från ytan mellan björkarna. Hon såg upp. Johan var redan i sjön. Vadade fram med jeansen uppvikta över knäna.

Lena skrattade när hon jagade efter honom som en andunge.

– Vänta! Hon plaskade in till anklarna. – Jag vill rida på vågorna!

– Det finns inga vågor, ropade Johan tillbaka. – Bara krusningar. Du får låtsas.

Freya satte sig på filtkanten och såg på dem. Sjön, iskall trots den varma luften, stal andan ur varje rörelse. Johan dök under, kom upp igen med ett flås och skakade håret som en blöt hund. Lena tjöt, torkade droppar från näsan. Hennes lockar blev raka ju blötare de blev.

– Du ser ut som om du blivit träffad av blixten, sa hon mellan fniss.

– Känns så också, sa han, tänderna hackade lätt. – Vattnet skulle kunna väcka döda.

Freya log. Ett riktigt leende. Varmt. Obevakad.

– Du skrämmer henne.

Lena lyste, oberörd. Hon klättrade upp på Johans rygg. Han vinglade lätt under tyngden, spelade utmattad, redo att kasta henne i vattnet. Men när han lyfte ner henne igen förändrades hans uttryck. En hand gled snabbt mot magen. Han gnuggade den, blåste sedan ut en tvingad suck.

Johan vadade upp på land, hjälpte Lena till handduken och svepte in henne hårt. Hennes rörelser långsammare nu. Axlarna sjönk in mot hans när han höll henne. Hennes kinder var röda på ett sätt som inte passade ihop med det kalla vattnet.

– Jag mår bra, sa hon och blinkade. Rösten fungerade, men mjukare. Hon la huvudet på en hoprullad tröja som Freya lagt bredvid väskan och slöt ögonen utan uppmaning.

Freya sneglade på henne. Lenas hand höll fortfarande i handdukens hörn, men utan kraft.

En stillhet som fick Freya att tveka. Hon sysselsatte sig med maten i stället. Slet tyst itu ett tunnbröd, flyttade om skivorna av äpple som ingen verkade vilja ha. Hon intalade sig att det bara var en lång dag. För mycket sol. För lite sömn.

Hon tog fram en kam och började reda Lenas hår. Ingen protest.

– Hon brukar kämpa emot, sa Freya lågt. – Säger att borsten har för många åsikter.

Lena rörde sig lite, en rynka formades mellan ögonbrynen när hon kröp ihop ännu mer. Hon andades ut. Långsamt. Längre än avsiktligt.

– Kanske blev hon trött av badet, sa Johan.

– Kanske. Freyas röst hade förändrats. Mindre säker nu.

Johan slog sig ner bredvid henne, handduken över axlarna. Han frös inte.

Freya öppnade en liten burk med tunnbröd och mjukost. Bredvid låg äppelbitar, kanterna redan bruna i solen. Hon tog en tugga, smakade knappt. Johan hade inte rört sin del. Lena heller.

– Du äter inte?

Han viftade bort det.

– Jag ska. Bara inte hungrig än.

– Jaha.

Deras blickar möttes. Korta. Försiktiga. Johan såg bort först. Han lutade sig fram, strök försiktigt bort en vattendroppe från Lenas tinning.

Freya sträckte sig efter mobilen igen. Inte medvetet. Bara vana. Tummen gled till kameran innan hon ens hann tänka. Hon riktade linsen mot dem. Johan huksittande bredvid Lena, som låg lös i sin handduk, ögon halvslutna. Fridfull.

Fingret svävade. Klick.

Förhandsvisningen blinkade till, frös. Några sekunder. Sedan pulserade skärmen tillbaka. Bilden något ur fokus, som om linsen tvekat. Men inte förvrängd. Inte som de andra. Freya rynkade pannan, tog en till. Denna gång av sjön. Hon bläddrade tillbaka. De tidigare bilderna glittrade av störningar. Grå band, brus som fingeravtryck längs nederkanten. Men här? Bara oskärpa. Inget mer.

Hon öppnade tråden med Alva. Bilden från tidigare låg fortfarande fastlåst. Hon tryckte på skicka igen. Ett snurrande hjul. En stapel. Sedan grönt. Skickat.

Freya stirrade på skärmen, orörlig. Stängde sedan av mobilen och la den med displayen neråt i knät. Fingrarna pressade lätt mot pannan. En dov värk hade slagit rot bakom ögonen. Ihållande. Som trycket före ett oväder.

Johan tog till slut upp en äppelskiva och tuggade långsamt. – Tror du fortfarande det var något i fisken? Han såg inte på henne.

Freya svarade inte.

Solen stod högt nu. Sjön glittrade inte längre. Den låg bara där. Orörlig. Ljudlös.

Framåt sen eftermiddag blev luften trög. Som om skogen själv andades ut i långsam uppgivenhet. Inget insektsurr trädde in i tystnaden. Bara gamla stammar som knakade i en matt vind.

Lägret låg knappt en kilometer bort, men kändes avlägset. Tyst och stilla, väntande på deras återkomst.

Lena hade dåsat av och till hela eftermiddagen. Varje gång hon vaknade blev rörelserna långsammare, orden färre. Freyas oro lade sig som sediment. Johan avfärdade den med en halv axelryckning. Han hade kräkts strax efter lunchen, men sa att det inte var något. Värmen. Vattnet. Tröttheten. När de kom tillbaka till lägret hukade Freya vid Lenas tält och rynkade pannan. Mittstången lutade oroväckande, duken hängde som en blöt väv i regn. Marken under hade sjunkit. Inte riktigt ett hål, men tillräckligt för att tältet skulle vika sig. Något under hade svikit jorden.

– Lena, flyttade du pinnen?

– Nej. Rösten liten, frånvarande. Hon satt på en stock intill, med benen i kors, Pebble slapp i knät. – Det började luta av sig självt.

Freya sänkte handen mot marken och tryckte. Den gav vika direkt. Mjuk, smulig, märkligt varm. Strukturen fel. Inte packad skogsjord, inte ens torkad lera. Något lösare. Som kol blandat med damm.

– Johan?

Han kom fram bakom det orange tältet, ärmarna randiga av jord, svetten i tinningarna.

– Känn här.

Han satte sig bredvid och drog handflatan över samma fläck. Ett kort osäkert drag i ansiktet, sedan en axelryckning.

– Troligen dålig dränering. Räv- eller sorkgångar. Eller senaste stormen som rört om.

Freya såg inte upp.

– Känns inte som gångar.

Hon tryckte djupare. Marken gav efter för lätt. Inte blöt. Mer som förmultnat material. Flisigt, rörigt. Varmare än den borde vara. Ingen nylig regn. Ingen fukt. Ändå fastnade den.

– Kan vara rotröta, sa Johan efter en stunds tanke. – Ibland dör träd under jorden. Då blir marken svampig.

Freya reste sig tyst. Hon torkade av händerna mot byxorna, stannade. En strimma jord låg kvar över handflatan. Inte fuktig, inte grynig. Den smetade ut sig som pasta. Mörkare än väntat. Nästan oljig. Johan satte sig igen, tyngden på ena knät. Marken sjönk under honom med ett hörbart kras. Tillräckligt för att kännas i benet.

Freya stirrade på fläcken där hans känga sjunkit ner.

– Det där är inte gångar.

– Nej, medgav Johan. – Det är något annat.

Han såg en stund till, gav sedan efter.

– Okej, sa han med en suck. – Vi flyttar det.

Lena satt fortfarande på stocken med benen uppdragna. Armarna runt knäna. Ögonen följde föräldrarna, men hon sa inget.

– Hej, hjälpreda, ropade Johan mjukt.

– Vill du välja en ny plats med mig?

Lena nickade en gång men reste sig inte direkt. När hon väl gjorde det gick hon långsammare än vanligt. Tillsammans valde de en yta några meter bort. Plattare, fastare, närmare eldstaden. Johan slog ner pinnarna igen med en liten klubba. Tältduken föll tungt när de reste det på nytt.

– Den här marken är bättre, sa han.

Freya svarade inte. Blicken fast på Lena, som satt sig mitt i arbetet och verkade nöjd med att titta på himlen i stället för att hjälpa till.

– Är hon okej? frågade Johan.

Freya nickade svagt, utan att själv vara övertygad. Lena hade rest sig när tältet var på plats. Ansiktet blekt, fräknarna tydligare än vanligt.

– Lena?

Flickan vinglade, föll framåt och kräktes över den torra mossan. Freya hann fånga henne innan hon föll.

– Okej. Hej, hej, schh, sa Freya snabbt och höll henne stadigt.

– Jag mår bra, viskade Lena matt. – Jag är yr.

Freya knäböjde, strök håret ur ansiktet. Huden varm och klibbig.

– Vi byter kläder.

Inne i tältet drog Freya av tröjan från dotterns sida. Andningen fastnade. Ett svagt utslag, rödfläckigt och ilsket, slingrade sig längs revbenen. Spred sig.

Hon tvekade inte. Tog fram mobilen, slog på kameran. Ett nytt foto. Såg okej ut tills det sparades. Sedan – återigen – grått brus över nedre halvan. Freya svor lågt och skrev:

> [Freya] Röda utslag, illamående. Ingen feber tidigare. Förslag?

Hon tryckte på skicka. Cirkeln snurrade, fladdrade, försvann. Dök upp igen. Grönt. Skickat. Ingen signal efteråt. Men åtminstone skickat.

Lättnaden blev kort. Svaret blinkade in:

> [Alva] Kan vara allergisk reaktion. Håll koll.

Bortom nylonfliken rörde sig Johan i tystnad. Staplade torra furubitar inför kvällen. Varje rörelse långsam, medveten. Han kastade en blick mot det omresta lila tältet. Freya gled ut utan ett ord, lät duken falla igen bakom sig.

Luften hade svalnat sedan middagstid. Inte tvärt, men steg för steg. En subtil uttunning. Lägret hade mörknat när kvällen lagt sig. Elden viskade över späntveden, lågorna slickade bark och mossa. Värmen sipprade ur marken under grytan där en gryta sjöd: tomater och linser. Bekant, men smaklös.

Doften höll sig kvar, som en tröst.

Johan satt hukad intill, underarmarna vilande mot knäna, en vattenflaska mellan fingrarna. Fukt glänste på huden, malplacerad i den svalnande luften. Han hade inte sagt något sedan de rest Lenas tält. Knappast ätit under dagen heller.

Freya rörde i grytan. Hon kände spänningen sträckas under revbenen. En åtstramning som växt hela eftermiddagen. Jorden under Lenas liggplats hade känts instabil. Skör. Urholkad. Och nu utslaget, spritt i tunna röda fingrar längs sidan på hennes barn som giftig murgröna.

Hon öste upp två skålar utan kommentar, räckte den ena över elden. Johan tog emot, nickade, men blicken var tom. Han stirrade ner i den, orörlig.

– Hon är sämre, sa Freya lågt, ögonen på lågorna. – Alva såg den nya bilden. Det kryper över revbenen nu.

Inget svar. Johan tog en klunk ur flaskan, ställde ner den igen.

– Hon sa att det kan vara allergi. Eller virus.

En paus.

– Men om Lena kräks igen. Om hon får feber …

Freya stannade. Lät orden hänga.

Ett lågt andetag från Johan. Trött. Motvilligt. För långt från hjälp. För långt från klara svar. Han behövde inte säga det.

Freya torkade handflatorna mot byxorna, plötsligt medveten om darrningen.

– Vi åker om det blir värre i natt. Jag väntar inte.

Fortfarande inget. Hon såg upp ordentligt den här gången. Såg utmattningen under hans kindben. Rädslan bakom tystnaden, hårt tillsluten under envishet. Han hade inte slutat försöka hålla ihop det här. Ändå var något på väg att brista. Tråd för tråd.

Johan mötte till slut hennes blick. Något osagt passerade mellan dem. Han såg bort först.

Orden låg bakom hans läppar men formades inte. Ett sting av trots. En skugga av skam. Freya bröt tystnaden.

– Den här platsen hjälper oss inte. Du vet det.

Han svarade inte. Flyttade bara tyngden där han satt. Skålen framför honom orörd.

Från tältet hördes ett prassel. Tyg mot nylon. En sömnig röst, dämpad och liten.

Freya reste sig snabbt, borstade sot från knäna.

– Det är okej, älskling. Sov vidare.

En suck. Ett mummel. Sedan tyst.

Johan reste sig långsammare. Osäkrare. Han dröjde vid elden innan han samlade sig och vände mot skogen.

Han tog sin anteckningsbok och försvann ur synhåll. Träden svalde siluetten. Skymningen lade sig som en slöja. Den där norrländska skymningen som aldrig blev natt. Himlen förblev blek, nästan genomskinlig. En urtvättad duk fylld av för mycket tystnad.

Johan sjönk ner på en mossig sten, knäna brett isär, armbågarna balanserade mot dem. Marken pulserade svag värme under kängorna. Onaturlig. Ihållande.

Han slöt ögonen. Försökte räkna andetagen. In. Ut. Något i bröstet höll sig spänt. Andningen ytlig. Pulsen snabb. Kanske bara oro.

Han tog upp boken ur fickan, bläddrade fram en tom sida.

Lenas utslag är värre. Freya är rädd. Jag klandrar henne inte. Jag känner mig konstig själv. Som om insidan går för varmt. Jag säger åt mig själv att det inte är något. Bara trötthet. Men något växer, blir starkare, medan jag blir svagare.

Jag borde vilja åka. Men det gör jag inte. Lena har skrattat. Levt upp. Hon får aldrig göra det med mig annars. De här stunderna känns som något jag inte vill förlora. Även om det gör ont.

Han slutade skriva. Pennspetsen svävade en stund, föll sedan tillbaka i ryggen. Han stängde boken varsamt, fingrarna vilade kvar mot lädret.

Djupt inne i skogen ropade en uggla en gång. Sedan stillhet igen.

Han satt kvar en stund. Reste sig sedan långsamt och gick tillbaka mot det svaga skenet från elden. Försökte att inte tänka på hur mycket huvudet värkte.

Sjön blev aldrig mörk. Himlen ovanför bar det matta skenet av en dag som vägrade ta slut. Johan stod vid strandkanten igen. Armarna lösa vid sidorna. Pebbles värme dröjde kvar i handflatan från tidigare. Han hade lagt den vid Lenas tält utan att tänka, men fingertopparna mindes. Den där märkliga, onaturliga värmen.

Sjön låg platt som glas. En orörlig yta, störd bara av de svaga ringarna från insekter som skrapade över vattnet och det lätta rasslet av vass som rörde sig i vinden. Fast vinden var svag i kväll.

Där igen. Ett konstigt ljud. Ett tunt, släpande sus. Ett högt, fräsande pip. Nästan elektriskt. Som radiobrus på hörselns kant. Svagt, fladdrande, precis nog för att huden skulle resa sig.

Han vände sig långsamt, halvt väntande att se en lös kabel eller en mobil som lämnats på. Men där fanns inget. Bara gläntan bakom. Tre tält hukade stilla i skenet. Elden låg nu. Freya satt intill, armarna runt knäna.

En rörelse ovanför fick honom att titta upp. En fågel kretsade högt däruppe; kanske måsar. Den tappade plötsligt balansen, ena vingen föll snett. Rörelsen fel. Ett hack i bågen. Efter ett ögonblick rättade den till kursen och gled bort över träden. Johan stod kvar, stirrade långt efter att den försvunnit.

Bruset var borta. Eller så hade det aldrig funnits.

Han gick tillbaka mot lägret, kängorna knastrade svagt över lagret av tallbarr. Freya såg upp, ansiktet spänt av oro, linjerna vid ögonen djupare än han mindes.

– Hon vaknade, sa hon lågt och nickade mot Lenas tält.

Lena satt på en vikt filt vid eldstaden, det svaga glödet speglade sig i kinderna. Hon höll en halväten riskaka i ena handen och termoskoppen i den andra. Ögonen glansiga, mörka ringar under, men hon log när hon såg honom.

– Jag var hungrig, sa hon sömnigt.

Freya reste sig, gick fram och hukade bredvid.

– Ät långsamt. Hur känns magen?

Lena ryckte på axlarna, tog en tugga till. Hon grimaserade och spottade ut i handen.

– Det smakar konstigt.

Freya rynkade pannan.

– Vad menar du?

– Som… metall, sa Lena. – Som att tugga på en sked.

Freya tog skålen från Lena och ställde den vid elden.

– Vi provar något annat i morgon, sa hon mjukt och strök undan en lock från Lenas panna. – Nu sover vi bara, älskling.

Lena protesterade inte. Kroppen rörde sig mer av vana än vilja. Små lemmar vek sig inåt, ögonen redan suddiga. Hon lät sig ledas tillbaka till tältet, fingrarna slappa i Freyas hand. Pebble låg kvar vid eldstaden, halvbegravd i aska och skugga. Bortglömd. Hon kröp ner i tältet utan ett ord.

Johan satt hukad vid lågorna, petade i glöden som inte längre behövde vård. Ansiktet vänt nedåt, blicken fast i barken som föll ihop över veden. Han sa inget. Såg inte ens upp.

Freya dröjde tills hon hörde prasslet av tyg, de små andetagen som gled in i en grund rytm. Sedan återvände hon. Långsammare nu. Varje steg avvägt. Tystnaden hade blivit vana, som att blinka. Telefonen lyste till i handen. Fortfarande inget svar mer än att "hålla koll". Stillheten låg över lägret som våt ull. Tung. Dämpande. Kvävande. Inget rörde sig bortom elden.

Johan skiftade, höjde ena handen mot tinningen. Fingrarna borrade sig in i hårbotten, knogarna vita. Han grimaserade men gav inget ljud. Freya satt kvar, blicken bortvänd, oskarp. Inga ord kvar att säga. Inte i kväll.

När hon till slut reste sig knastrade knäna. Duken strök mot axeln när hon klev in i tältet. Rörelsen tyst. Allvarlig. Inget godnatt. Ingen sista blick. Johan satt kvar. Elden sprakade jämnt. Marken pulserade värme genom sulorna, steg långsamt upp längs ryggraden. Det lugnade inte längre. Det pulserade.

Han stirrade in i lågorna. Inte med tankar, utan tomhet. Anteckningsboken låg nerpackad, stängd i ryggsäcken. Oanvänd.

Till slut kröp han in i det orange tältet. Lederna stela, händerna osäkra. Jackan klibbade mot ryggen av kallsvett. Han la sig raklång, armarna vid sidorna som en balsamerad. Fingrarna skakade långt efter att ögonen slöts. Sömn kom inte. Den kröp.

Någon gång efter midnatt ryckte Freya upp. Ett våg av illamående rev genom kroppen med våldsam kraft. Hon slet i dragkedjan, fingrarna fumliga, halsen redan trång. Hon hann knappt ut innan hon föll på knä. Kräken kom hårt. Gutturalt. Vått. Surt brände tungan när galla stänkte över barr och mossa. Hennes hand stödde mot tältgolvet, naglarna rev mot tyget när kroppen skakade igen och igen.

När det avtog blev hon kvar på knä. Ena handflatan i jorden, den andra över magen som ett misslyckat skydd. Andningen ojämn, ansiktet fuktigt, håret klistrat mot huden. Hon torkade munnen mot ärmen och spottade två gånger, men smaken stannade. Metallisk. Som rostigt järn. Läpparna krusade, domnade. Hon tryckte kalla fingrar mot pannan. Huden kändes fel. Hal, svullen. Lätt bedövad, som om den lossnat från muskeln under.

En svag vind rörde löven ovanför, men tälten intill låg stilla. Lenas andning, svag men jämn, sipprade genom tyget. Johans snarkningar i det större tältet, kantiga och hårda. Inget ljud hon saknade. Freya såg ner. Marken där hon kräkts skimrade svagt i eldskenet. Något mörkare blänkte i kanten. Inte bara galla. Inte bara sjukdom. Blod.

Och under det, ett svartnat damm. Som aska.

Hon lutade sig bakåt, ryggen stötte lätt mot en trädrot. Hon sträckte sig inte efter mobilen den här gången. Inget svar behövdes för att förstå hur allvarligt det var.

Noterat

Morgonen kom som om den glömt hur man var ljus. Ett oväder hade dragit in under natten och gjort himlen mörkare än på veckor. Blekt ljus sträckte sig över trädtopparna. Varken gyllene eller starkt. Bara mörkgrått och motvilligt. Som om solen rest sig av plikt, försenad till jobbet.

Freya var redan uppe. Hon satt på huk vid eldstaden, lockade fram lågor ur gårdagens glöd. Axlarna hukade mot det tunga regnet. Luften kändes inte längre frisk. Inte klar, inte alpin. Den klibbade. Fuktig. Metallisk. En svag, jordig bitterhet hon inte kunde placera.

Hon la dit en torr kotte, såg den blossa upp, gnuggade händerna mot varandra. Bakom henne låg tälten stilla. Skogen utan röst, bara regnets fall. Hon reste sig långsamt, sträckte ryggen, lät blicken glida över omgivningen. Försökte hålla fast i det praktiska: vatten att koka, frukost att förbereda. Ändå drogs ögonen mot Lenas tält. Fliken halvöppen. En blek arm hängde slappt ut, fingrarna ryckte till en gång och blev sedan stilla.

Där inne låg Lena hopkrupen, kaninen tryckt mot bröstet som

en livlina. Kindernas glans av svett, hårtestar fastklistrade mot pannan. Freya sträckte sig in, la handen mot dotterns panna. Klibbig. Kall. För kall.

Lena rörde sig med ett mjukt stön. Hela kroppen ryckte till. Freya hann knappt flytta sig innan gul galla rann ur hennes mun, dränkte sovsäckens kant.

– Åh, älskling, viskade Freya, fångade upp henne, vände henne varsamt åt sidan. Lukten skarp, sur. Hon tog en filtända och torkade munnen, sedan hakan. Lena blinkade långsamt, blicken suddig, läpparna slappa.

Bakom henne drogs dragkedjan upp med ett prassel. Johan klev ut barfota, gnuggade ansiktet. Håret stod åt alla håll. Han såg ut att ha åldrats fem år över en natt. Huden blek i det dova ljuset, käken mörk av tre dygns stubb. Han tog ett steg fram och stannade mitt i rörelsen.

– Lena?

– Hon kräktes, sa Freya.

Johan tvekade.

– Kanske det bara är… middagen som inte landade rätt. Hon åt för fort. Minns du?

– Hon är kall att ta på, Johan. Freyas röst gav inget utrymme för teorier. – Hon svettas. Och utslaget…

– hon drog tillbaka ärmen – …det sprider sig igen.

Johan satte sig långsamt på huk bredvid dem. Sa inget. Freya såg hur spänningen drog genom honom. Blicken flackade över dottern. Han sträckte ut handen mot Lenas panna.

– Vi måste åka, fortsatte Freya skarpt.

Johan svarade inte direkt. Han reste sig i stället. Långsamt. Styvt. Han såg sig omkring, letade efter en ursäkt att glida undan.

– Äh, det är nog bara matförgiftning. Ingen ko på isen. Vad blir det till frukost?

Freya blängde på honom.

– Ingen ko på isen? Hon spottade fram orden. – Hon kräks!

Kort därpå vaknade Lena. Hon sträckte på sig långsamt när hon fick syn på sin mamma vid tältöppningen. Freya såg upp, orolig.

– Hur mår du i dag, älskling?

Lena hoppade upp, full av energi.

– Jag mår jättebra, mamma! Vad blir det till frukost?

Svaret kom oväntat. Johan såg upp från elden, log. Freya blev lika tagen, han dröjde innan han frågade vilka flingor hon ville ha. Självklart blev svaret choklad.

Johan verkade piggnat till också. Mindre dimmig än kvällen innan. De satte sig alla vid tälten för att äta tillsammans. Regnet låg fortfarande tungt, men tältduken gav skydd mot det droppande håret. De pratade om vad de ville göra under dagen medan regnet långsamt avtog. Förslag om vandring, fiske eller brädspel vid elden. Allt lät lockande för Lena.

Även om Freya gladde sig åt att se energin återvända hängde oron kvar. Utslaget låg fortfarande kvar över Lenas revben. Marken kändes fortfarande fel. Inga mygg hade bitit dem på tre dagar. Inga flugor. Inga djur vid lägret.

Johan hade skrapat kastrullerna rena med en bit björkbark när regnet mattats till dimma. Ovanför dem hängde molnen som våt ull. Svullna, grå, obeslutsamma. Skogen andades i vågor, släppte ut dofter av blöt bark, ruttnande löv och en aning metall under allt.

Freya dröjde vid lägrets kant, mobilen lyft mot den ljusare strimman i öster där täckning ibland blinkade till. Regndroppar rann över skärmen. En stapel. Sedan ingen. Hon väntade. Flyttade vikten. Fortfarande inget.

Vid eldstaden lade Lena stenar i små mönster, omsorgsfullt. Hon mumlade tyst för sig själv. Varje sten placerad med precision, varje sned korrigerad. Något vördnadsfullt i rytmen. Som en ritual. Den sortens fokus hade Freya inte sett på dagar. Men Lenas mun stod lätt öppen, andningen ytlig. Skuggor låg kvar under ögonen.

Freya höjde mobilen igen, riktade den mot träden där Johan gick för ved. Knappast synlig. Hopkrupen, armarna fulla av stockar. Lena hukade intill, tungan mellan tänderna i vild koncentration. Freya tog bilden.

Ett uppehåll.

Sedan brus.

Bruset låg kvar. Tunna grå band strök över bilden som radiostörningar på en gammal tv. Hon såg det och försökte igen. Denna gång mot träden. Ännu en randig förvrängning. Hon stirrade på den andra bilden, tummen svävande.

Hon öppnade meddelandeappen. Tryckte på Alvas namn.

> *Fortfarande i skogen. Utslaget sprider sig igen. Lena verkar bättre nu… men… det här bruset?*

– Det borde räcka med ved för i kväll, sa Johan och lät lasset falla med en duns vid presenningen.

Freya svarade inte direkt. Hon tog ett steg mot honom, sträckte fram mobilen.

– Titta på det här. Något är fel med bilderna.

Johan kisade mot skärmen. Fler grå linjer löpte över ramen. Horisontella, matta, som slitage på gammalt band.

– Kan vara fukt, mumlade han. – Linsen har kanske immat igen.

– Det är inte linsen, sa Freya, rösten skarpare än hon menat. – Det sitter i datan. Samma glitch. Samma mönster. Två bilder, olika motiv, samma störningar.

Han räckte tillbaka mobilen med en rynka.

– Vi är mil från närmsta mast. Signalen stör den säkert.

Freya pressade tungan mot tänderna, svalde lusten att säga emot. Något med bilden, tystnaden, tyngden i luften. Allt skavde av fel. Johan öppnade munnen igen, men en annan röst skar genom.

– Kan vi gå till sjön? frågade Lena.

De vände sig om. Hon stod några steg bort, kinderna rosiga, ögonen klara av en märklig iver. Regnet hade upphört, men droppar föll fortfarande från grenarna ovanför, som om träden inte hunnit märka.

Freya blinkade. Gnistan i Lenas röst stack emot.

– Orkar du gå en sväng?

Lena nickade ivrigt.

– Jag känner mig stark igen. Jag kan bära snacksen!

Freya mötte Johans blick. Såg samma blandning av lättnad och tvivel. En liten vandring kunde göra gott. Om inte annat gav det henne mer tid att iaktta. Mer tid att se de tysta sakerna. Hon grep en liten väska, stoppade ner mat och tre flaskor vatten.

– Okej, sa hon. – Vi går.

Stigen ut från lägret var bekant nu. En mjuk nedförsbacke mot den större sjön de passerat första dagen. Vattnet droppade ännu från grenverket i långsam takt, landade med ihåliga plink. Grenar böjde sig under regnets tyngd som nu mest upphört. De passerade en björk vars bark lossnat i remsor som gammal färg, träet under solblekt, kalt.

Johan och Lena gick före, hennes hand i hans. Han rörde sig långsammare nu, men nämnde inget. Lena räckte honom en kotte och sa att det var drakbete. Han tackade och stoppade den i fickan. Freya höll sig lite bakom, lät dem ha stunden. Halvvägs ner mot vattnet började Lena sakta in. Andningen kortare. Stegen tvekande. Hon stannade helt och stirrade på handen.

– Vad är det? frågade Freya.

Lena skakade på huvudet.

– Bara yr en sekund.

Rösten var normal. Balansen kom snabbt tillbaka. Men något bakom ögonen såg avlägset ut. Utsuddat. De nådde strandkanten i tystnad. Vattnet nästan orörligt. Mjuka ringar nådde strandlinjen men störde inte vassen. Himlen hade börjat spricka upp. Blå stråk skar genom det grå.

De satte sig på en kullfallen stam, delade bär och en smörgås var. Johan åt inte. Han pillade på en brödbit och lät den falla när han trodde att Freya inte såg. Lena kröp ihop mot Freyas sida, insvept i hennes jacka. Fingrarna kallare än de borde vara. Freya kysste hennes tinning och höll henne tätt. Lena åt snabbt och ville vidare. Ändå såg Freya hur blekheten återvänt. Inte samma sjuka blekhet som på morgonen.

– Håll dig nära, mumlade hon, följde dotterns ojämna steg.

Skogen trängde sig på, tung av outtalat. Grenar bildade tak ovanför, som bjälkar i en glömd sal. Löven darrade i en tystnad som inte var vind. Marken täckt av gammal växtlighet: platta rester av fjolårsormbunkar, spröd spets av björkhängen under fötterna. Ovanför dem knakade något. Som om skogen flyttade i sina ben. En ensam fjäder dalade mellan stammarna, vit mot grönt. Lena grep efter den, fångade den i fallet, blev sedan helt stilla, blicken fjärran.

– Vänta, sa hon, släpande efter föräldrarna. Hon stod still.

Freya stannade också.

– Vad är det, älskling?

Lenas ansikte hade stelnat. Hon strök överläppen med handens baksida. När hon drog bort den fanns där blod. En tunn röd linje från näsborren ner mot hakan. Johan vände sig samtidigt som Freya gick fram, redan med en näsduk i handen. Hon hukade sig, kupade flickans kinder varsamt.

– Det gör inte ens ont, sa Lena, rösten platt.

– Jag vet. Håll bara still.

Freya duttade försiktigt, försökte dölja hur pulsen började dåna i öronen. Blödningen var inte kraftig, men den slutade inte. En långsam, jämn sipp. Fingrarna skakade till en gång innan hon stadgade sig.

Johan stod nära, händerna i fickorna.

– Jag bär henne, sa han mjukt.

– Nej, fräste Freya, skarpare än hon menat. Sedan mjukare, rättande sig. – Inte än. Vi sätter oss först.

De hjälpte Lena ner på en låg sten vid stigen. Freya svepte sin jacka om dotterns axlar och strök försiktigt håret från hennes ansikte. Blodet hade slutat nästan lika fort som det börjat.

– Kanske ett sprucket kärl, sa Johan. – Hon andades hårt. En sån här vandring kan göra det.

Freya svarade inte. Hon tog upp mobilen igen, öppnade kameran. Drog upp Lenas tröja en bit, blottade sidan. Utslaget syntes tydligt. Upphöjt nu, inflammerat, som röd mossa över blek hud. Hon tog en bild. Två. Tre. Denna gång var de klara. Inget brus. Ingen förvrängning. Bara sjukdom, dokumenterad rent. Freya stirrade på bilderna en sekund för länge.

– Vi måste tillbaka, sa Johan.

– Ja, mumlade hon, fortfarande med blicken kvar på skärmen.

Hon skickade en av bilderna till Alva utan text. Bara bilden. Meddelandet gick iväg. Freya lät mobilen falla ner i knät, vilade handen över den som om den kunde bli varm. Lena lutade sig mot hennes axel. Freya la handen mot dotterns panna. Fortfarande ingen feber. Men huden varm på ett sätt som inte kändes rätt. Andningen långsam nu, blicken ofokuserad.

De började gå igen när Lena sa att hon kände sig stadig nog. Stegen långsammare, men målmedvetna. Som om hon inte ville visa hur trött hon egentligen var. Johan erbjöd sig att bära henne, men hon skakade på huvudet, hakan höjd.

Ett tag var stigen mjuk och lätt. Kängorna krossade fjolårsormbunkar och blekta blåbärsstjälkar. Regnet hade lämnat en doft av rent, med en ton av grönt. Det var Lena som bröt tystnaden först. Hon började sjunga.

Rida, rida ranka, hästen heter Blanka,

Far han red till skogen svart, aldrig kom han åter snart.

Bara några rader, mjukt, knappt över läpparna. Melodin moll, långsam. Orden flöt ihop i en rytm för jämn för att vara påhittad i stunden. Inte heller falsk. Den hade tyngd och form. Som en sång lärd för länge sen. Freya sneglade mot Johan. Han såg också på deras dotter, ögonbrynet höjt.

– Känner du igen den? frågade Freya lågt.

Johan skakade på huvudet.

– Nej. Du?

– Tror inte det. Hon rynkade pannan. – Kanske från mamma? Eller i skolan?

Lena sjöng vidare, ovetande. Det lät som en vaggvisa viskad under febriga nätter, tidiga vintrar. Ett minne som förts vidare utan att någon bett om det.

Freya drog jackan tätare om sig.

– Jag minns inte att någon sjungit den för henne.

– Hon kan ha snappat upp den var som helst, sa Johan, men utan övertygelse.

De lät henne fortsätta. Ingen avbröt.

Sussa, sussa lilla vän, mamma vakar än.

Solen sjunker bakom fjäll, månen rider silverställd.

Freya gick närmare nu, lät handen stryka lätt längs Lenas rygg medan de gick tillbaka mot lägret. Vaggvisan tonade ut på en fallande ton, som om den som lärt den aldrig hunnit sjunga sista raden. Träden började glesna.

Vindar viskar under gran, vättar smyger över plan.

Om du somnar, håll dig still, drömmen vet vart den vill.

När de klev ut ur trädraden låg himlen fortfarande blek bakom ett lager moln. Gläntan var som de lämnat den. Tälten hukade på sina platser som om de väntat. Eldringen hade inte rört sig. Till och med stenarna runt den såg renare ut än de borde efter regn.

Freya stannade vid mitten av gläntan. Lena hade redan sjunkit ner på sin filt. Johan stod still bredvid det orange tältet, armarna korsade, blicken tom. Freyas ryggsäck dunsade mjukt när hon släppte den vid tältet. Hon rörde sig snabbt, ordlöst, händerna skakande när hon rullade ihop liggunderlag. Vikningar så precisa som om hon kämpade för att inte skrika.

Johan satte sig vid eldstaden, armbågarna vilande mot knäna, stirrade ner i askan där lågorna sedan länge dött.

Hon såg inte på honom.

– Vi väntar inte en natt till.

Johan svarade inte.

– Hon kräktes blod i morse, sa Freya, rösten vass nu. – Hon är för trött för att gå. Hon åt ingen lunch. Hon blöder näsblod.

– Hon vilar nu, mumlade Johan.

– Hon blir sämre, fräste Freya. – Och det blir du också.

Det fick honom att se upp. Ansiktet slappt, ögonen med grå skuggor som inte kom av sömnbrist. Huden blekare än dagen innan. Mindre levande.

– Jag mår bra.

– Du svettas. Du har haft huvudvärk i en och en halv dag. Du kräktes igår. Tror du inte jag märkte? Hon tryckte ner sovsäcken i påsen. – Vi kan inte leka familj längre, Johan. Det här är inget spel.

Han reste sig långsamt, utan syfte.

– Panik löser inget. Hon behöver lugn. Vila. Inte en kaotisk vandring tillbaka genom skogen i det här vädret.

– Hon behöver en läkare.

– Åh, dra åt skogen!

Freya stelnade, vände sig mot honom.

– Hur vågar du säga åt mig att gå åt skogen? Vad är din plan ens? Sitta kvar och hoppas att hon slutar blöda?

Johan ryckte till vid orden. Sänkte blicken, knöt nävarna.

– Vi kan försöka vägen igen i morgon. Kanske var det bara kylan. Det händer.

– Du gör alltid så. Freyas röst sprack. – Du låtsas att allt är bra tills det är så trasigt att det inte går att laga.

Han brast, rösten plötsligt för hög.

– För att jag inte får bryta ihop. Det är ditt jobb.

Freya ryggade tillbaka. Johan svalde, händerna föll längs sidorna.

– Någon av oss måste hålla sig lugn.

Tystnad.

Regnet hade börjat igen. Inget skyfall, bara ett jämnt viskande genom träden. Lenas tält prasslade. Ett svagt ljud. Tyg som gneds mot sig självt. Sedan ryckte dragkedjan till, bara lite. Ett litet ansikte syntes i glipan. Blek. Iakttagande. Johan såg henne först. Axlarna sjönk. Freya vände sig, följde hans blick. Hennes uttryck vek sig inåt. Lena sa inget. Bara blinkade. Sedan drog hon sig undan. Dragkedjan stängdes igen.

Johan vände bort. Gick mot trädlinjen med stela, ryckiga steg. Grenar rev i rocken, men han stannade inte. Såg sig inte tillbaka. Freya stod kvar i gläntan ensam.

Gläntan sjönk in i tystnad. Regnet ritade mjuka linjer genom träden, tystade allt annat. Freya rörde sig inte först. Hon stod kvar där Johan lämnat henne, armarna korsade, blicken fäst i ingenting. Tiden gick i den långsamma, skogliga rytmen. Minuter, kanske mer. Tillräckligt för att stillheten skulle sträckas ut.

Skymningen började klänga som dimma, låg och silvergrå, mjukade varje kant. Johan återvände en timme senare med fuktiga kängor och långsammare steg. Ansiktet urholkat, som om han gått av sig tyngden från axlarna. Vid det laget hade regnet lagt sig. Bara en kort skur. Typisk svensk sommar.

Freya satt på knä vid elden, matade in tunna kvistar medan marken ännu låg fuktig. Hon reste sig inte när hon såg honom. Nickade bara. Luften mellan dem var inte längre skarp. Lena satt lite vid sidan, insvept i sin filt, knäna uppdragna mot bröstet. Kaninen bredvid. Pebble i knät som en skattad relik. En liten blyertspenna rörde sig över en pappersbit; hon ritade något, linjer bleka och sneda. När Johan steg in i gläntan såg hon upp.

– Hej, pappa, sa hon, rösten ljus men lite hes.

Han log.

– Är det ditt slott?

Hon höll upp pappret, kisade med ena ögat som för att granska sitt verk. Papperet smutsat av mjuk grafit, linjerna djupa där hon tryckt hårdare. Träd kantade sidorna i vassa, lodräta drag. I mitten: en mörk yta, så hårt klottrad att arket vikt sig. Två ljusa cirklar svävade i svartnet. Ögon eller ljus, oklart.

– Nej, sa hon. – Det är elden. Fast stor. Och något som tittar på den.

Johans panna ryckte till.

– Tittar på den?

Hon nickade, borstade undan lockar ur ögonen.

– Ja, men det är snällt. Som en skugga som stannar nära när man sover.

Freya reste sig, borstade av händerna mot jeansen.

– Du var borta länge.

– Ja, jag gick en bit, sa Johan. – Förbi sjön. Trodde jag såg änder.

Han sjönk ner vid elden med ett mjukt stön, sträckte ut benen.

– Visade sig vara en sten och en plastpåse.

Freya skrattade inte, men mungipan drog kort. Hon räckte honom en plåtburk med uppblött gryta och en halv kexbit. Johan luktade på det.

– Ah. Militärgourmet.

– Klaga inte. Jag la inte i pulvriserat ägg.

– Lyx.

Han tog en tugga. Lena rörde sig lite, lade undan teckningen. Tog ett kex, naggade på det utan att äta upp. Men hon såg inte sjuk ut. Inte som tidigare. En svag rodnad hade återvänt till kinderna. Hon blinkade långsammare, men ögonen var inte matta. De följde elden. Hon nynnade tyst; denna gång utan melodi.

Johan såg på henne en stund, skeden rörde runt utan mål.

– Hon är bättre, sa han mjukt. – Titta på henne.

Freya vände inte blicken från lågorna.

– Kanske.

– Kanske var det något enkelt. Något som går över.

Freyas händer hårdnade runt burken.

– Och bilen? Telefonerna? Bilderna?

– Kanske bara otur.

Hon svarade inte.

Johan släppte ut en lång, grund suck.

– Hon har inte blött sen i förmiddags. Inte kräkts. Utslaget ser ljusare ut. Jag menar… det är väl möjligt, eller hur? Att hon vänt?

Freya ville tro det. Ville så starkt att halsen stramade under tyngden av det. Lena tog en klunk vatten till och gäspade i ärmen, de små axlarna kröp ihop som ett djur på väg ner i gryt.

Efter middagen pressade Lena sig upp med ett mjukt stön och gick mot tältet. Lemmarnas rörelser lösa, som om de hölls ihop av tråd. Varje steg osäkert men beslutsamt. Fliken rörde sig i vinden när hon klev in, stannade halvvägs. Hon kastade en blick bakåt, inte riktigt på Freya, inte riktigt på något. Sedan försvann hon in i dukens dunkel.

Inifrån kom ljuden av kvällsrutiner. En dragkedja som öppnades. Tygets tröga slit. Ett lågt mutter när hon kämpade med pyjamastoppen. Sedan dunsen av den lilla kroppen som kröp ihop på liggunderlaget. Inga klagomål. Inget skratt. Bara det mjuka prasslet av trött kött mot syntetiskt tyg.

Utanför hade elden sjunkit till glöd. Ett rött andetag som pulserade i mörkret. Skymningen dröjde kvar ovanför, vägrade ge plats åt natten.

Freya satte sig på huk vid tältöppningen, en vikt tröja i händerna. Hon mindes inte att hon packat den. Den doftade svagt av tvättmedel och gammal ull. En tråd hängde lös vid fållen.

Hon lutade sig fram och kikade in.

Lena låg på sidan, vänd bort, mot skogen på andra sidan tältduken. Lockarna spretade över kudden, mörka av svett. Luften i tältet bar spår av tall, plast och varm hud. Freya stannade där hon var, tyst och stilla.

– Jag tog med den här, viskade hon och la tröjan bredvid dottern. – Om du blir kall.

Lena svarade inte först. Ögonen låg öppna, fasta. Följde de grågröna skuggorna som rörde sig över tältväggen.

– Tror du att spöken finns? frågade hon, rösten låg och jämn.

Freya blinkade. Frågan hängde konstigt i luften, som en vind som inte borde finnas. Hon skiftade tyngden, föll ner på knä och sträckte handen till Lenas panna. Fortfarande glödande. Fortfarande för varm.

– Varför undrar du?

En paus.

– Det var en flicka, mumlade Lena, blicken orörlig. – I natt. Jag tror hon var här.

Freyas andning fastnade. Hennes hand, kvar mot pannan, ryckte till.

– Älskling …

– Hon hade röda skor, fortsatte Lena, drömskt och platt, som om hon beskrev något oundvikligt.

– Hon sa inte mycket. Men hon grät. Väldigt tyst. Som när man inte får låta. Som den sortens gråt som gör ont i bröstet.

Freya lät handen ligga kvar, tummen strök en fuktig hårslinga från tinningen.

– Pratade hon med dig?

Lena nickade. Knappast mer än en rörelse.

– Hon sa att hon bodde vid sjön. Hon sa att vattnet blev för kallt.

Freyas bröst drogs åt. Orden låg fel. Som brottstycken ur en saga, spruckna och omkastade. Barnlogik. Drömspråk. Och ändå – tyngd. Röda skor. Kallt sjövatten.

Något gammalt rörde sig i hennes minne. En form utan namn. En berättelse som en gång sagts, halvt skrattats åt, sedan begravts i sömn och vuxen logik. Den rev i kanten av minnet, envis, ovälkommen.

– Hon sa att ingen någonsin såg henne, viskade Lena. – Inte ens när hon skrek. Inte ens hennes mamma. Hon sa att hennes mamma lät henne gå under. Hon sa att hon skrek och sparkade och rev mot himlen… men himlen rörde sig inte.

Freya stelnade. Lyssnade.

– Hon sa att hon sjönk, la Lena till. – För att ingen höll henne längre.

Tältet blev plötsligt för tyst. Ingen vind. Inga insekter. Bara duken som rörde sig svagt och Freyas andning; grund, skarp. Hennes ögon vande sig långsamt vid dunklet där inne.

Lenas drag mjuka, avslappnade.

– Hon kom in i tältet i natt, sa Lena efter en paus. – Jag hörde henne inte. Men när jag öppnade ögonen… då var hon där.

Freya sträckte sig försiktigt, drog sovsäcken högre över dotterns bröst. – Sa hon… något mer?

Lena nickade igen, långsammare. – Hon sa att hon inte var arg. Inte på mig. Bara att det gör ont när folk ser på henne. Det är därför ögonen är ljusa. Hon tycker inte om att bli sedd.

Freya blinkade, överrumplad. – Ljusa?

– De glödde, mumlade Lena. – Som eld. Hon var bara skuggor förutom ögonen. Men hon var inte läskig.

Freya sa inget. Lutade sig bara närmare, strök bort fuktiga lockar från Lenas panna. Pulsen bultade i halsen.

– Hon stannade bara en liten stund, sa Lena. – Sen var hon borta igen. Hon sa att hon går dit människor glömmer.

Tystnad la sig, tjock som jorden under dem. Freya tryckte en kyss mot dotterns panna, mer för att hålla sig själv kvar än något annat. Lena rullade över på sidan, Pebble instoppad under hakan, redan på väg in i sömnen. Utanför fräste elden i den fuktiga luften. Inne i tältet satt Freya kvar en stund längre och såg på henne. Johan stod vid elden, orörlig. Han hade hört tillräckligt för att oron skulle växa.

– Hon har varit sjuk, sa Freya igen, mer till sig själv än till honom.

Johans blick rörde sig inte.

– Det där är ingen vittra-saga.

Freya gav ifrån sig ett kort hummande, en sorts medhåll.
Tystnaden föll igen. Molnen hade inte rört sig hela kvällen.
Skogens stillhet höll i sig. Tjock. Vakande. Elden hade brunnit
ner. Johan satt med knäna uppdragna, dagboken balanserad mot
låret, pennan lös i handen. Glöden fick bläcket att blänka som
blod som ännu inte torkat.

> *Hon log i dag. Kanske räcker det. Kanske behöver jag inte
> mer än så.*

Han stannade upp, kliade sig vid hårfästet med pennspetsen.
Något kändes löst. Han såg ner. En tofs blont hår klängde vid
fingrarna. Andetaget hackade till, bara en sekund. Han torkade
av stråna mot jeansen, som smuts, och fortsatte skriva.

> *Freya ser fortfarande på allt som om det är ett prov. Jag
> brukade älska det hos henne. Att hon aldrig lät världen
> bara hända. Jag brukade vilja att hon skulle se på mig så.
> Nu vill jag bara att hon ska sluta.*

Orden gjorde honom inte lugnare. Men de fäste något. En sida i
tiden. Ett hållet andetag.

Tankarna på att stå stadigt bröts. Ett brus hade återvänt ur
marken. Svagt, lågt, som att stå nära en högspänningsledning.
Det vibrerade i skallbasen. I käken. Johan la ner pennan och
pressade handflatorna mot jorden. Varm. Konstant.

Freya hade satt sig mittemot Johan medan han skrev. Lenas röst
låg kvar i hennes huvud. Orden hade inte bleknat. Tvärtom, de
hade vuxit sedan hon smugit ut ur tältet. Inte bara berättelsen
om flickan med röda skor, utan sättet Lena sagt det. Utan rädsla.
Som om skuggan i tältet varit lika naturlig som regn.

> *Hon sa att ingen hörde henne skrika.*

Inte en vittra, inte ett skogsväsen. Ett barn. Drunknat. Glömt. Lämnat att dröja kvar under stilla vatten. En myling? Ordet låg osagt mellan dem. Freya ville inte säga det högt. Det kändes inte som ett namn; mer som en varning. En hemlighet ämnad att vara tyst.

Johan frågade inte om det han hört från tältet. Blicken fjärran, fäst vid kanten av eldstaden där glöden långsamt rann ut i jorden. Något med hans hållning. Ryggraden som kröktes. Händerna som öppnades och slöts. Som om han inte heller riktigt var här.

Freya suckade. Eldens värme nådde henne inte längre. Lena hade beskrivit flickan i sitt tält som någon ihågkommen. Inte påhittad. Som barn ibland minns sådant vuxna aldrig berättat. Freya ville bryta tankarna som rusade.

– Du har alltid gillat att nästan ta livet av oss, sa hon och bröt tystnaden mot Johan.

Han höjde ögonbrynet.

– Är det en metafor?

– Du vet vad jag menar, sa hon, halvleende. – Tälta på vintern. Vilda vandringar. Göra upp eld på varm jord och kalla det tur. Hon såg på honom. – Minns du resan till Sarek?

Han fnös.

– När du gick genom isen och skyllde på mig för att jag smälte den?

– Det var du som skulle testa snödjupet… med benet.

Han skrattade till, skakade på huvudet.

– Vi höll på att frysa ihjäl den natten.

– Du snarkade i tältet så högt att du måste ha skrämt bort den enda älgen inom två mil.

Johan log trots sig själv.

– Bra tider.

De satt kvar så en stund, elden knäppte stilla bredvid. Freya lutade huvudet, studerade skuggorna som dansade över Johans ansikte. Rösten mjukare nu.

– Hon är stark, vet du. Som du.

Han svarade inte, men hon såg hur halsen rörde sig, en sväljning för långsam för att inte märkas. Gnistor vred sig upp mot blått. Freya sköt sig närmare elden, försökte värma sig mot glöden. Knät snuddade hans. Fingrarna vilade nära, inte rörande, men tillräckligt för att känna värmen stråla mellan huden.

Deras händer låg där som obesvarade frågor.

Röken klängde i tystnaden mellan dem. Johan sneglade åt sidan. Deras blickar möttes. Höll. Ingen vek undan. Hon lutade sig fram. Inte långt. Bara nog för att andetagen skulle blandas. Kylan gav vika för närheten. En hårslinga föll över hennes kind, fångade glöden i kanterna. För några år sedan hade det varit reflex. Vana i rörelse. Muskelminne.

Johan lutade sig inte närmare. Drog sig inte undan. En darrning fladdrade i hans hand. Svag. Nästan inbillad. Hon drog sig inte tillbaka. Sa inget. Ansiktet orörligt, omöjligt att läsa. När stillheten återvände kändes den vassare. Hungrigare. Till slut föll hennes hand ner i knät. Ändå sa hon inget. Johan var den som såg bort.

– Du har alltid varit en fegis, mumlade hon.

– Jag har alltid varit trött, svarade han.

De sa inget mer. Freya reste sig först, borstade aska från handflatorna.

– Sov lite, viskade hon, vände sig mot sitt tält. – Du lär behöva det.

Johan dröjde kvar. Sedan sträckte han sig efter boken. Han stängde den långsamt, smetade ut sista raden utan att märka det.

Det var dags att vila.

Consume

Himlen hade ännu inte bestämt sig för morgon. Det tunna blågrå som klängde vid allt; varken skymning eller dagsljus. Bara den utdragna kalla, skandinaviska stillheten. Den svepte in gläntan i tystnad och fick träden att likna urklippta siluetter, orörliga och skarpa.

Johan satt med benen i kors vid eldstaden. En halvbränd stock sprätte svagt under askan. Han hade inte rört den. Inte petat i den alls. Värmen höll sig ändå kvar i marken, som en andra hud.

Dagboken låg öppen på knät, sidans hörn fladdrade ibland i vinden. Bläcket hade runnit där spetsen stannat för länge. Handstilen fortfarande prydlig av vana, en snickares stadga, men nu lutande. Tveksam.

> *Dag... fem? Känns inte så. Tiden glider annorlunda här ute. Ljuset försvinner aldrig riktigt. Kanske därför jag inte kan sova. Kanske är det inte ljuset. Jag ser något vid trädgränsen. Stillastående. Iakttagande. Jag vet hur abstinens känns. Det här är inte det.*

Han stannade. Tystnaden var för fullständig. Inte ihålig som en stad klockan tre på natten; den var tjock. Nära.

Pennan knackade en gång mot sidan.

> *Jag brukade vakna av fåglar. Nu vaknar jag för att de inte finns.*

En ny rad. Sedan överstruken.

> *Freya hade rätt. Luften smakar fel. Den fastnar i munnen.*

Ett prassel. Inte bakom. Inte framför. Vid sidan. I träden där barren hängde tunga och stammarna stod för tätt. Johan vred huvudet långsamt. Inget.

Håren på armarna reste sig. Han stirrade ut i grönskan, pennan frusen i luften. Tankarna gled bakåt, innan illamåendet, innan smaken av koppar på tungan. Han började en ny mening men avstannade halvvägs. Pennan svävade, osäker.

Vinden drog in genom skogen. Förde med sig doften av tall och våt sten. Något mer också. Metalliskt. Surt.

Dagboken slog igen med ett mjukt duns. Johan la den bredvid sig, fingrarna darrade svagt. Han gnuggade tinningen med tumspetsen.

Freya vaknade med en torr hostning, vass mot halsen. Inne i tältet låg det där dova ljuset. Solen silade genom lager av nylon, gav allt en urtvättad ton. Hon blinkade en gång, sedan igen, innan hon pressade sig upp.

Telefonen låg där hon lämnat den. Skärmen lyste under tummen: 3 % batteri. Ingen signal. Hon sträckte sig efter powerbanken i ryggsäcken vid fötterna, fingertopparna fumliga av kyla. Sladden klickade i. Ingenting. Ingen laddning. Lampan blinkade en gång, dog sedan helt.

Hon rynkade pannan, kollade kontakten igen, men förgäves. Batteriet var dött. Hon suckade genom näsan, drog i dragkedjan. Tänderna delade sig med ett mjukt riv, och hon såg Johan sitta vid elden.

– Powerbanken är tom, ropade hon, rösten låg och fortfarande sträv av sömn.

– Din också? Johans röst kom någonstans ifrån. Hon såg honom resa sig, ena handen halvvägs lyft till svar. Han vände utan fler ord och började gå mot bilen, axlarna lätt hukade.

Freya såg hur träden svalde honom. Hon dröjde kvar, satte sig vid tältöppningen. Ena handen mot duken, lyssnande till skogen. Fortfarande inga fåglar. Inget insektsurr.

Johans kängor satte spår i den blöta marken efter gårdagens regn. Mossan knastrade mjukt under trötta steg. Ju längre han kom från gläntan, desto svalare blev luften. Mindre kvävande. En vind rörde sig lågt över marken, gled över ormbunkar och fuktig bark. Den luktade svagt av kåda, inte av industri.

Volvon stod hukande i slutet av stigen, fortfarande strimmig av torkad lera från färden in. Tallbarr hade börjat samlas i hörnen på vindrutan, fukt låg kvar på dörrhandtagen, pärlor som aldrig riktigt föll. Bilen såg orörd ut. Väntande, som på sin ägare.

Johan öppnade förardörren och gled in. Sätet fuktigt av luftfuktighet, tyget klibbade kallt genom jeansen. Ändå bekant.

Nyckeln i tändningen.

Nyckeln vriden.

Ett segt vevande. Instrumentbrädan blinkade till en gång. Sedan inget. Bara ett platt, slutgiltigt klick.

Johan suckade och försökte igen.

En gång.

Två.

Bilen var död.

Han lutade sig tillbaka mot sätet. Nyckeln hängde där, värdelös.
Inga lampor. Inget motorvrål. Tystnaden i bilen var unken.
Unken som den instängda luften och doften av fuktigt tyg. Han
satt stilla. Lyssnade. Det enda ljudet var hans egen andning,
långsam och avsiktlig.

Efter en stund lutade han sig fram och öppnade handskfacket.
Papper prasslade som torra löv. Skrynkliga kvitton, ett gammalt
multiverktyg, kartor med kanter mjuka av år av vikningar.
Han bläddrade planlöst, visste att inget där skulle hjälpa. Ingen
powerbank heller. Han klev ur och slog upp bakdörren.

Baksätet var belamrat med kvarlämnad packning. Liggunderlag,
en trasslig fiskelina, en av Lenas tröjor ihopknölad i hörnet.
Under den, fastkilad mot fotutrymmet, låg en duffelbag han inte
mindes att han packat. Grå canvas. Styv dragkedja.

Inuti: Freyas saker. En extra hoodie, matchande strumpor i knut,
en av hans gamla t-shirts hon fortfarande sov i. De doftade svagt
av henne. Tvättmedel och något blomlikt. Under allt, inlindat i
en tröja, slog något hårt mot knogarna. Han grep efter det och
drog fram en flaska. Bärnstensfärgat glas. En alltför välbekant
form.

Etiketten nött, guldfolien matt som trött mässing. Märket kände
han igen direkt: billig irländsk. Den sorten som låtsades vara
värme men bara brände hela vägen ner. Kapsylen satt snett,
förseglingen redan bruten. Nästan tom. Han öppnade den inte.

Bara höll den i båda händerna, vred den långsamt. Tyngden gav
ifrån sig ett mjukt kluck.

Även försluten steg doften. Inte stark, bara en aning, nog att röra
vid något i honom. Gammal ek. Vanillin. En sötma som fastnade
i bakre gommen.

Han satt med den en stund. Lät ögonblicket dröja. Det här
var inget val. Inte än. Skogen stod bakom honom. Tyst. Lägret
någonstans mellan stammar och kall jord. Freya skulle vänta.
Eller inte.

Han vred kapsylen, bara tillräckligt för att känna gängan haka.
Sedan stannade han. Flaskan åkte inte tillbaka i väskan. Han
vred den igen, tummen strök över den trasiga etiketten. Ett löfte
i glas och folie, ett han brutit förr.

Han borde ha gömt den under liggunderlagen. Lämnat den
i bagaget. Kastat den i sjön utan en tanke. I stället hårdnade
greppet. Glaset tungt i handen. Som om det ville bli hållet.

För säkerhets skull, tänkte han.

Bara… ifall.

Han stack den innanför jackan, där fodret ännu luktade
skogsrök och svett. Den vilade mot revbenen som en hemlighet.
Inte ännu en synd. Inte ännu ett brott. Bara något han inte gjort.
Han suckade, kort och vasst.

I duffeln väntade en powerbank. Ett grönt ljus blinkade stilla,
obekymrat. Han höll den en stund längre än nödvändigt. Sedan
tryckte han på.

Bildörren slog igen med ett ihåligt ljud. En ton som inte riktigt
ekade. När han klev tillbaka ut på stigen hade ljuset redan

skiftat; plattare, mattare. Luften bar en annan tyngd nu. Den som fastnar mot huden som våt ull.

Han började gå tillbaka mot lägret. Hela den halvtimmeslånga vägen tänkte han på glasflaskan som tryckte mot revbenen.

När han kom fram satt Johan på kanten av sitt liggunderlag vid tältöppningen. Armbågarna pressade mot knäna. Kängorna leriga, snörena stela av intorkat grus. En fläck av aska fast på sidan där han sparkat ut elden för snabbt tidigare. Händerna stilla. För en gångs skull.

Jackan låg bredvid. Flaskan vilade intill låret, gömd under tygets veck som en hemlighet viskad till marken. Han rörde den inte. Inte än. Han såg sig omkring i gläntan.

Freya stod vid tälten, rynkade pannan mot mobilen med skärmen mörk. Batteriet helt slut. Hon tryckte en gång. Skakade på huvudet.

Johan stack handen in i jackan, höll fram powerbanken han nyss hämtat från bilen. Det gröna ljuset blinkade jämnt. Ännu laddad. Han sa inget, bara höll den utsträckt mot henne. Hon tog emot utan tack, fingrarna snuddade vid hans i förbifarten.

– Jag går upp till åsen igen, sa hon, redan vänd. – Får kanske täckning där den här gången.

Hon gick utan att vänta på svar, mobilen i ena handen, sladden släpande som en lina. Johan såg efter henne tills träden svalde gestalten.

Först då rörde han sig. Stack in handen i jackan. Kapsylen gav ifrån sig ett mjukt pop. Inget dramatiskt. Bara ett dovt vrid på något redan halvt öppnat. Han tvekade inte denna gång. Bara höjde flaskan, lät en grund klunk rinna ner.

Inget skål. Inget hållet andetag.

Det brände. Mer än han mindes.

Klunken jagade sig ner i halsen och fastnade djupt. Inte varmt. Inte tröstande. Bara hetta, smal och vass, som ritade en stig in i kroppen. Som att svälja en spik och känna den stanna kvar. Händerna höll sig stadiga, men något under revbenen drog ihop sig.

Han skruvade på korken igen. Snabbt. Tyst. Torkade munnen med tummens kant och sköt in flaskan under liggunderlaget. Utom synhåll.

Han reste sig långsamt och vandrade mot eldstaden. Ringen av stenar såg mindre ut än han mindes. De hade sjunkit djupare i jorden, som om marken försökt sluka dem. Johan stötte till en med kängan. Ett moln av kall aska lyfte, lade sig sedan över tån som damm på gammalt möblemang.

Elden hade inte tänts sedan frukost. Han vände sig om och gick tillbaka mot tältet.

Underlaget gav efter under honom. Ett svagt klirr underifrån. Flaskan tryckte genom tyget. Fortfarande där. Han drog fram den igen. Höll den i händerna utan ceremonier. Glaset hade förlorat sin kyla. Kändes nu som en del av honom. Han vred av korken och tog en andra klunk.

Mer den här gången.

Den fastnade inte i halsen. Rev inte i bröstet. Den andra gick alltid lättare. Andetaget sipprade mellan tänderna i en lång suck. Han vinklade flaskan i ljuset, såg den bärnstensfärgade vätskan glida längs insidan.

Etiketten hade lossnat mer i hörnet, mjuk av slitage. Han fångade den med tummen och gnuggade utan att tänka.

Han väntade. På skuld, kanske. Eller en osynlig gräns att träda fram. Den kom inte. Han drack igen.

Vid kanten av gläntan hade Lenas nynnande återvänt. Inte vaggvisan den här gången. Något ordlöst, brutet i fragment. Hon vandrade i små bågar mellan tälten, kaninen i släptåg, ena armen släpande efter sig som en rekvisita i en bortglömd pjäs. Fötterna gjorde inget ljud mot mossan.

Hon hukade vid en fläck av lav, viskade mot något osynligt, reste sig igen och gled mot träden. Inte långt. Precis nog för att Johans ögon skulle följa henne. Han ropade inte. Reste sig inte. Hon sprang inte runt. Det var något i alla fall.

Han drack igen. Den tredje svalgen märktes knappt. Den gled ner som en andning. Han skruvade tillbaka korken och sköt flaskan under underlaget igen. Lagrad som ett verktyg. Något man kan behöva. Något som hörde hemma.

Sedan la han sig bakåt. Armarna lösa. Huvudet lutat snett. Värmen från marken steg genom underlaget och dränkte ryggraden. Han lät den hålla honom.

Tiden fransade.

Ett prassel av grenar skar genom gläntan. Han blinkade upp.

Freya hade återvänt med mobilen i handen. Tummen pickade på skärmen som om ren envishet kunde frammana ett svar. Powerbanken blinkade svagt i den andra handen. Håret vindtrassligt. Hon svepte blicken över lägret som någon som återvänder till ett rum de aldrig tänkt lämna.

Lena gav en vag vinkning och fortsatte nynna. Fortfarande vandrande. Fortfarande bortdrift.

Freya fäste blicken på Johan. Sittande. Fjärran.

– Vi måste få igång elden igen, sa hon till slut, rösten platt.

Han ryckte på axlarna.

– Sen.

– Nej, sa hon och hukade sig vid packningen, drog upp dragkedjan. – Lunch och middag lagar inte sig själva.

Freya tog fram Lenas flaska och skruvade av korken. Hon luktade på den. Rynkade pannan.

– Den är varm, mumlade hon. – Vattnet måste bytas.

Hon vände sig om.

– Höll du ens koll på henne?

Johans huvud lutade lätt.

– Hon gick inte långt.

– Hon är sjuk, Johan. Du måste hålla koll på henne!

Hans käke spändes, men rösten höll sig jämn.

– Hon är stabil. Bättre än igår.

Freya reste sig, skakade på huvudet.

Orden träffade. Flaskan tryckte mot honom under liggunderlaget, nu varm av hans kropp. Ändå fortfarande välbekant. Tröstande. Han sträckte sig inte efter den igen, inte än. Men tanken låg kvar.

En vind suckade genom träden. Freyas silhuett rörde sig mellan tälten, långsammare nu, axlarna stela av något outtalat.

Lena vandrade i en slö båge runt gläntan, drog kaninen genom mossan som en plog. Hon stannade vid ett knippe ormbunkar, hukade sig, viskade något ohörbart. Kanske till sig själv, kanske inte. När hon reste sig höll hon en pinne som en slev.

– Jag rör om, sa hon, tog några steg mot Freya. – Jag brukade göra så med mormor.

Freya hade just börjat ordna lunchen medan Johan satt stilla och såg upp mot den tomma himlen. Hon såg ner på henne, överraskad men mjuk. Räckte henne en sked.

– Rör försiktigt.

Tillsammans stod de över grytan, doften av ljummen gryta ringlade uppåt. Lena nynnade lågt, hon hade börjat nynna okända melodier allt oftare. Håret klibbade mot pannan, fuktigt av svett trots kylan. Freya sa inget, men oron syntes i hennes ansikte.

Johan såg på dem några meter bort, armbågarna på knäna, händerna löst knäppta. Scenen borde sett vardaglig ut. En flicka som lagar mat med sin mamma. Men det gjorde den inte. Något i hållningen, takten, frånvaron av insekter. Till och med Johan, nu med sprit i blodet, kände oron växa inför omgivningen.

Till slut portionerade Freya upp maten, räckte Johan hans med en nick. Inga ord. Ingen ögonkontakt. De åt i tystnad, runt den halvhjärtade elden. Tuggade långsamt, utan övertygelse. Lena plockade på en skiva torrt bröd, rev den i småbitar för att mata myror som aldrig kom. Hon hade varit tyst hela morgonen, tills nu.

– Hon sa att hon brukade bo vid sjön, sa Lena plötsligt, munnen full av bröd. – Flickan. Min nya vän.

Freya såg upp.

– Hon med de röda skorna?

Lena nickade.

– Hon sa att folk brukade komma hit, men inte längre. De slutade lyssna. Det är därför hon är kvar.

Johan försökte möta Freyas blick, men hon såg för noga på Lena.

– Hon sa sitt namn till mig, men jag minns det inte nu, fortsatte Lena och lutade huvudet mot kaninen. – Hon sa att hennes mamma la henne under vattnet för att hon inte slutade gråta.

Freyas andning högg till, men hon sa inget.

Johan reste sig utan ett ord, borstade smulor från jeansen och gick till tältet. Han kröp in en stund, drog upp en sidoficka på väskan och tog fram den läderbundna dagboken. Han satte sig vid elden igen, slog upp den i knät, pennan redan i handen.

Lena vandrade iväg igen efter bara några skedar gryta. Freya följde henne med blicken, kaninen under ena armen, ett svagt nynnande på läpparna. Sången utan melodi. Bara andning och rytm.

Johans penna drog långsamt över sidan, handstilen tyngre nu, mer avsiktlig. Han stannade. Lät spetsen vila som om nästa ord vägrade komma. Dagbokens kant krusade i vinden, en rörelse mot stilla fingrar.

Freya sköt sig närmare, bara nog för att se spänningen i hans axlar: hur han var framåtböjd, hur andetagen inte gick jämnt.

Luften mellan dem bar något surt. Bekant på ett sätt hon önskade att det inte var. Hon fångade det då. Doften.

– Du har druckit, sa hon lågt. Ingen anklagelse i tonen, bara ett kallt vetande.

Hans huvud ryckte upp. Men inget förnekande.

Freya fortsatte inte genast. Hennes blick smalnade, studerade hur hans pupiller såg mörkare ut. Rörelserna för försiktiga.

– Du luktar, sa hon. – Och du är tystare än vanligt.

Han slog igen dagboken med mer kraft än nödvändigt. Ljudet mjukt, men slutgiltigt.

– Det var inte mycket, mumlade han. – Bara lite. I morse.

Hon såg på honom en stund till, blicken stadig. Släppte sedan ut en långsam andning. Inte riktigt en suck.

– Så du tog med det hit. Bar in det. Och gömde det.

Johans käke spändes.

– Det låg i din väska.

– Och du behöll det, kontrade hon.

Hans röst mjukare när den kom tillbaka.

– Jag menade inte att dricka.

– Men du gjorde det.

– Jag stannade, Freya.

– Jag vet.

Hennes händer öppnade sig lite vid sidorna, slöt sig igen. Hon tog ett steg framåt. Inte konfronterande. Något mjukare. Tystare.

– Du har det kvar?

Han tvekade.

Sedan sträckte han, utan ord, handen under liggunderlaget. Drog fram flaskan med båda händerna. Vätskan blekgul, halvt kvar. Glaset glimmade som något begravet och uppgrävt. Han höll fram den utan att möta hennes blick.

Freya grep den utan ord. Vände sig mot träden. Skruvade av korken, hällde ut. Ljudet knappt något alls. Bara ett mjukt gluck när bärnstensvätskan mötte mossan. Marken drack snabbt. Doften steg kort, bitter och söt, försvann sedan ner i skogsgolvet som om den aldrig funnits.

Hon höll den tomma flaskan en stund till, tummen strök längs kanten. Sedan lät hon den hänga vid sidan. Johan hade inte rört sig. Hon räckte tillbaka den tomma.

– Du kan behålla den om du vill. Något att titta på.

Johan svarade inte. Bara såg hur glasets tomma kurva fångade det grå ljuset. Ihåligt. Som han själv, vissa dagar. Freya satte sig igen. Inte nära. Men inte långt bort.

– Ibland svär jag, Johan, jag tror du är dansk, muttrade Freya, bröt spänningen som hängt kvar i luften efter deras gräl.

Johan svarade bara med ett snett leende. Han tog upp pennan igen. Skrapade över det sista han skrivit och började på en ny rad. Hennes blick fastnade på hans händer. De skakade fortfarande. Men han slutade inte skriva. Efter några rader behövde Johan luft.

Han sa åt Freya att han skulle hämta mer ved. Hon gav ett kort, erkännande leende men förblev tyst.

Johan gled förbi tälten utan ett ord, kängorna ljudlösa mot det fuktiga barrtäcket. Ljuset hade blivit märkligt; en matt gråhet som sipprade genom träden snarare än föll ovanifrån. Han såg sig inte tillbaka. Vad som väntade bakom var tystare än det som låg framför.

Underväxten tätnade snabbt. Låga ormbunkar krökte sig mot knäna, rev i byxbenen. Björkstammar lutade som frågetecken, barken lossnade i remsor som gammalt papper. Luften bar tyngd här. Han brydde sig inte om veden. Gick djupare, som dragen av något utanför hans vilja.

En korp ropade en gång över höjden. Ett ensamt, mekaniskt krax utan eko. Sedan inget.

Vid kanten av en grund sänka glesnade träden. En naturlig lund, ringad av bleka björkar. Stammarna reste sig som benknotor, skrapade rena, utan mossa.

Och där, mellan träden, stod någon. Stillastående. Avsiktlig. Gestalten dröjde kvar. Slank, orörlig, huggen ur skugga och tystnad. Mitt i en rörelse, kanske. Ansiktet dolt av huvudet som vilade på sned och det tunga håret. Trassligt, mörkt som blöt mossa, fallande förbi midjan. Ingen vind rörde det. Ingen rörelse alls. Hon såg ut som hon stått där länge, väntande i samma position.

Det som kanske var en klänning klängde vid kroppen. Trådat som lav, eller bark mjuknad av röta. Färgen fel för platsen. Björkgrå, men tung. Åldrad, fläckad. Mer sammansmält än buren.

Johan blinkade. En gång. Sedan igen.

Där hon stod hade skogen förändrats. Björkarna närmast mörknade längs stammarna, barken sprucken, blåsor av tyst förfall som inte funnits där innan. Som om hennes närvaro inte bara upptog rummet, utan infekterade det. Skuggorna kring henne höll sig fast, marken under fötterna insjunken. Hon rörde sig inte. Andades inte heller. Hon bara fanns. Närvarande. Evig.

Det var som om skogen vuxit runt henne, eller att hon väntat där så länge att träden bestämt sig för att ge plats. Johans hjärta slog högre än stegen. Andningen grund, kall i strupen.

Sedan kom ljudet.

En harpa.

Det kändes inte som musik… inte som något spelat. Ändå fanns det där. Överallt. Som strängar dragna genom jorden. Mjuka crescendon som svepte genom skogen i vågor för jämna för att vara vind. Ljudet vibrerade bakom tänderna. Bakom ögonen. Kröp upp genom kängornas sulor som något som sökte sig in i kroppen.

Han svajade, bara lite. Tyngden i kroppen satt inte rätt längre. Luften tätare, som om han klivit bakom glas utan att märka det. Som om skogen inte längre var en plats, utan en kuliss bakom tunn plast. Fingertopparna stack. Ett stigande dån i bröstet speglade resonansen, som en stämgaffel slagen någonstans bakom hjärtat. Konturerna av saker: bark, löv, skuggan framför honom. Allt verkade kantat av en svag ljusning, som efter att man stirrat för länge på ett ljus.

Johan blinkade igen. En gång. Två.

Gestalten hade inte rört sig, men något i hennes form hade ändrats. Huvudet lite mer vridet. Håret, mörkt som mossa, nu tunnare i topparna, som åväxter lämnade att torka. Han tog ett steg framåt. Världen lutade med honom, men tyngden i bröstet följde inte med tillbaka. Hennes huvud vred sig precis nog för att antyda rörelse. Inget ansikte. Eller inget han kunde se.

Hon tog ett steg bakåt. Föll in bland björkarna, försvann med en rörelse så flytande att det såg ut som att sjunka. Inget ljud av reträtt. Inget krossat mossa. Bara träden, darrande lätt som av en andning genom stammen.

Johan stod frusen. Halsen trång, skogens tyngd pressande nära. Fukten klibbade mot huden som kåda. Något i honom sa lämna. Men något annat, gammalt och irrationellt, drog honom framåt.

Han steg en gång. Ett till. Kängorna sjönk ner i mossan, mjukheten förrädisk. Ännu ett. Fortfarande ingenting. Stigen borta.

Ett flimmer. Till höger den här gången. En blek skuldra som försvann bakom en björk. Han rörde sig utan att tänka.

– Vänta …

Hans röst lät fel i stillheten. För hög. Som om den släppts i vatten och ekat tillbaka i en annan form. Han pressade sig genom undervegetationen. Grenar viskade mot rocken, fastnade i ärmarna. Marken halare här, mossan gav efter under fötterna som våt sammet.

Där! Framför honom igen. Siluetten. Slank, svävande. Fötterna nuddade aldrig riktigt marken. Precis tillräckligt för att kännas osäkert. Johan ökade stegen. Benen kändes inte längre som hans egna. Tunga på fel ställen. Lätta på andra. Han sprang utan att veta varför.

Hon vred sig mer den här gången. Bara en lutning. Nog för att han skulle ana ett blänk där ett ansikte borde varit. Som våt sten till ögon. En kropp utan ryggrad. En skymt av en svans.

Han snubblade framåt. En låg gren rev över tinningen. Han stannade inte. Träden tätnade. För snabbt. Ljuset blinkade mellan grenarna, flimrade som en trasig glödlampa. Andningen kortare nu, vass i näsan, järn på tungan. Ett nytt flimmer. Bakom honom. Han vände sig för fort, tappade fotfästet, fångade sig mot en stam som kändes varm. För varm. Bark flagnade under handflatan som avskavd färg.

Han fortsatte. En ny skepnad framför honom. Ett nytt glimt av mossfärgat hår. Alltid vänt bort. Alltid ledande. Lemmarnas värk. Tankar grumlade, minnen rann i kanterna. Hade han gått förbi det trädet förut? Den sprickan i stammen som en knoge under hud? Allt såg likadant ut. Allt såg fel ut. Skogen hade stängt sig bakom honom. Varje riktning samma. Han vände igen. Ingenting. Vände igen. Fortfarande inget. Stigen borta.

Han kände det innan han såg det. Paniken som steg som galla. Varje steg kändes cirkulärt nu. Samma rötter. Samma sten. Samma lavtäckta stam. Skogen slöt sig inte med rörelse, utan med likhet. Han snubblade en gång. Rätade sig.

Sedan plötsligt – ljus.

Inte framför. Ovanför. En spricka i grenverket. Han vände sig, följde den med ojämn andning. Och där, som en hägring, stigen igen. Jord, inte mossa. Platta barr och det spröda knastret av hemvända steg.

Gestalten fanns inte mer. Hon hade lett honom vilse. Men han fann en välkänd stig.

Johan sprang inte längre. Ändå gick stegen snabbare, snabbare. När han nådde gläntan var det skymning igen, matt och låg. Freya satt vid den kalla eldstaden. Ingen eld tänd. Den gamla ringen grå, askan djupt ned i sprickorna.

Freya satt med benen i kors, borstade Lenas hår i långsamma, avsiktliga drag. Flickan lutad mot henne, insvept i fleecefilten, huvudet på sned som om hon skulle somna igen. Freyas ögon lämnade inte dottern, men handen ryckte till. En liten tuss hår hade lossnat i borsten. Inte mycket. Men tillräckligt.

Hon sa ingenting. Slöt bara handen om det. Johan steg in i gläntan. Han bar ingen ved. Freya såg upp. Såg hans ansikte. Något i det fick henne att räta på sig.

– Du har varit borta i över en timme, Johan! Och var är veden?

Han svarade inte direkt. Bara gick mot dem, långsammare än vanligt, blicken flackande mellan Freya och Lena.

– Det finns något där ute, sa han.

Freya höjde ett ögonbryn.

– En räv igen?

– Nej, sa han för snabbt. – Jag menar, det var inget djur.

Freya slutade borsta. Lena rörde sig svagt, mumlade något och blev sedan tyst igen.

– Något som tittade? frågade hon.

Johan drog handen genom håret, fingrarna fastnade.

– Nej. Inte så. Jag såg något. En gestalt. Kvinnolik. Halvt inne i träden, som om… som om skogen slukade henne halvvägs.

Freya rynkade pannan men protesterade inte.

– Sa hon något?

Johan skakade på huvudet medan han började ordna middagen. Ved hämtades snabbt från gläntans kant, inget mer irrande in i skogen. De åt tyst den kvällen, om det ens kunde kallas att äta. Freya hade insisterat på något varmt. Kokt vatten, pulversoppa, det sista av det goda brödet. Johan fick i sig några skedar innan han ställde ifrån sig koppen. Lena höll sin med båda händer, som om den bara var något varmt att greppa.

Elden sprätte mjukt i gropen. Freya försökte låtsas att tystnaden inte var kvävande. Lena blinkade långsamt, följde ångan från sin skål. Hon lyfte skeden mot läpparna men drack inte. Handleden darrade. En liten droppe buljong rann ner för hakan. Freya grep instinktivt en trasa och torkade bort den.

En röd blomma hade spridit sig längs Lenas hals, just under käklinjen. Den hade inte funnits där i morse. Freya var säker. Utslaget hade spridit sig.

– Älskling, sa Freya mjukt. – Luta huvudet lite.

Lena lydde utan protest. Huden rodnande, lätt fuktig. Utslaget följde ett brutet mönster, som spruckna ådror under ytan. Freya strök tummen längs kanten. Det var inte upphöjt. Inte torrt. Bara ett rött, ilsket utslag. Spridande som giftig murgröna. Lena ryckte till.

– Kliar det? frågade Freya.

– Lite, mumlade Lena.

Freya såg över elden mot Johan, som inte märkt något. Han stirrade in i lågorna, armarna vilande löst mot knäna, fingrarna slappa.

Freya reste sig, nästan för hastigt.

– Jag ska kolla en sak, sa hon. – Kommer snart.

Johan svarade inte. Lena rörde sig knappt, skeden vilade upp och ner på låret.

Freya gick bort mot den mörkare delen av lägret, mot packningen. Skogen hängde där utanför eldens räckvidd. För första gången kändes det som om den flyttat närmare. Hon gick inte direkt till tältet. Passerade det. Träden öppnade sig i en smal linje strax bortom, där sluttningen lutade svagt ner mot sjön. Luften svalare här. Vattnet stilla, som om glaciärsjön aldrig rörts.

Hon satte sig på en kullfallen stam strax ovanför strandkanten, drog upp powerbanken ur fickan och kopplade i mobilen. Den surrade svagt, skärmen fångade hennes spegelbild i det mörka glaset innan den tändes.

Sex procent batteri. Ingen signal. Ändå försökte hon.

barn symptom utslag kräkningar trötthet

Hjulet snurrade för länge. Hon väntade. När sidan till slut laddade gav den allt och inget: allergiska reaktioner, kontakteksem, solsting, förorenat vatten. Ett blogginlägg om björkpollenallergi.

Inget stack ut. Hon fortsatte scrolla medan svaren blev värre.

Någon hade svarat med en bild på en fästing. En konspirationsteori: förgiftad av jord, en annons för jod. Inget verkade rimligt. Hon klickade i stället på en länk till 1177, den svenska vårdguiden. Sidan halvlastade, erbjöd allmänna symtom men inga svar.

Freya växlade över till sina meddelanden. Claire hade fortfarande inte svarat. Bilden hade gått igenom, tidsstämplad från morgonen. Inget läskvitto. Inget svar.

Freya såg ut över sjön. Vattnet rörde sig inte. Ljuset hade sjunkit från trädtopparna. En fågel ropade en gång, sedan blev det tyst. Hon satt kvar en stund till, reste sig sedan. Knäna knakade när hon ställde sig upp. Batteriet nere på fem procent.

Tillbaka i lägret satt Johan ensam vid elden. Knäna uppdragna, dagboken stödd mot låret. Lena hade lagt sig. Inte ovanligt på sistone, men sällan hon frivilligt gick till sängs hemma.

Flammorna hade mattats till glöd, brann lågt och långsamt; mer sken än värme.

Han hade skrivit datumet. Inget mer. Bläcket hade runnit lätt i papprets ådror. Efter en lång paus la han till:

> *Lena kräktes igen. Hon säger att hon inte fryser, men händerna skakar. Freya är rädd. Jag ser det i hur hon rör sig.*

Han stirrade länge på nästa rad innan han fortsatte:

> *Jag föll tillbaka idag. Det låg en flaska whisky i en väska. Men sedan dess känns det som någon ser på mig. Det här är inte abstinens. Inte som sist.*

Han stannade. Strök över raderna. Knackade pennan mot knät.

> *Träden står stilla. Jag tycker inte om det.*

Han underströk de sista fyra orden, smetade sedan ut dem med tummen. Sidan såg värre ut med märket utplånat. Han stängde dagboken mjukt. Solen hade lagt sig på sitt vanliga ställe, precis under horisonten. Ljuset fyllde fortfarande himlen med sin eviga skymning.

Freya klev tillbaka in i lägret utan att säga något. Hon såg inte på honom, gick bara förbi elden mot tältet. Axlarna stela, armarna korsade över bröstet. Han såg på henne där hon stod en stund vid tältfliken. Som om hon lyssnade efter något. Eller väntade på styrkan att gå in.

Hon nämnde inte meddelandena. Inte sjön. Inte utslaget. Han frågade inte.

Enkelhet

Tystnaden kändes mindre spänd i dag. Inte tung av hot, inte trådad av osynliga ögon. Bara en likgiltig stillhet, sträckt från björkskugga till björkskugga.

Freya blinkade sig vaken. Kroppen dröjde, långsam att tro på den nya dagen. Ljuset sipprade genom tältduken. Samma diffusa grå som alltid, ovilligt att ge något verkligt solsken. Hon låg stilla en stund med ryggen stickande. Till slut rörde hon sig. Varsamt. Smög ur filtarna, bara fötter mot det kalla underlaget. Den fuktiga luften klibbade mot insidan av jackan när hon drog den på. Hon grep dragkedjan, lät tältfliken glida upp med ett riv.

Björkarna stod vakt i varje riktning, men kändes ändå långt från gläntan med sin jordgolv. Lena låg kvar i det lila tältet. Hoprullad i barnets instinktiva form, armarna tätt, Pebble vilande mot halsen. Andningen grund och stadig, synlig i silhuettens mjuka höjning och sänkning. Inget mumlande. Inget skakande. Inga skrik slitna ur feberdrömmar. Bara de små, mänskliga ljuden av sömn.

Freya sneglade ditåt, läpparna ryckte till i något som nästan var ett leende. Det borde ha varit en tröst. Men tystnaden väckte misstro. Som om skogen var ihålig. Den stillhet som kommer efter att platser övergetts. Av människor. Av djur. Till och med av träden.

Hon gick mot eldstaden. Kall aska låg i mjuka högar där lågorna dansat kvällen innan. Ingen glöd dröjde. Ingen rökdoft. Ändå kändes värme kvar under stenarna. Hon hukade sig, handen svävade över mitten. Alltid varm.

Hon sträckte på sig långsamt, kände värken löpa genom ryggen upp i skallen. Efter så många dagar hade smärtan blivit bekant. Huvudvärken lämnade henne aldrig helt. Bara blivit en del av morgonen, som fuktiga strumpor eller sköra andetag. Hon gick genom rutinen. Kollade köket. Granskade vattenflaskor. Räknade veden. Ett morgonmönster byggt på envishet. Och till slut: kaffe.

Bakom henne ett ljud. Grus under känga. Johan steg ut ur det orange tältet, dagboken under armen. Hans ögon mötte hennes, fastare än i går. Fortfarande bleka, men inte den askgrå nyans hon vant sig vid. Inget släp i stegen. Inget pysande andetag mellan tänderna. För ett ögonblick såg han ut som mannen hon brukade känna. Den som svingade yxor och klöv ved.

– God morgon, sa han, med en studs i rösten. – Du är uppe tidigt.

– Du med, svarade Freya, analyserande honom med en blick hon inte avslöjade.

Johan nickade, sneglade mot Lenas tält.

– Är hon okej?

– Hon verkar ha sovit. Ordentligt den här gången. Hon ropade inte ens en gång.

Han satte sig på huk vid eldstaden, fingrarna strök över en av stenarna utan att rycka till. Han också på väg att tänka på en tidig kopp kaffe. De sa inget mer på en stund. Johan drog fram dagboken, satte sig med benen i kors på en flat sten och bläddrade fram en tom sida. Pennans rasp var mjukt men bestämt; varje rad en lina tillbaka till det normala. Freya lyssnade på ljudet medan vattenkokaren värmdes.

Bakom dem prasslade tältet. Ett mjukt stön, en gäspning, sedan Lenas röst:

– Mamma… jag vill ha en toast. Med ost. Riktig ost.

Freya vände sig, förvånad, när Lena stack ut huvudet, ögonen kisande mot ljuset.

– Du hatar ost, sa Johan från sin sten.

– Inte längre, svarade Lena och gnuggade ögonen med knytnäven. – Men den måste vara smält.

Freya fick fram ett litet leende.

– Vi har ingen ost.

Lena suckade dramatiskt, kröp ut med filten fortfarande som en mantel runt sig.

– Då bara något knaprigt. Inte soppa. Ingen mer soppa.

Det lät som en inövad protest, ett barns vilja att ställa till lite bus.

Freya gick ner på knä, fångade Lenas ansikte mjukt i handen och pressade handens baksida mot hennes kind. Varm, men inte het. Ögonen inte längre blodsprängda. Läpparna darrade inte heller.

Utslaget, det lilla som syntes ovanför kragen, hade bleknat till mjukt rosa, som ett sår på väg att läka.

Johan såg upp från sitt skrivande, vek ihop dagboken med ett mjukt duns.

– Hon kräver mat. Det måste vara ett mirakel.

Kokaren på den nyantända elden började vissla. I stillheten som följde sprack inget. Bara den låga ångan som ringlade uppåt medan de tre samlades i den kalla morgonsolen. Efter frukosten, eller något som liknade det, förklarade Freya dagen till en stilla dag.

Ingen vandring. Ingen letning. Inget stapplande uppför blöta stigar för att jaga mobiltäckning som ändå bara blinkade till när ingen såg. Bara vila.

Även om Freya kände sig lite vissen, medan de andra två tycktes ha återhämtat sig fint. Eller i alla fall kändes det så. Kanske oroade hon sig helt enkelt för mycket, tänkte hon. Lena protesterade inte. Hon satt fortfarande insvept i filten som i en kokong, korslagda ben vid den urbrända eldstaden. Hennes lockar ett trassel av sömn, och med en pinne hade hon ritat små ansikten i askan: rader av huvuden med för många ögon och sneda leenden.

Johan satt på huk vid eldstaden, puffade till en sotig sten med kängans tå. Värmen smög fortfarande upp ur den packade jorden. Ansiktet kändes lättare än på flera dagar, mer avslappnat. Freya verkade också stillare denna morgon; mindre spänd. Kanske för att Lena inte längre såg ut som ett spöke.

Han sneglade ditåt. Freya och Lena låg utspridda över en mossfläck, ritblock och pennor mellan sig som en picknick. Pyssel hade aldrig varit hans grej.

– Känns som det äntligen vänder, sa han och borstade grus från handflatorna. – Hon har fått färg igen.

Freya svarade inte genast. Hon var fäst vid Lenas papper, ansiktet ogenomträngligt. Johan reste sig med ett stön, rullade axlarna.

– Jag kanske provar sjön igen. Om hon vill ha något annat än soppa till lunch, får jag väl fiska upp det.

Lena piggnade till.

– Kan jag få den där krispiga skinnbiten? Åh! Och förra gången gjorde du elden för varm, sa hon glatt. – Det luktade som mammas plattång.

– Noterat, svarade Johan med ett snett leende. Han grep efter spöt och den gamla kniven han höll i slidan vid bältet, drog på sig kängorna med ett grymtande.

– Om du ser några drakar, ropade Lena, – säg att jag är upptagen.

Freya fnös tyst.

– Och att de inte får röra din sten.

Lena nickade allvarligt, lyfte Pebble.

– Hon bits.

Johan höjde en hand i en slö halv vinkning och försvann in bland träden, nerför sluttningen mot sjön. Kängorna lät knappt mot den fuktiga skogsmarken. Freya såg efter honom tills sista fladdret av jackärmen försvann bakom björkstammarna. Tystnaden återvände. Tjock, fylld av saker som valt att inte tala.

Lena släppte sina ritgrejer med en suck som en överarbetad konstnär och började genast klottra med en röd penna som saknade sudd. Freya satte sig långsamt till rätta. Benen ut, ryggen stödd mot väskan. Ryggraden värkte mer än den borde, men hon sa inget. Bara såg på dottern som rörde sig. Lena nynnade medan hon ritade. Inte den kusliga melodin från dagarna innan. Något lättare, med mer ton. Freya kände inte igen den, men den lät som ett ledmotiv ur en tecknad serie, eller en videosnutt som rullade oändligt i lägenheten hemma.

– Vad ritar du? frågade hon och strök bort ett löv ur Lenas hår. Lövet följde med en liten tuss hår.

De satt i en fläck av gråprickigt ljus, filten utlagd över mossa som aldrig riktigt torkade. Lena hukade över blocket, färgpennorna utlagda runt henne som knivar i mjuka nyanser. Grafit, blekgult, rött nedslitet till en matt ton. Hon hade inte sagt mycket sedan Johan gått till sjön. Bara nynnat och hållit handen i rörelse.

Freya lutade sig tillbaka, armarna korsade bakom huvudet, såg hur Lenas ansikte spändes i koncentration. Det fanns fortfarande färg i hennes kinder den här morgonen. Det var något. Andningen stadig, obehindrad. Också något.

Den första bilden tog form långsamt. Långa drag i svart och mörkgrönt. Ett träd, eller något som skulle likna ett. Skevt, kluvet vid roten. Stammen smalnade till en midja, barken flagnade som hud. Trådar av mossa eller rankor hängde från grenarna som hår. Freya lutade sig fram, armbågen mot knät. Det var inte bara formen som störde henne. Det var hållningen. Figuren stod halvsmält in i skogens rötter, höften lätt vriden som om den nyss märkt att den var iakttagen. Inget ansikte. Bara en blek oval där det borde varit; blank som tomrummet.

En arm sträckte sig neråt, fingrar orimligt långa. Den andra böjd bakom ryggen, som om något dolts. Eller hölls fast där. Och figuren hade en svans. Räv? Eller ko?

Lena kommenterade inte sitt motiv. Hon bläddrade vidare. Nästa teckning kom fortare. Hårdare.

Freya såg hur pennan hackade i dotterns hand. Grafiten skrapade, drog. Mörka linjer samlades i mitten. En liten gestalt. Tunna armar. Inga fötter. Kroppen nästan svävande över marken. Runt huvudet tjocknade strecken. Tunga svarta fläckar där en mun borde varit. Ansiktet suddigt. Ett misstag? Nej. Det var gjort med avsikt. Skuggorna svalde det. Och längst ner: skorna.

Röda. Omsorgsfullt ritade, till skillnad från allt annat. Två små, precisa former i brandbilsrött. Den färg Lena brukade undvika. Pennan måste ha pressats hårt för att få den skärpan. Den detaljen. De där skorna.

Berättelsen hade ändrat versioner. Drunknad, begravd, övergiven; men skorna var alltid desamma. Flickan med de röda skorna som grät om nätterna, som kröp bakom tälten och hatade att bli sedd. Lena hade talat om henne. Freya hade alltid avfärdat det som en mardröm. Ett virrvarr av folktro och barnprogram.

Lena stannade upp, lutade huvudet. Sedan vände hon blad igen.

Den tredje bilden var annorlunda. Mjukare. Ritad i blått och ockra. Lägret. Tre tält, skeva men igenkännliga. Johans orange, hennes eget mörkblått, och Lenas lilla lila emellan. En streckfigur bredvid varje: Lena först, hon själv i mitten, Johan till höger. Men de var inte ensamma.

Till vänster om Lena, längre bort men iakttagande: den rödskoade figuren igen.

Denna gång med handen utsträckt. Inte gripande. Bara där.

Och längst till höger, halvskymd bakom en klottrad björk, en annan siluett. Högre. Smal. Håret långt och grått, slingrande ner i jorden. Ögonen saknades. En arm hängde för lågt. Sträckte sig.

Freya stirrade på den tredje bilden. Munnen torr. Lena såg upp, lugn som helst. Pennan dinglade slött mellan fingrarna.

– De följer människorna de minns, sa hon.

Freya svarade inte. Hon visste inte om hon borde. Gläntan kändes tunnare plötsligt, som om något lyssnade mellan träden.

Lena knackade på sidan, nageln klickade mot de röda skorna.

– Hon var ensam förut. Jag håller henne sällskap nu.

Sedan gled handen till andra sidan av teckningen.

– Hon ser på pappa, sa Lena. – Hon blinkar aldrig.

Freyas röst, när den kom, var låg.

– Och de två… de är långt borta. Varför?

Lenas panna veckade sig, som om svaret var självklart.

– För att de inte stannar länge.

Freyas blick föll ner mot skissen igen.

– Och jag? frågade hon varsamt. – Var är min vän?

Lena log.

– Du har ingen.

Det borde ha svidit, men gjorde inte det. Inte riktigt. Bara lämnade ett ihåligt, viktlöst eko i Freyas bröstkorg.

– För att jag är ensam?

Lena nickade, återgick sedan till att skugga marken under tälten.

– Det är säkrast.

En vindpust drog genom gläntan. Freya höll ner sidans hörn så det inte skulle lyfta. Ingen av dem sa något mer.

Längre ner längs stigen låg sjön stilla. Vattnet orörligt. Det speglade den grå himlen som en spegel. Ingen vind skar över ytan. Inga insekter sydde sina trådar. Bara den kalla, glaslika tystnaden; som om hela sjön hällts upp i en rörelse och sedan stelnat.

Johan satt vid vattenkanten, kängorna kastade åt sidan, tårna spretande mot en torr sten som stack upp ur grundet. Linan hängde i sjön som en tråd på väg att lossna. Han hade inte ens agnat ordentligt. Märkte det halvvägs men orkade inte rätta till. Fiske var inte poängen i dag. Spöt balanserade slappt mellan två stenar. Han lät det vara, satt där, väntade.

Ur jackan drog han fram dagboken och pennan. Sidorna mjuknade, kanterna krusade av fukt.

> *Dag sex. Vädret håller. Vattnet klarare än i går. Jag hör min egen andning igen. Lena bad om "riktig mat" i morse. Sa att soppa är för bebisar. Hon har fått bett igen.*

Johan stannade, pennan lyft. En metallisk smak höll sig kvar på tungan. Tunn och sur. Han pressade den mot en kindtand, kände trycket. Dovt, jämnt, spred sig längs ena käksidan. Pennan rörde sig igen, långsammare nu.

> *Freya verkar lättare i dag. Fortfarande vaksam. Men mer*

> *avslappnad. Kanske för att Lena inte verkar sjuk. Det*
> *räknas för något.*

Svetten samlades vid tinningen. Han torkade bort den med ärmen och la dagboken bredvid sig på stenen. Sänkte sig ner på ena armbågen, blicken vilande över sjön. Något rörde sig under ytan. Blekt. Flytande. Försvann innan han hann fånga formen. Vattnet höll sig lugnt igen. Ingen krusning följde.

Efter en stund ryckte spöt till. Han vaknade till, grep efter det. Linan spändes, ett tydligt motstånd som drog ner genom vattnet. Han vevade med stadiga händer. Ögonblicket drogs ut. Sedan brast ytan.

En öring kastade sig upp, kroppen blank av sjövatten, ådrad i guld. Kopparskimrande över ryggen, ljus och prickig längs sidorna. Runt trettio centimeter, kraftig i mitten, musklerna darrade när Johan drog in den. Han hukade sig, grep bakom gälarna och höll fast. Fisken slog en gång, stark och ren, sedan stillnade den i hans händer. Ögonen mörka och runda, fjällen blanka i ljuset.

Något i den stillheten fick honom att andas djupare. Han lade fångsten på en sten och tog fram kniven. Ett fast tryck bakom gälöppningen, sedan ett mjukt snitt ner genom buken. Inälvorna gled ut i en varm rännil. Levern full. Han sköljde kroppen i sjövattnet, såg rosa trådar driva bort mellan vassen. Sedan slog han in den guldbäckade fisken i en trasa och knöt hörnen med omsorg. En liten seger.

Munnen fylldes av saliv, plötsligt och surt. Hungern rörde sig lågt i magen, men något annat följde med: en skarp puls längs tandköttet. Han drog tungan över kindtänderna igen och ryckte till. Den vänstra kindtanden kändes svullen, som om roten pressade uppåt inifrån, sökte en väg ut.

Han vred på huvudet och spottade. En rosa fläck landade i mossan. Han torkade läppen med handens baksida, kollade om mer följde. Inget färskt blod. Ingen skarp smärta. Bara det där dova, blåmärkslika trycket bakom tandköttet. Kanske en visdomstand. Han hade aldrig dragit dem, alltid tänkt att de skulle lägga sig själva. Kanske bara sent.

Han andades långsamt, lät sig själv ta in lugnet omkring. Ändå tårades ögonen. Smärtan klättrade upp bakom kindbenet i en jämn blomning. Den sortens värk som gjorde tankarna mjuka i kanterna.

Han hukade för att plocka upp paketet, trasan fortfarande varm där fisken legat. Kniven vek sig in i slidan med ett rent klick. Han fäste den vid bältet, torkade handflatan mot byxbenet och grep dagboken och spöt. Vattnet, nu bakom honom, låg orört. Inga krusningar. Inget insektsurr. En spegel, kall och glaserad, som om den aldrig rört sig.

Han tog stigen tillbaka genom slyet, steg för steg försiktigt. Fisken vilade mot armen, tyngre nu. När han nådde gläntan låg lägret åter i sin vanliga tystnad.

Lena satt med benen i kors, solen kantade hennes axlar. Hon höll blocket hårt, som om det kunde försvinna om hon blinkade. Pennan rörde sig snabbt över sidan. Ryckiga drag, vassa svängar. Hon märkte inte faderns återkomst. Teckningen fångade hans öga: ett vridet träd, barken som hud, och under det en form med för många ögon. Tomma, utan lock, ringade av mörker.

Freya hukade nära, vek en jacka till rätt form. Hon sa inget när han kom fram. Hennes blick fladdrade en gång mot honom, sedan mot Lena, och bort igen. Ett hälsande leende drog i mungipan, men inget mer.

En tuss papper stack ut ur Lenas vänstra näsborre, fläckad rostrött vid spetsen. Hon verkade inte ens märka det längre. Det oroade Johan mer än något annat.

Han satte sig på huk vid kylväskan, vecklade upp fisken och la den på en flat bräda. Fjällen fångade ljuset. Koppar längs ryggen, krämfärgade vid buken, ett mjukt strössel av röda prickar som glimmade som fuktiga glödkorn.

– Pillade du på den? frågade Freya, hukande sig vid Lena.

Lena skakade på huvudet, läpparna hårt ihop.

– Jag nös för hårt.

Freya tog varsamt tag i dotterns haka och vinklade upp huvudet. Pappret fläckat i klart rött. Ett näsblod. Inte kraftigt, men nog för att kyla steg i Freyas mage.

Bakom dem knastrade kängor mot sten och torr jord. Johan kom fram mellan träden, skjortkragen fuktig och en fisk insvept i tyg under armen som en gåva. Han såg nöjd ut. Lite färg hade återvänt i ansiktet, en svettrand på pannan som inte verkade född av feber.

– Se vad jag fick, sa han och höjde byltet.

Lena lyste upp.

– Den där krispiga biten av skinnet?

– Om jag inte bränner den.

Hon pekade ivrigt på näsan, ögonen glittrade.

– Jag nös för hårt, pappa!

Johan nickade gravallvarligt.

– Farliga utbrott, de här skogsnysningarna. Träden gillar inte att
bli skrämda.

Freya tvingade fram ett leende, reste sig och gick för att hjälpa
till vid eldstaden. Johan sa inget mer. Om det fanns blod i hans
mun ignorerade han det, eller intalade sig att det inte spelade
någon roll.

Han hukade sig igen, sköljde öringen med lite upphällt sjövatten
och satte igång.

De rörde sig tillsammans utan ord, föll tillbaka i den gamla
rytmen från förr. Johan höll fisken stadigt med ena handen,
skrapade varsamt längs skinnet med knivens baksida. Fjällen
lyfte i tunna lockar, spreds som torra löv över stenen.

Freya hukade bredvid, fingrarna snuddade vid hans när hon
sträckte sig efter den lilla plåtasken.

Inuti: ett stycke vaxpapper med salt, en brunpåse med torkad
dill, några krossade enbär klibbande i botten. Hon plockade upp
vad hon kunde, gnuggade saltet mellan fingrarna, grynigt och
fuktigt av skogsluften.

Johan vände på fisken, arbetade nu längs ryggraden. Grunda,
rena snitt lossade köttet från benen när han började filea.
Händerna hade stadgat sig igen. Muskelminne. År av
campingturer och fångade middagar. När allt mellan dem varit
enklare. Som förr.

Snart tjocknade luften av doften av het olja, krispigt skinn och
långsamt smältande fett. Det spred sig över gläntan som något
som inte hörde hemma där. För rikt. För gott. En kontrast mot
dagarna innan. Som om deras kroppar glömt hur riktig mat
skulle lukta.

Lena lämnade blocket och tassade fram, filten släpande bakom henne. Bara ben prickade av röda märken efter mossan. Hon satte sig med knäna mot bröstet, filten löst över axlarna. Läpparna bleka, men hon log ändå. Nästan som vanligt. En måltid delad. Eldskenet över tre ansikten som såg lyckliga ut igen.

När fisken krullade sig i kanterna och skinnet blivit bronsfärgat portionerade Johan med omsorg. En stjärtbit, svartbränd och krispig, la han försiktigt på Lenas tallrik. De tjockare bitarna till sig själv och Freya.

De åt under tystnad en stund. Freya lät saltet dröja på tungan. Köttet föll isär perfekt, mjukt mot gommen. Hon tuggade långsamt, ovillig att hasta. Johan åt med fingrarna, slickade av dem innan han tog nästa bit. Lena tuggade försiktigt, läpparna lätt särade, ögon halvslutna. Hon åt inte upp, men hon försökte. Det räckte.

– Bättre än soppa, sa Johan, lågt genom en tugga.

Freya lutade sig bakåt, armbågarna i mossan.

– Vi kanske får ransonera självgodheten härnäst.

Lena log, tänderna kikade fram. Näsblodet hade slutat. En liten lättnad. För ett ögonblick lade sig scenen som ett minne kunde göra. Sensommar. En vind genom björktopparna. Skuggor som föll där de skulle. Rätt sorts värme.

Freya slöt ögonen, precis länge nog för att ljuset skulle nå genom dem. Hon kände det lägga sig mot ögonfransarna, varmt och märkligt. Men hon lät det inte stanna.

Lena reste sig bredvid henne. Filten släpade bakom som barken från ett döende träd. Hon skuttade iväg utan förklaring, mumlade om pinnar och kronor och om Pebble gillade mossa eller behövde torr mark att sova på. Rösten bar genom träden, mjuk och söndrig. Sedan försvann den in i undervegetationen.

Freya stoppade henne inte. Johan lyfte inte blicken.

Nu var det bara elden som sprätte mellan dem. Johan satt med benen i kors mitt emot, armarna vilande på knäna, blicken sänkt mot den tomma tallriken. Ansiktet befriat från ansträngning. Ett lugn hade lagt sig över honom, löst och osäkert, som något lånat för stunden. Den sortens lugn som kommer efter stormar, även om marken fortfarande dricker vatten. De hade inte talat sedan maten. Till slut bröt Freya tystnaden.

– Jag hade glömt att den fanns.

Han frågade inte vad hon menade. Han visste att ett svårt samtal var på väg.

– Jag vet.

De satt i det outsagda.

– Jag drack inte på grund av platsen, sa Johan. – Eller ens dig. Jag drack för att tystnaden kändes som den bit jag alltid flytt ifrån... den biten där jag måste stanna och göra saker själv. Jag var aldrig rädd för att vara en dålig pappa. Jag var rädd för att vara pappa överhuvudtaget. Att vakna och veta att hon behövde mig... och inte veta vad jag hade kvar att ge.

Freya avbröt inte. Hon blinkade inte ens. Hon lyssnade, ögonen fångade av glöden som långsamt falnade.

– Jag drack för att springa ifrån det. Skammen över att vara osäker. Tyngden av att låtsas ha kontroll.

Han tystnade igen. När han sträckte sig efter dagboken och lade den bredvid sig var det inte en gest för att visa upp något. Bara instinkt. Ett sätt att hålla fast. Freya såg hur hans fingrar svävade vid ryggen, som om de inte var säkra på att de hörde hemma där.

– Du är bättre när du skriver, sa hon mjukt. – Du stänger dig inte lika hårt.

Han svarade inte, men axlarna sjönk. Freya rullade över på armbågen, vände sig mot honom nu. – Hon behöver inte perfekt. Hon behöver ärligt. Och för vad det är värt... – rösten stockade sig, men hon rensade den – ...du stannade. Det betyder något. Jag hade inte klarat att se dig dricka dig till döds.

Johan såg ner. Käkmuskeln ryckte till. Inga fler ord var värda att säga. Ögonblicket var inte byggt för lösning, bara för förståelse.

Elden hade sedan länge sjunkit till aska, den sort som höll värme men inte gav något ljus. Freya hukade vid en gammal plåtburk, sopade undan fiskben med en pinne, skrapade smulor ner i en grund grop i jorden. Hennes händer rörde sig vant, men huvudet kändes som om det vadat i sirap sedan lunchen.

Vid filtkanten låg Lenas block kvar, uppslaget. Papperet hade krullat i hörnen. Den senaste teckningen låg halvfärdig. Ännu en bild av lägret: de tre tälten i skev skala. Under det mittersta, Lenas, hade en spiral börjat ta form. Tunna, slingrande linjer ner i marken, glödande svagt gult. Freya stängde blocket varsamt. Hon ville inte se vart den ledde.

Ett ljud från sluttningen. Mjuka steg, ett barns andetag genom träden. Lena kom fram mellan stammarna, barfota, med jord struken upp längs smalbenen. Hon höll Pebble inlindad i mossa, vaggad i armvecket som en nyfödd. Ögonen glasiga. Trötta, kanske.

– Jag gjorde ett bo till henne, mumlade Lena. – Men hon ville inte stanna i det.

Lenas röst kom långsamt. Varje ord som hämtat djupt, som om det kostade henne andan att forma dem. Hon sjönk ner på filten utan att någon bad henne. Ena handen pressad mot sidan, fingrarna spretade som om hon höll något inne. Under näsborrarna hade blodet stelnat igen. En mörk strimma färgade tröjärmen.

Freya satte sig på huk intill, borstade varsamt undan trassliga hårslingor ur ansiktet. Fingrarna blev fuktiga av svett.

– Du är varm igen, viskade hon.

Lena blinkade långsamt.

– Det brummar igen.

Blicken drogs nedåt, fast på ingen synlig punkt. Som om hon försökte se genom mossan, under jord och rötter, mot något som levde i mörkret därunder. Kroppen ville röra sig men var efter. Lemmarnas rörelser fördröjda, som om de glömt hur man lydde. När hon föll mot Freya var det klumpigt, viktlöst.

Freya fångade henne lätt. Lyfte upp henne i knät, försiktig att inte störa det sköra maskineri som verkade arbeta under huden. Värmen strålade genom bomullstyget. Febern låg nära.

Ljuset hade glidit över i kvällsskymning. Det badade inte längre något ordentligt. Björkbarken matt som ben. Skuggor förlängda. Lena pressade ansiktet mot Freyas halsgrop, andningen grund, ojämn. Freya stirrade utåt, osäker på vad hon väntade sig. Ett flimmer. En form. En röst. Något hade förskjutits i middagens stillhet. Tystnaden bar tyngd.

Hon gungade utan att mena det. En långsam rytm. Lugnande. Instinktiv.

Johans röst skar igenom.

– Jag gör upp eld igen.

Lena sjönk i Freyas famn, andningen grundare nu. Små, oregelbundna andetag, som om varje drog med sig en smärta. Freya strök handen över hennes hjässa. Fuktiga hårstrån klibbade vid fingrarna. Hon torkade dem inte bort.

Bakom dem sprakade elden till liv igen. Johan hade byggt den omsorgsfullt, nästan vördnadsfullt. Vedträn lagda symmetriskt. Dess sken fladdrade inte; det pulserade. Tungt, orange, smetade luften som olja över vatten.

Freya satt kvar, Lena hopkurad i knät. Hon svepte in dem båda i sovsäcken, drog den upp över dotterns axlar. Tyget höll ännu lite värme.

Lenas hud kändes klibbig och het. Darrningen i armar och ben hade inte lagt sig. En tunn blodstrimma vid näsan igen. Freya duttade bort den med en fuktig trasa.

– Hon är bara trött, viskade hon. Nästan ohörbart. Mest till sig själv. Mest för tron.

Johan satt på andra sidan elden, täljde planlöst på en barkbit. Läpparna bleka. Inte lika bleka som flickans, men ändå. Freya såg honom pressa en knoge mot munnen och hålla den där för länge.

Han blinkade. Såg på handen. Blod på fingrarna. Bara lite, men för mycket. Ljust, friskt, från någonstans det inte borde. Han strök bort det mot jeansen som om det var inget. Vinden vände röken åt sidan. Den sved i Freyas ögon. Lena hostade, torrt och ihåligt. Freya sänkte henne försiktigt ner mot marken.

– Hon behöver sova, sa Johan, knappt över en andning.

Freya nickade och flyttade Lena i sina armar. Tillsammans bar de henne över den mjuka jorden. Förbi svalnande glöd och spridda barr till tältet.

Där inne luktade luften svagt av fuktig ull. Freya lade ner Lena i sovsäcken, stoppade upp den under hakan. Hon grep efter Pebble, fortfarande ljummen i hörnet, och la den vid sidan av revbenen. Som en talisman. Lena mumlade något, orden för sluddriga för att förstå. Läpparna knappt rörliga. Ögonen förblev slutna.

Freya stannade på huk, borstade luggen från pannan. Lät handflatan vila mot bröstet, väntade på den långsamma, tunna höjningen. Den kom, men för svagt. Som om Lena redan övade frånvaron. Hon tryckte en kyss mot tinningen och dröjde där.

Utanför pulserade elden genom tältduken, en trött rytm. Hon drog igen dragkedjan halvvägs och gick ut i mörkret igen.

Johan satt strax bortom ljusringen, armbågar på knäna, ansiktet slappt av något tyngre än trötthet. Freya satte sig bredvid, nära men utan att nudda. Elden svajade i ett stilla mönster, ett matt orange hjärtslag som kämpade för att inte stanna.

Freya såg lågorna dansa. Fångades av de minsta rycken. Tystnaden mellan dem var inte kall. Den var bara tunnsliten.

– Om hon är sämre i morgon, sa hon lågt, – då åker vi.

Johan nickade, som om tyngden redan lagt sig i benen. Mer en kapitulation till det som redan var avgjort.

– Vi åker, sa han. – Om det blir värre.

Rösten höll, men något i den stämde inte. Utdragen, som tyg spänt för hårt över en ram. Kadensen av en man för trött för att dölja formen av sin känsla.

Sanningen hade redan lagt sig mellan dem. Hängde i röken. Lena skulle hålla emot. Bilens motor skulle hacka igen, hosta genom sitt sista trots.

De satt tysta, bara eldens knaster i skymningen. Freya lutade sig mot Johan, axeln snuddade. Han satt stilla. Andningen saktade, mjuknade.

Hon drog ett djupt andetag. Doften av vedrök och en svag metallisk ton. Hon undrade om han kände den också. Elden sprakade till. Utanför den smala ringen av ljus hängde träden över gläntan, pressade sig in.

– Tack, mumlade hon.

– Inte bara för att du gick med på det. Utan för att du är här. För att du stannat med oss.

Termisk

Morgonen kom, visad bara av ljuset som sakta steg när kvällens skymning ebbade ut. Solen stod redan uppe, men strålarna som nådde in var inte grå, inte varma heller. Bara bleka. Som om någon dragit ur färgen ur världen och lämnat bara formerna kvar. Freya var först vaken.

Hon satt redan hukad vid Lenas tält, halvvägs öppet, granskade flickans arm i det tidiga ljuset. Fingrarna mjuka, kliniska. Utslaget hade kommit tillbaka. Nu ilsket. Blåsor längs kanten som om huden bränts inifrån. Flickan vände sig på sidan, mumlade något om *det där tysta brummandet*. Freya dröjde kvar en stund. Hon täckte utslaget igen, strök tyget slätt över sidan. Varje rörelse långsam. Inte varsam. Avsiktlig.

Dragkedjan lät högt i stillheten, varje tand som låstes mot nästa likt ett sigill.

Johan var långsam att komma ut. Hans skugga dröjde i det orange tältet en hel minut innan dragkedjan gav ifrån sig ett motvilligt riv och han steg ut, kisande. Han såg sämre ut. En fläck vid mungipan. Torkad, blek, men röd. Han strök bort den med handens baksida utan kommentar. Blicken hade den där glansiga spänningen igen, som om världen var för ljus på vissa ställen och för mörk på andra. Han satte sig vid de pyrande resterna av gårdagens eld, hostade i ärmen, började röra i askan som om den dolde svar.

Freya följde honom med blicken från andra sidan gläntan, armarna korsade.

– Mår du bra? frågade hon när hon såg honom.

Johan såg inte upp.

– Jag är okej. Behöver bara kaffe.

Freya svarade inte. Hon gick i stället till packningen vid det orange tältet och drog upp en av dufflarna. Tog fram ett förseglat paket knäckebröd och en halvfull flaska juice. Den var varm mot handen, fast luften bar morgonens kyla. Hon ställde båda vid den platta stocken och vände sig bort igen.

Lena kom strax därefter. Hon gick som om lemmarna glömt ordningen. För mycket svaj i axlarna. För lite i knäna. Inget hej. Inget leende. Hon sjönk ner vid juiceflaskan, skruvade av korken och tog tre klunkar innan hon föll i hosta, hårt ner mot marken.

Hostan började djupt, fast i bröstet. Ett hårt ljud följt av ett till, sedan en paus. En paus som blev för lång, som om kroppen inte visste om den skulle fortsätta. Hon föll framåt, båda händerna tog emot i den fuktiga jorden. Flaskan rullade åt sidan, innehållet slog mot väggarna innan den stannade i ett grästuv.

Freya sprang fram, knäna slog i marken bredvid henne. – Andas långsamt. Genom näsan, sa hon lugnt.

Men Lena lyfte inte huvudet. Andningen kom i korta stötar nu, kämpande för att hitta rytmen efter varje hostattack.

Johan var långsammare, gnuggade ögonen med handryggen innan han stapplade upp. Han stod på andra sidan, en hand vilande på hennes rygg. Beröringen darrig. Han såg upp mot Freya som en man som ville veta om något gått helt sönder.

– Har hon ätit något konstigt? frågade han för snabbt.

– Hon åt inte, svarade Freya. – Hon rörde knappt middagen.

Lena hostade igen, sedan stannade hon upp. Fingrarna hade krökt sig in i jorden. Axlarna darrade. När hon till sist vände på huvudet såg ansiktet urtömt ut.

– Mamma ... viskade hon. – Det är högre på morgonen.

Freya blinkade.

– Vad är det?

Lena lutade sig mot Johan, andningen hackade mot hans tröja. Huvudet föll mot hans sida, tungt, som om sömnen pressade inifrån. Ena handen grep tyget vid hans midja. Ögonen halvöppna men ofokuserade, fästa vid något bortom träden. Hon pratade igen. Mer ett ljud än en mening. Johan skiftade tyngden, höll henne uppe. Hans hand rörde sig över ryggen, lätt, osäker.

– Hon är bara trött, sa han.

Blicken låg kvar på markfläcken där hon hostat. Jorden mörkare där, våt grus klibbade mot hennes fingrar, hennes knän. Freya hukade mitt emot. Rösten låg, utan skärpa.

– Nej. Hon är sämre.

– Jag rensar eldstaden, svarade Johan till slut, ignorerade hennes ord.

Freya nickade, höjde ett ögonbryn men rörde sig inte.
Hon tänkte redan på väskorna. Rörde sig med den tysta
beslutsamheten hos någon som redan bestämt sig. Händerna
sorterade bland packningen utan tvekan: filt, flaskor, Lenas
tunnare skor, en halv rulle kex i en prasslande påse. Inget
dramatiskt. Inga rop. Inga bråk. Bara en tyst protest som
förberedde avfärd.

Eldstaden hade sjunkit under natten. En av stenarna tippat, hela
ringen lutande som om något dragit marken inåt underifrån.
En svartbränd björkbit låg kvar i mitten. Under den hade askan
stelnat i en grå massa. Han stod där en stund. Sedan gick han
efter den lilla spaden i tältet. Skaftet kändes tyngre än han
mindes. Kanske var det tyngre. Kanske var det bara tröttheten.

Freya passerade bakom, stegen tysta men närvarande, kängorna
knäckte den tunna skorpan av aska och barr. Johan pressade
spaden ner i gropen. Bladet skar lätt genom det översta lagret,
drog upp lös aska blandad med mörk grus. Texturen fel under
kängan. För mjuk för årstiden, för fuktig trots torr luft.

Ju djupare han grävde, desto mörkare blev jorden. Under askan
hade den färgats rostbrun på vissa ställen, brutits av strimmor
av oljesvart vätska som fastnade vid spaden. Texturen tjocknade,
mindre jord och mer som något smält och sedan stelnat igen.
Det såg blåslaget ut. Vissa bitar höll ihop som lera, andra föll isär
i ett märkligt, tungt pulver. Han justerade greppet, tryckte ner
igen.

Marken bjöd inget motstånd. Den gav efter i tjocka, våta
stycken, gled isär längs dolda sömmar. Där korn borde ha
funnits, fanns bara sjunk. Marken slöt sig runt spaden som
massa. Varje slag mötte samma textur. En tryckande eftergift,
sedan plötslig lättnad.

Vid nästa lyft fastnade något. En klump jord hängde envist kvar, släpade med sig en mörkare bit. Skarpare än rot eller sten. Den föll tungt vid hans känga. Johan satte sig på huk för att se närmare.

Fragmentet låg fast i jorden, knappt synligt under aska och grus. Han böjde sig närmare, borstade rent med knogarna. Ytan mörkbrun, matt, täckt av jord som klibbade som fett. Ett hörn stack ut snett, kanten förvriden. Skev. Inte vass, men inte heller rent bruten.

Han arbetade in fingrarna under kanten, lossade vikten. Jorden släppte med ett långsamt sug. När det lyftes förvånades han av tyngden. Det låg i handflatan, varmt, skevt, krökt längs ena sidan som skalet av ett rör eller en kåpa. Undersidan ojämn, en upphöjd linje löpte nära kanten. En skarv, eller en fog. Det kändes inte som skrot. Inga svetsmärken, inga bultfästen. Bara en enda del, formad med avsikt och sedan glömd.

Metallen tyngre än den borde. Tät, som bly, eller kanske tungsten. Den låg konstigt i handen, som om vikten samlat sig inåt. Han vände den, såg en grund rispa över ytan, nästan utsmält i ena änden. Fina slipmärken täckte resten, ett mönster av nötning som skimrade svagt under smutsen. Ett hörn var insmetat i något mörkare. Det fastnade på fingrarna. Kladdigt, men torrt.

Han pressade tummen mot mitten. Metallen gav ifrån sig en låg värme, stadig mot huden. Den hade legat i marken länge, men ändå hållit kvar hettan. Han såg ner i gropen. En linje av jord hade sjunkit in där han dragit upp fragmentet. Strax bortom det stack något större fram. Samma kurva. Samma ton. Fortfarande begravt.

Han lade fragmentet vid knät, inom räckhåll.

– Freya, sa han, jämnt och tyst. – Kan du komma?

Hon gick fram försiktigt, strök händerna längs låren. Kängorna sjönk lätt i den mjuka marken vid gropen. Hans blick låg kvar i hålet, han pekade när hon kom fram.

– Det finns mer där nere, sa han. – Samma form. Ser ut att fortsätta.

Freya hukade intill och kikade ner i hålet. Jordkanten hade sjunkit något, blottat ännu en sektion metall under. Inte bred, men böjd inåt i samma kurva. Jorden kring den såg annorlunda ut, hårdare packad, som om värme dragit den tät. Hon lutade sig närmare, kisade ner i djupet.

Johan började förstå vad han såg.

– Kan vara en kåpa. Men den är tjock. Säkert isolerad.

Han grep spaden. Satte bladet mot bortre kanten och tryckte ner. Första snittet grunt. Det andra mötte motstånd. Inte som sten eller rot. Något hårt pressade tillbaka mot stålet. Han justerade greppet och tvingade ner djupare.

Metallen gav efter med ett ljud. Ett dovt slag, följt av en låg, kvävande spricka. Sedan kom pysandet.

Det steg genom jorden i en jämn linje, blekt och tunt. En tråd av ånga ringlade upp i luften mellan dem.

Freya rörde sig utan tvekan. Hon sträckte sig över Johan, armen utsträckt, och täckte öppningen med tröjärmen. Ångan slog i tyg i stället för ansikten. Plymen växte genast, drog en sur stank in i luften. Marken under pulserade av värme. Doften brände sig fast bakom tänderna: smält plast, svedd jord, en kemisk ton som la sig över tungan.

Johan föll tillbaka på ena handen, ögonen fast på sprickan. Fissuren löpte som en hårfin linje över den blottade kurvan, knappt synlig först, men vidgades när jorden rasade kring den. En ny sektion av objektet gled fram, lossnade från jorden med ett tjockt, vått ljud. Ljuset fastnade på ytan.

En blekt gul rand välvde sig längs kåpan. Färgen urtvättad, fläckig, understruken av grå strimmor. Strax därunder blödde något mörkare igenom.

Freya stod kvar, armen fortfarande höjd. Värmen pressade hårdare nu, genom tyget, sög sig långsamt in i huden. Hon flyttade vikten, blinkade mot svedan som steg med ångan.

Jorden sjönk igen, drog fram ännu en kant av kåpan. Johan lutade sig fram, sträckte sig efter spaden men stannade halvvägs. Fingrarna gick ner i jorden i stället. Marken vid öppningen fastnade i strimmor mot huden. Tjock, kladdig, mörk. Den lämnade rester i knogarnas veck.

Han strök bort det långsamt, borstade längs kurvan där ytan sjönk in. Smutsen kom av i lager, smetades ut över handryggen. Under det var metallen mattgrå, glansen uppäten av korrosion och tid.

Sedan fastnade något mot knogen. En färgflisa. Han lutade sig närmare. Färg. Han gnuggade hårdare, handen halkade i den slemmiga jorden. Gult bröt igenom i fläckar. Flagnat. Avskavt. Utslitet. Under det tog en form fram: svart. Stencilerad. Tre armar som strålade från en punkt.

Freya ryckte tillbaka när symbolen träffade hennes blick. Armarna flög upp instinktivt, händerna grep Johan för att dra bort honom från gropen.

Hans röst sprack.

– Det där är en strålningssymbol.

Hennes grepp hårdnade kring armen. Hon tog ett steg bakåt för att få kraft. Johans känga halkade i askan. Kanten gav vika. Marken brast under honom. Han föll framåt. Ena knät slog hårt i marken. Armarna sträcktes. Vänster hand tog grus. Höger dök ner i ångan. Ett moln slog upp i ansiktet. Hett. Kemiskt. Vasst. Det klibbade fast.

Han drog efter andan. Luften strömmade in.

Ångan slet sig ner genom halsen och in i lungorna. Bitter bakom tänderna. En torr hosta bröt tystnaden. Strupen brann. Varje andetag rev inåt. Ljudet sprack av.

Freya grep i hans jacka och drog. Han reste sig ostadigt, käken slapp, höger ärm genomblöt upp till armbågen. Ånga pärlade längs kindbenet. Blicken matt. Den sista ångan tunnades ut. Drevs bort över gläntan. Bara värme dröjde kvar, vikt i luften.

Johan stod stilla. Ögonen låsta vid den blottade bågen. Jord hade fallit tillbaka, täckte hälften i grått. Aska klängde mot kanten. Värmen steg inte längre, men luften kändes fel. Som om något gammalt väntade.

Freya vände sig bort.

Hon packade snabbt. Den mindre duffeln redan öppen. Bandage. Flaskor. En filt knycklad i hörnet. Hon drog igen dragkedjan i ett svep. Inga blickar. Inga kontroller. Bara det som gick att bära.

Johan steg bort från kanten, långsamt, som om själva avståndet behövde tillåtelse. Han drog handen över munnen. Den var ren.

Ändå smakade han det. Metall. Gamla mynt. Torrt och surt.
Bröstet höjdes en gång, stannade halvvägs.

Freya hade redan gått till tältet. Lena låg på sidan, knäna
uppdragna, ena handen under hakan. Ansiktet smalare. Huden
runt ögonen blek och kall. Freya satte sig på huk, handen vilade
försiktigt mot axeln.

– Lena. Älskling, vi måste gå nu.

Flickan vände sig långsamt. Ögonen halvöppna, torra, ur fokus.
Freya rörde sig igen, långsammare den här gången. Men Lena
kom först. Händerna pressade mot underlaget, darrade av
ansträngningen. Benen vek sig i fel ordning. Hon satte sig upp
med ett grunt andetag.

– Jag kan gå, viskade hon.

Freya rättade henne inte. Hon svepte filten runt dottern, drog
åt, lyfte henne i ett grepp. Lena gjorde inget motstånd. Huvudet
lutade mot bröstet, andningen mjuk mot nyckelbenet.

Hon vände sig om för att gå. Stannade. Pebble låg kvar vid
sovmattan, intill luvtröjan. Freya böjde sig, tog upp den, kilade
in den i filten.

Johan väntade vid trädlinjen. Båda väskorna på honom nu;
en över axeln, den andra hårt tryckt mot bröstet. Munnen
halvöppen, fortfarande i chock. Ingen röst kom. Han pekade
med hakan ner mot sluttningen.

– Häråt.

Bakom dem hade gläntan lagt sig igen. Luften bar fortfarande
doften: kemisk, svagt metallisk, den som stannar kvar bakom
näsan långt efter att den borde försvunnit. Kåpan hade glidit ner

under marken igen, halvvägs täckt av jorden som försökt hålla fast den.

Men gläntan hade inte släppt dem. Luften bakom kändes laddad, som om den höll andan inför deras återkomst. De gick snabbt. Steg över barr. Dova ljud av kängor mot rötter. Grenar strök förbi dem obemärkt. Andningen kort, ytlig. Stigen var bara en stig för att de mindes den. En svacka i marken där träden öppnat sig nog för att låtsas ge riktning. Samma sluttning de följt ner för dagar sedan, när Lena sprungit före, skrattande. Nu bara avstånd. Johan gick först.

Hans kängor släpade mer än de lyfte. Andningen tjockare. Inte riktigt pipande, men nära. Varje steg tvingat, axlarna hårda, musklerna låsta som om spänningen ensam kunde hålla kroppen upprätt. Väskorna satt fastspända över honom, en på varje axel. För tungt för sluttningen, men han bar utan klagan. Ibland kastade han en blick bakåt, ögonen svepte över axeln för att försäkra sig om Freya.

Hon gick fem steg efter. En av Lenas armar låg runt hennes nacke, men utan tryck. Ingen verklig styrka. Bara formen av ett grepp. Andningen värmde fortfarande huden strax under nyckelbenet, men kroppen kändes svalare nu, som om värmen sakta dragits ut. Freya justerade greppet. Inte för att lyfta. Bara för att känna att hon rörde sig.

– Hur långt kvar? frågade hon, lågt.

Johan vände sig inte om.

– Samma väg som vi kom. Tjugo minuter, kanske.

Freya såg upp. Ljuset hade plattats ut. Grått över trädtaken. Ingen sol. Bara en dimma som låg tungt mot himlen, utan riktning.

– Det känns inte som tjugo minuter, mumlade hon.

Johan svarade inte. De fortsatte. Sluttningen hade brantat, fast ingen kunde säga om det var backen eller benen som ändrats. Musklerna hade glömt hur man klättrar. Varje stigning längre än den innan. Träden slöt sig tätare.

Rader av tallar på båda sidor tjocknade för varje dussin steg. Stammarna mörkare, packade tätt. Det som varit stig hade lösts upp. Ingen bar jord. Inga spår. Bara mossa, rötter, och känslan av att någon gått här en gång, men inte återvänt.

Freya såg sig bakåt en gång, av instinkt. En tråd av oro vecklade ut sig i bröstet. Inget såg bekant ut längre. Träden stod för jämnt. Stenarna låg i samma mönster; en spridning, en lutning, en rutten stock med ihåligt centrum. Den sortens upprepning hjärnan fyller i själv. Inte nog för att vara säker. Bara nog för att tvivla.

Hon saktade in. Lena rörde sig i famnen, filten gled från ena axeln.

– Mamma ... Lenas första ord på länge. – Jag vill gå.

Freya böjde sig ner, satte henne försiktigt på fötterna. Flickan svajade till, benen lätt böjda, men reste sig med möda. Ansiktet blossade. En klar feber. Röda fläckar låg under båda ögonen. En tunn strimma torkat blod vid näsan, sprucken och klibbig vid kanten. Händerna darrade när hon grep moderns arm för stöd. Freya sa inget emot. Hon drog filten tätare om Lenas axlar och höll henne nära medan de gick.

Johan var längre fram. Hållningen hade sjunkit. Väskorna drog snett över ryggraden, lutade kroppen. Stegen som på ojämn mark, även där jorden var platt. En gång sträckte han sig för att flytta en gren och missade helt, handen grep i luften.

– Vänta, sa Freya.

Han stannade långsamt, som om befallningen tog tid att nå fram. En av dufflarna föll ner med ett mjukt duns. Den andra lät han hänga kvar.

Freya gick fram med Lena vid sidan, fortfarande stödjande. Rösten lugn.

– Låt mig se din mobil.

Johan vände sig om. Ögonen rödkantade.

– Varför?

– Jag vill bara kolla en sak. Snälla.

Han tvekade, men stack handen i rockfickan. Telefonen varm mot huden. För varm för något som inte använts på hela morgonen. Hon tryckte på knappen en gång. Ingenting. Höll den längre. Fortfarande svart.

– Batteriet är slut, muttrade Johan. – Den var på tidigare.

Freya räckte tillbaka mobilen utan ett ord. Hon tog upp sin egen ur innerfickan, tryckte på knappen när hon förde upp den. Skärmen blinkade till, fladdrade, loggan skuggade förbi och dog. Ett ögonblick tyckte hon sig se en stapel i hörnet. Sedan ingenting. Bara trädens spegling över det svarta glaset. Hon stirrade en stund innan hon stoppade ner den igen.

– Båda döda, sa hon.

Johan svarade inte. Han satte sig på en låg sten, lutade sig fram med armbågarna på knäna. Händerna hängde mellan dem. Svetten hade mörkat t-shirten vid halsen. Lena stod mellan dem, armarna djupt begravda i filten. Hennes ögon gled från träd till träd, som om hon försökte se något i springorna. Freya hukade vid hennes sida, strök över pannan, tummen vilade vid tinningen. Huden klibbig. Under den ett svagt fladdrande pulsslag, medan en darrning löpte ner längs Lenas sida.

– Hur långt sa du? frågade Freya, blicken lyft.

Hon ställde sig upp, vände sig om och såg bakåt. Ingenting där. Ingen stig. Ingen lucka mellan träden. Ingen riktpunkt. Bara skog. Johan svarade inte direkt. Hans blick var mot marken. Huden blekare igen. Tunn, sträckt för hårt över kinderna. Han hade inte rört sig från stenen, men något i hans form såg förändrat ut. Axlarna lätt framåtböjda, händerna löst krökta mellan knäna. Huvudet hängde, nacken insjunken som hos en man i kall vind. Han såg inte på henne. Inte på något.

Sedan lyfte han blicken. Inte mot hennes, utan förbi. Över hennes axel. Hon stelnade, halvvägs mot packningen. Hans ögon hade vidgats, bara lite. Huvudet vinklat som om han följde formen av något. Något långt bort, eller för tunt för att riktigt fästa. Freya vände sig om för att följa hans fokus. Skogen stod still. Bara tallstammar och sten, spridda buskar, mossa som fångade det sista ljuset.

– Johan? frågade hon.

Han blinkade. Något fladdrade genom ansiktet, för snabbt för att namnge. Uttrycket slappnade av, den tomhet man bär när man slutat höra ordentligt. En andning gled genom näsan, långsam, tunn. Han skakade kort på huvudet. Inte ett nej. Bara något för att rensa luften.

Blicken stannade någon annanstans. Freya klev fram. Axelremmen till väskan snärtade mot hennes hand. Hon tryckte den mot hans bröst, hårdare än nödvändigt.

– Gör inte så där, sa hon.

– Du stirrade på ingenting. Jag trodde du skulle falla ihop.

Han tog emot väskan. Inga ord. Ingen reaktion.

Hon vände sig mot Lena. Filten hade glidit. Hon rättade till, vek ett hörn under barnets arm. Lenas fingrar hade krökt sig, lätta och kalla, som om de tappat sin mening.

Freyas andning högg till. Tillräckligt för att låsa sig bakom revbenen. Armarna bar vikten, men allt annat kändes ett rörelse ifrån att brista. Hon visste inte hur länge hon kunde lita på att kroppen fortsatte som den skulle. De gick vidare.

Sluttningen lutade brantare än hon mindes. Mossan gled under kängorna. Rötter rev i jorden. Hon gick på vana, varje steg omräknat när det landade. Lungorna brände kallt i kanterna, bröstet spänt. Lena gick vid sidan, små, ojämna steg. Huvudet framåtböjt, hakan mot bröstet. Andningen tunn, tyst. Freya höll sig nära, armen redo om flickan föll. Hon sträckte ut handen och stödde henne utan att stanna. Handflatan mot axeln. Den kändes tunn under filten.

Bakom henne haltade Johans steg igen. Först i takt, sedan ur. Ett mjukt släp. En paus. Det lätta skrapet av en känga som vred mot något osynligt. Freya såg bakåt. Han stod ännu, gick ännu, men huvudet var vridet. Blicken svepte långsamt över träden till höger. Oavbrutet. Munnen halvöppen. Fokuset inte på stigen. Hon vände sig framåt igen.

Lena gick före, men rörelsen hade ändrats. Knäna böjdes i fel rytm, fötterna landade tveksamt, som om hon prövade ny mark. Armarna hängde slappa vid sidorna. Hon gick som om minnet av stegen överlevt viljan. Freya höll sig strax bakom, handen redo att fånga.

Bakom henne stannade Johan. Paus. Två steg. Sedan inget. Freya vände på huvudet, halvt beredd på att se honom dubbelvikt eller hållande sig för sidan. Men han stod rakt. Vänd mot träden. Sedan lutade han huvudet.

Ett ljud kom från vänster. En röst. Så mjuk att den skulle ha missats, om han inte redan lyssnat.

– Johan? Ögonen hitåt. Skogen tycker inte om dig.

En röst som Freyas, hånande.

Han vände sig långsamt mot åsen. Hjärtat ryckte till, sedan föll in i en tyngre takt. Rösten var redan borta, men orden låg kvar, klara som om de viskats precis vid örat. Framför honom hade Freya inte ryckt till. Hon gick vidare med handen mot Lenas rygg, blicken hårt på stigen. Munnen stram. Varje rörelse snål, praktisk. Hon hade inte talat.

Johan såg mot åsen. Den föll ner i en grund svacka mellan träden, en sluttning tät av tall. Stammarna äldre här. Närmare. Marken hårdpackad, strödd med torra barr och flisor av bark.

En lukt steg i stillheten. Subtil. Tung av multnande löv. Fuktigt trä och jord, som mark som legat för länge under regn. Den klibbade kvar i luften med en sötma låg nog att fastna bakom tänderna. Marken under honom berättade något annat. Damm låg mellan rötterna. Varje steg hade brutit torr jord. Men doften följde ändå. Nära, varm. Som om något begravt börjat andas igen.

Han gnuggade tummen mot handflatan. Huden rå. Under råheten brände det. Inte av friktion, utan som feber som kokade honom inifrån. Han rättade packremmen på axeln och fortsatte. En stund mattades känslan. Sedan återkom den. Och rösten.

– Johan? Du kommer inte klara det.

Han stelnade. Vände sig helt, ögonen svepte över åsen bakom. Fortfarande inget. Ingen vind. Inga fåglar. Bara tallstammar och sten. Han vände sig tillbaka mot de andra.

Freya hade inte stannat. Hon ledde Lena förbi ett knippe rötter, styrde henne varsamt med en utsträckt arm. Flickan gick mekaniskt, fötterna släpande, huvudet sänkt.

Johan ropade innan han hann tänka.

– Du sa något nyss.

Freya såg inte bakåt.

– Va?

– Precis nu. Du sa något. Att skogen inte gillar mig.

Hon stannade. Vände sig delvis, ansiktet först ogenomträngligt. Sedan öppnades munnen, inte med svar, bara misstro. Hon stirrade en sekund för länge.

– Vad pratar du om?

Johan höll hennes blick.

– Jag hörde dig.

– Det gjorde du inte.

– Jo. Du sa…

– Jag har inte sagt ett ord sen åsen.

De stod i den smala öppningen mellan träden. Lagom långt ifrån varandra för att tystnaden skulle kännas spänd. Freya höll kvar blicken en sekund längre än hon tänkt. Johan såg bort först. Han sköt packningen högre på axeln och gick vidare, gled förbi henne med samma viktlösa steg han haft sedan morgonen. Freya följde. Ena handen rörde sig automatiskt till Lenas rygg. Tystnaden bakom dem lättade inte. Den la sig åter bland stammarna och undervegetationen som om den aldrig brutits.

Johan stannade igen. Bara för ett andetag.

– Sa du … började han. Rösten platt.

Men orden nådde inte ut. Han vred sig mot åsen igen, blicken låst på trädlinjen. Mossan mörkare längs rötterna, tjock där den samlats i svackans botten. Luften tryckte hårdare. Han svalde. Gick vidare.

Freya kunde inte stilla sina händer. De darrade. Varje andetag kändes som om det måste tas från något annat.

Johan talade framför henne.

– Vi fortsätter nedåt. Om vi hittar klippformationen…

– Nej. Hennes röst skar genom luften. – Vi gick förbi den. Två gånger. Eller något som såg ut som den.

Hon stannade. Vände sig långsamt. Träden stod för tätt. Stammarna flöt ihop med skuggorna där ljuset tunnats. Tallarna sträckte sig åt alla håll, grenarna lågt, tunga, ingen himmel mellan dem.

Johan sa inget. Lena snubblade vid Freyas sida, axeln stötte mot moderns höft. Ena handen famlade, ofokuserad, fingertopparna snuddade tyg utan grepp.

– Mamma?

Freya strök undan håret från hennes panna, rösten mjukare än innan.

– Det är okej.

Johan satte sig strax framför dem. Han föll inte. Han bara lät kroppen sjunka ner mot marken. Armbågarna mot knäna, huvudet i händerna. Han såg långsamt upp. Ögonen glasiga.

– Vi har tappat stigen. Det här är inte vägen ut.

Omlopp

Alla tre stannade ett ögonblick och såg sig omkring. Träd åt alla håll. Bara träd. Något tryckte tungt mot axlarna. Inte träden, även om de också kändes fel nu. Trycket låg mot huden som en fuktig värme. Varm på ställen där det inte borde vara. Himlen silade ner genom grenverket i matta band av grått. För platt för morgon. För ljust för natt. Ingenting rörde sig. Inte ens vinden fick träden att skaka. Bara knastret av kängor mot gammal mossa. Packning som skavde mot ömma axlar.

Freya gick först.

Tio steg framför, kartan skrynklad i ena handen, kompassen hårt i den andra. Stegen stela. Fokuserade. Bakom henne höll Johan takten. Han haltade lätt. Av trötthet. Eller av värken i vänsterbenet, även om han inte erkänt någotdera.

Lena gick mellan dem. Ovanligt tyst. Små kängor som släpade ibland. Tåspetsen fastnade i rötter hon annars brukade hoppa över. Kaninen hängde slapp i ena handen. Pebble låg glömd i jackfickan. Hennes blick följde träden. Inte med samma nyfikenhet som förr. Mer som en misstanke.

Som om de skulle röra sig om hon slutade se.

– Vi måste svänga väster vid sjön, sa Freya. Första orden sedan Johan försvunnit tidigare. – Om andra sjön ligger bakom oss borde sluttningen föra oss över den lägre åsen. Den borde linjera med servicevägen.

Johan grymtade.

– Hur länge har vi gått? frågade Lena lågt.

Freya kastade en blick mot himlen, som om den kunde ge något svar. – Inte länge, älskling. En timme kanske.

– Det känns längre, mumlade Lena.

Freya svarade inte. Hon ville inte erkänna att hennes egen tidskänsla också skevat. Hennes klocka hade stannat under natten. Johans på morgonen efter.

Mobilerna hade varit döda länge. Svarta skärmar, urladdade batterier. Freya hade försökt starta sin tills knappen tryckts in av trycket. Nu låg den i fickan som en tegelsten av glas och kretsar.

Johan saktade in. Stegen tyngre.

– Påminn mig varför vi inte stannade kvar? frågade han. Mer för att provocera än för att bidra.

Freya såg inte bakåt när hon svarade.

– För att stanna är det man gör när man är redo att dö.

– Lite dramatiskt.

– Nej, Johan. Dramatiskt hade varit att tända eld på tältet. Det här är bara överlevnad.

Lena snubblade men höll sig uppe. Ingen av föräldrarna rörde sig. De var för långt ifrån. Hon borstade av jackan och fortsatte gå.

Stigen smalnade. Granarna stod tätare, raka, smala, stammarna täckta av lavar och damm. Barken sprucken i smala fåror, vissa färska, andra urholkade av tid. Marken steg svagt under deras fötter. Mossa i tjocka veck, mattade av gamla barr. Ingen stig längre, bara riktning. Ljuset sjönk steg för steg.

– Vi når sjön snart, sa Freya lågt till sig själv.

– Det sa du för tjugo minuter sen, muttrade Johan.

Till vänster bröt trädlinjen till en sluttning. En sällsynt lutning. Den bröt monotoni av stammar som sträckt sig i timmar. Freya justerade packningen. Remmarna skar djupare än förr. Värken hade suttit i musklerna i dagar, men det här var något annat. En brännande tyngd från benet ut i märgen. Hon vände sig lätt, såg bakåt.

Lena hade stannat. Munnen öppen. Inga ord.

Freya saktade in.

– Vad är det?

Lena blinkade hårt. Som om hon drog sig upp genom tanken. Hon gnuggade båda handflatorna över ansiktet.

– Jag trodde … sa hon, rösten tunn. – Det stod en kvinna. Där borta.

Hon höjde inte armen direkt. Blicken låg kvar på träden. Sedan, långsamt, lyfte hon en hand. Pekade mot en smal öppning mellan stammarna. Tallbarr som rörde sig svagt. Fångade i en strimma ljus. Inget annat.

Lena skakade på huvudet. Inte ens själv säker på vad hon sett.

Johan satt på en låg sten. Armbågarna hängde över knäna, händerna slappa mellan. Huvudet framåtlutat. Inte i vila, utan i ansträngning. Som om varje kota blivit tyngre för varje minut. Ögonen halvslutna, fästa vid en bit mossa vid stövlarna. Uttrycket höll inget fokus, men släppte inte heller. Fixerat. Som om något djupt i honom lyssnade.

En fågel ropade högt ovanför. Ensam. Tonen sprack genom stillheten, tystnade genast. Som om den ångrade sig.

Freya tog ett steg framåt och böjde sig ner. Ville lossa en av småpackningarna från Johans höft. Lätta hans tyngd. Låta honom vila.

Men innan hennes fingrar nådde remmen rörde han sig.

Hans huvud lyfte. Långsamt. Men ögonen mötte inte hennes. De följde förbi hennes axel. Låsta längre in bland träden.

Hon frös.

– Johan?

Han blinkade inte.

Käken lossnade. En glipa i munnen. Ett andetag fast mellan vilja och röst. Blicken borrade sig förbi det synliga. Som om skogen fläkt upp och visat honom något den inte gett henne.

Freya klev in i hans synfält.

– Johan?

Bakom henne hördes ett lågt ljud. Ett litet host. Lena.

Freya vände sig precis i tid för att se flickan vingla.

Sedan vika sig, händerna tryckta mot knäna.

Freya kastade sig ner bredvid när Lena kräktes. En tunn, trådig galla, gul med skum. Knäna vek sig under henne. Freya fångade upp, lade henne försiktigt mot marken. Flickans armar ryckte i ärmarna. Andningen snabb. Grund. Nästan ingen luft in.

När Freya lyfte blicken var Johan borta.

Hans händer svänger löst vid sidorna. Fingrarna sluter sig och öppnas utan rytm. Snuddar vid grenar han inte längre flyttar sig undan för. Hon är alltid precis framför. Inte nära. Inte ens helt synlig. Men alltid där.

Han hade inte sett hennes ansikte. Han kommer aldrig att se det. En blek fläta svänger bakom henne. Den hade redan hängt där innan han hann titta. Stramt dragen längs en rygg alltför rak för att vara naturlig. Hennes axlar smalnar. Snart försvinner de. Hon går utan att vidröra något. Träden lutar undan. Riset viker sig under hennes steg.

Johan följer.

Det fanns inget beslut. Fötterna börjar röra sig. Något i formen på hennes ryggrad sa honom att han alltid skulle följa. Luften sväljer varje ljud. Bara hans andning, som hakar upp sig i halsen. Han hade andats lättare förr. Han glömmer hur.

Han går ändå.

Marken rör sig under honom. Den kändes svampig, fjädrade långsamt tillbaka. Värme steg genom kängorna. Mossan hade vetat att han skulle komma. Han tog ett steg till. Han kommer inte att lämna något avtryck. Förruttnelsen stiger sött längst bak i näsan. Kåda. Och något mjukare. Lukten är tjockare nu.

Han blinkade.

Träden flyttade sig ur vägen. Eller hade redan gjort det. Bark gled in i bark. Grått vecklade sig i grått. Han stirrar. Inget skarpt. Han hade vetat hur ljuset borde brytas. Det minnet kommer inte att hjälpa honom här.

Hon rör sig mellan två träd.

Han tappade henne. Hjärtat slår till en gång. Sedan två. Tystnaden skulle vänta. Han ropade inte. Han står stilla. Armarna rycker. Bröstet förblev spänt. Han var på väg att sluta andas, men bara kort.

Hon kommer tillbaka.

Först flätan. Sedan axeln. Sedan armbågen, vikt inåt som om den satt på ett annat gångjärn. Han ser formen, inte kroppen. Han kände sig lugn igen. Som om något viktigt hade återupptagits.

Han försöker tala.

Ett ljud lämnar hans strupe. Det var inte ett ord. Det kommer inte att bli ett senare. Hon vänder sig inte om. Men hon hör. Han vet det djupt i revbenen. Benen är alltid först att förstå. Han börjar gå mot henne. Han hade redan fallit. Marken kommer att komma närmare igen. Fotens spets fastnar mot en stam. Han är på väg ner. Han minns att han slog i marken. Handflatorna når bark. De kommer att svida senare.

Den här platsen hade aldrig tillhört dem. Inte Freya. Inte Lena. Inte honom. Den var alltid hennes. Hon hade levt under den. Väntat. De byggde sitt läger på hennes gryta. Tände eldar över hennes vagga. Grävde i hennes sida. Drog upp det hon hållit sovande.

Hon vill att han ska se.

Han snubblar igen. Knät kommer att ge vika. En rot höjer sig.
Han ser den inte. Han gör det nu. Den fångar hans känga. Han
faller hårdare. Marken slår upp. Bark biter i huden. Handen
spricker. Blodet har inte nått ytan än. Det kommer.

Synen gungar. Han hostade. Han har inte hostat klart. En, sedan
två. Något vidrör tungans kant. Vått. Varmt. Han torkar bort det.
Handleden smetar rött. Det hade redan funnits där.

Blod.

Bara lite. Senare kommer mer blod att ligga över handleden.

Kroppen glider längre. Signalerna sträcks ut. Varje meddelande
når sent. Hans namn skulle låta fel om någon ropade. Musklerna
drar åt varandra. En darrar. Sedan båda. Han ler.

Hon är där igen. Nära nu. Men fortfarande inget ansikte. Flätan
gungar när hon rör sig. Svänger som ett rep i vatten. Rök som
vecklas tillbaka i sig själv. Hon går framför honom. Han vet
att han kommer att följa. Han försöker tala. Formen blir aldrig
till. Inget ljud. Munnen förblir öppen. Han trycker sig upp från
mossan. Händerna darrar. Ögonen vägrar fokusera. Suddigheten
breder ut sig.

Knäna viker sig. Han faller redan igen. Den här gången var det
mjukare.

Kind mot mossa. Fibrerna böjer sig under honom. Han reser sig
inte.

Han ligger kvar.

Andetagen grunda. Öronen fulla av brus. Världen gungar sakta i
rytmen av en kropp som tappar centrum.

Han trodde han hörde steg bakom sig. Långsamma. Bara fötter. Avsiktliga.

Han blinkar.

Lena är där. Hon sitter bredvid gestalten. Inte äldre än ett spädbarn, benen bara, händerna slappa i knät. Hennes ögon ser förbi honom. Hon talar inte. Hon kommer inte att tala. Håret var ljusare. Som det blev senare i livet. Han ska sträcka sig ut. Han gör det inte. Mossan trycker mot fingrarna.

Kvinnan ser ner på barnet. En hand på hennes axel. En gest mjuk nog att likna omsorg. Hon kan redan ha tagit henne.

Han ser henne resa sig.

Men barnet rör sig inte.

Något finns där framme. Längre bort, förbi nästa rad tallar. En liten höjning i jorden. En stor sten som sticker upp. Den känns ny. Placerad en månad i förväg. Formen håller i hans synfält. Ett märke i marken. Längden av ett barn.

Han går innan han förstår.

Mossan har inte nått dit än. Det finns tid. Rötterna sträcker sig fortfarande utåt, sökande.

Han ser en andra. En sten sju decennier gammal. Marken mer stilla. Sporer från kottkepsar stiger ur jorden, bleka, stilla.

Ännu ett barns grav. Han skulle titta närmare. Ytan skev. Inristningen grund.

Bokstäver simmar i synens dimma. *1953; Jo...* Han kisar. Namnet vill inte stå still. *Jonna. Eller Joe. Eller Johan. Inte!* Bakom stenen. Hans andning hackar. Han går inte närmare. Han hostar en gång. Mer blod på handleden. Ljudet fastnar i halsen.

Han har väckt en demon ur dess kärna. Han *börjar* springa. Han skulle vara snabbare. Kängorna sjunker djupare. Benen har glömt sin rytm. Han ser henne där framme, Hon går före. Vänd bort **nu**, flätan lyft en aning i vinden. Hennes *gestalt* **är** lång. Fel. \u00a0 Han lyfter yxan. Greppet hade nötts slätt i åratal. Isotopfuserade **muskler** minns innan hjärnan gör det. Han kliver mot *det*trädet framför, Han svingar. **Det** bladet ~~skulle~~ bita. Det gör det inte. *Där* kommer inget hugg. Där **fanns** ~~ingen~~ yxa. Han stirrar på sina händer. De värker av tyngd *som* ~~inte~~ finns där. Cherenkov måste lysa i sin grav. Oppenheimer skrattar. Trädet ~~fanns inte~~ där. Han *siktade* på "Skogsrå". Det är vad femton gray gör med dig. Du uttalar **hennes** namn. En rävsvans kittlades och väckte en drake. Hon rör sig igen. Han värker **överallt**, som cancer i benen. Skadan är oåterkallelig. Hon gick. Hon är borta. Men han blev kvar. Andetagen ytliga. Öronen, brus, fyllda. Vlor*d svajar* msjuuuukt i rhytm; kropeeeepn tpasar ctruuuum. Hans andning saktar.

Långsammare...

Sakta...

Lugnt...

Lugnare.

Freya kände rörelsen innan hon såg den; en ryckning i Johans skuldra. Ett ytligt andetag som fastnade på inandningen.
Hans ögon öppnades långsamt. Pupillerna först ofokuserade, flackande över hennes ansikte som om de försökte känna igen henne.

– Du är tillbaka, sa hon mjukt.

Han blinkade en gång. Sedan igen. Käken arbetade som om den försökte forma ett ord, men inget kom.

– Tala inte än. Bara andas. fortsatte Freya, pressade fram ett oroligt leende.

Han försökte. Andetaget som kom var hackigt, men det höll. Freya lade en hand mot hans bröst, höll honom stadig när han sköt sig upp. Armarna darrade under den egna vikten. Johans hud hade tappat den lilla färg som fanns kvar. En gråhet låg kvar över kinderna, en som inte lyfter med vila. Läpparna torra. Spruckna. Halsen ryckte till när han svalde hårt.

– Jag... började han, men vred sig i andetaget.

– Du fick ett anfall, sa Freya. – Du föll ihop.

Ett kort ryck kom från hans huvud. Såg ut att kosta mer energi än det borde.

– Jag trodde... jag gick.

– Det gjorde du inte.

Han sänkte huvudet. Tyngden hängde mellan axlarna. Freya tog vattenflaskan, skruvade av korken och räckte fram.

– Små klunkar.

Han tog emot med båda händerna. Fingrarna fortfarande
darrande. Bakom dem hade Lena knappt rört sig. Freya kastade
en blick bakåt. Flickan låg hopkurad i mossan, andningen grund
men jämn. Skogen runt dem låg stilla. Onaturligt. Till och
med ljuset mellan träden kändes för vitt, för avlägset. Freya såg
tillbaka mot Johan.

– Vi måste röra oss snart, sa hon.

– Vi måste ta oss till bilen.

Johan nickade igen. Långsammare den här gången.

– Jag kan gå, mumlade han.

Hon hjälpte honom långsamt upp på fötterna.

Freya skiftade Lenas vikt i famnen medan Johan stödde sig mot
trädet.

Han hade inte sagt något mer sedan den sista klunken vatten.
Andningen mjuk, ojämn. En puls slog högt i halsen.

Lena hade inte gjort ett ljud på tjugo minuter. Hennes lemmar
tunga av feber. Freya hade försökt sätta henne upp tidigare,
men flickan hade fallit åt sidan efter minuter, musklerna slappa.
Hon höll henne närmare efter att ha hjälpt Johan. Lenas kropp
trycktes in mot revbenen, som något skört och varmt.

De satt i mossa, dammigt ljus strilade ner. Grenarna ovanför
rörde sig inte längre. Johan blinkade långsamt, blicken gled mot
dem. Freya såg hur den landade på Lena. Den rörde sig inte
bort.

Flickans hud glänste svagt. Svett klibbade vid kinderna, för röda.
Andningen grund. Ögonen stängda. Freya justerade handen
vid Lenas rygg, fingrarna pressade lätt för att känna lungornas

rörelse. Johan sjönk på knä bredvid. Rösten knappt formad.

– Jag menade inte, viskade han. – Jag trodde jag såg...

Freya mötte hans ögon. Ingen skuld passerade mellan dem.

– Jag vet, sa hon. – Men vi måste röra oss snart.

Han nickade en gång. Utan ljud. Skogen framför smalnade snabbt. De gick i enkel rad, Freya först.

Lena halkade på en våt sten, ena foten fastnade mot mossa. Hon tog emot sig med handflatorna, reste sig igen. Långsammare nu, bröstet arbetade hårdare. Varje andetag visslade svagt i botten. De gick tysta länge, tills Lena bröt stillheten.

– Pappa, varför skakade du?

Det fanns inget rätt svar. Vattnet vid stigen låg stilla. Ytan slät som glas. Himlen speglade sig i blåslaget silver. Ingen vind rörde kanten. Freya klev ner mot strandkanten och stannade.

– Vi äter här. Tio minuter.

Johan lät packningen glida ner utan ett ord. Axlarna sjönk. Ansiktet insjunket. Freya öppnade matpåsen. Delade ut det som fanns kvar: havrebarer, stötta frukter, vatten som blivit ljummet i flaskorna. Metalliskt. Svagt surt. Lena tog sitt och granskade det uttryckslöst. Vände äpplet långsamt, tummen följde skalet. Freya rev upp en bar men åt inte. Hennes blick låg på barnet.

Johan bet i sitt äpple. Tuggade långsamt, rytmiskt. Läpparna spruckna, bleka mot det röda fruktköttet. Frukten hängde i handen, brun runt kanten. Han drack ur flaskan, drog tillbaka, grimaserade. En tråd av saliv följde när han spottade i mossan.

Lena lyfte sitt äpple. Tog en tugga. Ljudet mjukt. Dämpat. Hon tuggade en gång. Två. Sedan stannade hon. Handen öppnade sig långsamt. En halvstungen bit låg i handflatan. Blicken följde den inte. Hon stirrade åt sidan, mot något nära men osynligt.

Freya lutade sig fram. Lenas mun rörde sig. En långsam form av obehag. Hon sköt tungan mot tänderna. Vred sig till. När rösten kom var den knappt hörbar.

– Det gör ont.

Freya höll rösten stadig.

– Visa mig.

Lena höjde en hand. Rörde kinden. Sedan gommen.

Fingrarna kom tillbaka rödfärgade. Freya tog hennes haka, lutade huvudet. Läpparna öppnades motvilligt. Inuti hade köttet blommat rått. Sår vid tandraden. Ett hade spruckit tvärs över munnen; blodet redan torkat i kanten.

Freya torkade försiktigt med ärmen. Tog fram ett paket kex. Öppnade det tyst. Lena höll det i knät. Händerna rörde sig inte.

Freya drack ur sin flaska. Vattnet smakade gammal metall. En skärpa la sig över tungan. Hon sköljde runt, svalde. Ett stick brann fram under tandköttet. När hon torkade munnen färgades tyget svagt rosa.

Lena böjde sig fram och kräktes.

Freya fångade det mesta i händerna utan att tänka. Ljudet tunt. Vattnigt. Mer ansträngning än innehåll. Lena grät inte som andra barn. Hon skakade, hakan tryckt mot bröstet, armarna hårt runt kaninen som höll henne kvar. Freya strök henne över ryggen. Hennes egen andning hade blivit snabb utan att hon märkt.

Hon rotade i packen efter en trasa, fann bara en av Johans skjortor och använde den.

Johan hade inte rört sig. Han satt stilla, ena handen slapp mellan knäna. Den andra drog slött under näsan. Blodet hade redan börjat. En långsam tråd ner till läppen, över mungipan. Hans blick fäst mot träden. Ingen respons. Inget fokus. Freya såg på honom. Han tryckte handflatan mot näsan, lutade huvudet bakåt. Blodet fyllde huden mellan fingrarna. Fortfarande tom blick.

Lena tryckte sig mot Freyas sida. Mumlade något modern inte uppfattade, sträckte sig efter flaskan. Freya höll fram korken, fyllde en liten skvätt, lät den stå i handen tills Lena drack. Flickan svalde två gånger, vände sedan bort ansiktet. Tystnaden tryckte tillbaka. Till och med sjön hade tystnat. Vattnet låg som glas bakom dem.

– Vi måste vidare, sa Freya.

Johan nickade. Såg inte på henne. Freya torkade händerna en gång till i skjortan och släppte den på marken. Hon drog åt remmarna, väntade medan Johan kämpade sig upp. Han vinglade, fångade sig mot en stam. Stannade några sekunder, såg sig omkring.

– Jag behöver bara en minut, mumlade han. Redan på väg bort.

– Tillbaka strax.

Freya frågade inte vart. Hon satte sig vid Lena igen. Flickans hud het under jackan. Andningen tunn mot kragen.

Johan gick undan, precis ur synhåll. Han gick inte långt. Tystnaden svalde stegen. Han stannade, stödde en hand mot stammen, försökte andas genom knuten i magen. Kramperna kom snabbt. Låga, skarpa, tvärs genom buken. Benen darrade. Han sjönk ner, lutade axeln mot trädet för balans.

Trycket gav vika nästan genast.

Han slöt ögonen. Utsläppet gav ingen lättnad. Bara hetta och en sjuklig väta som klibbade för snabbt, för löst. Han såg inte ner. Han kände det. Han luktade det. Vätska. Kroppen kändes urholkad efteråt. Tom på ett sätt som skrämde honom. Händerna skakade igen. Han torkade sig med en gammal tygbit ur jackfickan, vek den hårt och grävde ner den under jord och barr med fumliga fingrar. Fläcken hade redan trängt igenom.

Han satte sig tillbaka på hälarna, lutade kort mot stammen. Synen grumlades i kanterna. Några sekunder satt han kvar där, hukad i halvskugga, andningen grund och snabb. Sedan reste han sig. Långsamt. Försiktigt. Han gick tillbaka mot de två som väntade, stapplande. Freya såg upp när han kom fram.

– Är du okej?

Han mötte inte hennes blick men nickade.

Hon höll kvar ögonen på honom en sekund längre än han väntat, nickade sedan.

– Bra. Remmarna på. Vi måste vidare.

Johan drog upp packremmen mot axeln och såg på Lena. Hon sa inget. Följde när hon blev tillsagd, ansiktet blekt, en rodnad på kinderna som inte kom av kyla.

Luften hade blivit tyngre sedan de stannat. Fuktig, doftlös. En tyngd som gjorde varje andetag till en börda. Freya följde Lena med blicken när de gick. Stegen ostadiga nu. Armarna hängde slappa vid sidorna, kaninen släpade efter i jorden. Freya höll hårdare om kompassen, fast hon inte litat på den på timmar. Nålen höll inte riktning. Den flöt ständigt från sida till sida, aldrig fast.

Ändå valde hon en riktning och började gå. Hon ropade på Lena för att försäkra sig om att hon följde. Kompassen i händerna brände. Som om metallen smälte i handflatorna. Hennes händer skakade mer än innan. Freya sa till sig själv att det var utmattning. Hon hade märkt det när de gick genom en smal korridor av tallar. En hetta under knogarna, som solsveda i början. Hon såg ner. Fingrarna röda vid lederna. En blek vätska i vecken. En blåsa reste sig mellan tummen och handflatan. Hon torkade av sig mot byxbenet. Sa inget.

Stigen svängde långsamt uppåt. De korsade vad som en gång kan ha varit ett uttorkat bäckfåra eller djurstig. Den såg vagt bekant ut, men allt började dela samma matta ton. Mossa under fötterna, bark grånande vid kanterna, lavar som gammal beläggning på sten.

Lena stannade några steg senare och hukade. Inte för att vila. Inte för att klaga. Hon verkade bara glömma att fortsätta. Stirrade rakt fram med ett förvirrat uttryck. Freya gick tillbaka och lyfte henne utan ett ord. Flickan vek sig mot henne utan motstånd. Hon vägde mindre än förr, eller så slutade Freya känna skillnaden. De fortsatte.

Sekunder senare stannade Johan. Axlarna sträckta. Blicken låst framåt.

Freya ställde sig vid hans sida, följde hans linje. Några sekunder vägrade synen framför att bli tydlig. Bara ännu en glänta av krossad mossa. Några grenar flådda på barken. En fransig böj av nylon vid en stammad kant.

Sedan såg hon tältet. De hade återvänt.

Infarten var annorlunda. Den orange duken sjönk djupare än
förr. En vägg hade gett vika helt. Stängerna bar inte längre.
De hängde inåt, böjda i ojämna vinklar. Pinnar dragna ur
marken som underifrån. Det blå tältet lutade skevt mot rötterna
av en tall. Ett nytt lager barr hade redan lagt sig över halva
ytan. Grenarna hängde lägre, tyngda av fukt. Dragkedjan vid
öppningen fastnat i fliken. Som frusen i rörelse. Lenas lila tält
hade kollapsat. Ett hörn sugits ner i en mjuk grop. Vattenmärken
randade duken, färgen urlakad längs sömmarna.

Kitteln stod kvar vid eldstaden. Orörd men förändrad. Metallen
mattad till ett grått tenn. Soten under vitnad, nästan kritig. Aska
spridd i en tunn cirkel, som om värmens minne blekt den över
tid. Stocken där Johan en gång suttit hade börjat spricka. En vid
klyfta vid ena änden, fibret fuktigt som en sena. Det som varit en
sittplats kändes nu som ett revben under tryck.

Freya satte ner Lena vid mosskanten. Flickan sjönk ner utan
protest. Händerna föll mot knäna. Ansiktet vänt mot eldstaden
men blicken inte med. Hon blinkade en gång. Sedan igen.
Fördröjt. Munnen sluten.

Freya gick fram.

Jorden hade spruckit i bleka linjer. Tunna sprickor som strålade
utåt, spröda, fina. Ytan som bränt lergods, övereldat, ihåligt. I
mitten låg föremålet.

Kapseln. En låg, tung massa metall, matt och ojämn. Oxiden
spred sig i kanterna. Ena sidan bar en spricka. Något bredare nu.
Ingen fukt låg kvar på ytan. Marken under glänste, en våt glans
som vägrade mörkna. Urblekt, skimrande.

Freya gick närmare. Hennes hand började klia. Hon såg ner.

En ny blåsa svällde över tummen, vaxig i mitten, gul i kanten. En annan vid handflatan hade brustit. Vätska samlades mellan fingrarna. Bakom henne stod Johan kvar vid kanten. Hans blick mot tälten.

– Jag förstår inte, sa han, knappt hörbart.

Lena hade sjunkit ner helt nu. Ögonen matta, frånvarande. Freya ställde sig, vände långsamt runt. Trädraden såg främmande ut, men marken talade. Hennes fotavtryck från tidigare låg kvar. Mjukare, suddat av dimma, men tydligt. De hade gått i cirklar.

Johan föll ner på knä, andades tungt genom näsan. Pannan blank. Svetten pärlade över läppen. Blodlinjen under ena näsborren hade torkat rostbrun, flagade för varje andetag.

– Jag klarar inte det här, sa han. – Hon är sjuk. Du är värre.

Han torkade ansiktet och stirrade ner i mossan. – Vi kommer inte ut härifrån. Du förstår det, va?

Rösten platt. Avskalad från rytm. Som en fras upprepad tills inget återstår.

Freya pressade handen mot revbenen. Smärtan där hade mognat. Låg tung under huden, tryckte utåt som om något ville tränga igenom muskeln.

– Vi går i cirklar. Och nu är vi tillbaka här… med det.

Han nämnde det inte vid namn. Höjde bara en hand mot föremålet utan att vrida på huvudet. Sedan såg han. På riktigt. Något i uttrycket föll. Musklerna bakom ögonen ändrade form. Ansiktet fick draget av någon som känner igen för sent. Fingrarna gled upp mot pannan. När de föll igen lämnade de en linje över huden. En rest av hetta, salt och damm.

Han vände sig långsamt mot henne.

– Dina händer, sa han.

Hon behövde inte svara. Hon kände dem. Huden sträckt över knogarna. Fukt i vecken. Ett mjukt stick av vävnad som sprack. Johan släppte ifrån sig ett kort ljud. Kunde en gång varit ett skratt, men nu var det ihåligt. Torrt i kanten.

– Det här var din idé.

Han blinkade långsamt. Vände sig bort. Huvudet rörde sig utan mål. Freya stod kvar, ögonen sökte i träden efter ett svar som inte fanns. Stigen framför kändes bekant. En böj i trädlinjen. Ett fall i ljuset. Kanske ledde det till bilen. Kanske inte. Hon höjde handen och pekade, osäker om hon ville ha bekräftelse eller motsägelse. Johans blick följde. Tom. Ingen förankring. Hon förstod att han inte visste heller. Tillsammans valde de rörelse framför visshet.

Lena lyftes upp, tyngden fördelad i Johans armar. Hon svajade, långsam, tyst. Balansen vek sig kort, men fötterna höll. De gick. Utan rytm. Utan fart. Bara nödvändighetens drag framåt. Skogen framför glesnade, men Freya litade inte på ljuset. Förra gången träden öppnade sig hade de bara lett tillbaka.

Johan bar Lena med båda armarna. Fötterna släpade ibland. Hon hade inte sagt något på flera minuter. Freya såg bakåt gång på gång, kontrollerade att bröstet fortfarande höjde sig. Luften låg nära kring ansiktena. Fuktig men luktlös. Fingrarna värkte. Blåsorna värre nu. Hon slutade försöka justera packremmarna med högerhanden. Den kunde inte greppa längre.

Marken hade jämnats ut till en matta av barr. Samma känsla var hon än satte fötterna. Freya försökte hålla sig vid trädens lutning för att inte tappa riktning. Åsen hade försvunnit för länge sen.

Johan snubblade. Lenas vikt följde med. Han fångade henne klumpigt, andningen hackade. Mumlade att hon kändes tyngre, utan att veta om det var hennes vikt eller hans egen kraft som svek. Han rättade till henne i famnen. Efter några steg vek sig knäna. Huden grånad, sjuklig. Blodet hade börjat skorpa igen under näsan. Han nickade mot mossan. Ett tyst medgivande.

Freya gick fram. Tillsammans lade de ner Lena. Hon sjönk åt sidan, ögonlocken fladdrade. Inte riktigt vaken. Freya lade handflatan mot kinden. Hettan brände genom huden. Ett öga blinkade, långsamt, ojämnt. Blicken tom.

– Vi är nära, mumlade Freya. Inte för att trösta. Bara för att säga något som kunde hålla.

Hon såg framåt. Ljuset där borta förändrat men oförankrat. Bakom träden väntade en form. Bred, blek, för regelbunden för skog. Ett snitt i undervegetationen. En glänta kanske. Hon gav packen till Johan och lyfte Lena igen. Flickan rörde sig inte. Lemmarnas tyngd lös. Andetagen svaga mot kragen.

Något blänkte där framme. En skärva. Stål eller glas. Kallt ljus genom träden. Freya gick mot det. Mellan två lutande stammar. En låg gren rispade axeln. Armarna värkte, lederna låsta kring barnet. Varje steg skevt. Hon skiftade greppet, fortsatte. Marken föll svagt.

Sedan öppnade sig träden.

Inget ljud. Ingen förändring i luften. Skogen bara drog sig undan. En trasig kant av grus och packad jord låg under kängorna. Vägen var där. Tyst. Platt. Blek under molnljuset.

Och där framme, halvt i skuggan av en tall, stod Volvon.

Möte

Volvon stod strax bortom trädlinjen, skevt parkerad där skogen motvilligt gav vika för vägen. Karossen hel under den grönsuddiga lacken, täckt av en blek hinna damm. Däcken ännu fyllda men skorpa av lera. På motorhuven syntes ingen rost, inga skador. Ändå kändes bilen förändrad.

Den stod onaturligt stilla, som om den höll på en hemlighet, ett andetag för länge. Kondens klibbade ojämnt över bakrutan, lämnade en enda ren fläck, som om någon desperat försökt se in. En felfri rad tallbarr låg torkade på taket, orörda, prydliga. Pollen ritade tunna vener över vindrutan, som frost fångad mitt i sommaren. Allt såg normalt ut.

Freya stannade. Benen darrade svagt under henne. Sekunder senare stapplade Johan fram till hennes sida. Hans andning grund, svetten pärlades över den bleka pannan. Han sa ingenting, bara stirrade tomt, föll sedan klumpigt ihop på marken. Lena, skör och knappt vaken, låg bredvid. Ögonen öppnades i korta springor, kämpande mot tröttheten.

Freya drog djupt efter andan. Gick långsamt mot passagerarsidan, fingrarna darrande när hon tog i handtaget. Dörren gav efter med ett motvilligt jämrande. Inuti var bilen skev. Allt täckt från insidan av ett fint lager damm. Termosen låg och rullade i fotutrymmet. Första hjälpen-väskan hade spruckit, bandagen gulfärgade.

Med växande oro gick hon runt till förarsidan. Hoppet mattades för varje steg. Hon satte i nyckeln och vred om. Tystnad. Vred igen, mer desperat. Motorn förblev död.

– Batteriet är slut, mumlade Johan hest bakom henne. – Eller kablarna. Eller båda.

Freya satt kvar ett ögonblick, fingrarna fast mot ratten. Kroppen tyngre när hon klev ur. Johan lyfte inte blicken. Axlarna hängde, ena armen löst kring Lena för att hålla henne upprätt. Flickans kind låg slappt mot hans ben. Läpparna öppna. Andningen ojämn. Ögonen slutna igen, mörka ringar djupare för varje sekund.

– Hon behöver hjälp, viskade Johan, rösten skrovlig, skör.

Freya nickade långsamt, strök pannan på barnet med darrande fingrar. Febern brände.

– Byn är inte långt, sa hon. Rösten bar en darrning. – Två kilometer högst.

Johan såg upp. – Är du säker?

– Vi såg den på vägen hit, minns du?

Försiktigt lyfte Freya Lena igen. Kroppen för lätt. Johan pressade sig upp, stapplade som om tyngdlagen fördubblats. Han tog den sista flaskan, blicken drogs tillbaka mot bilen, som om den svikit dem. Vägen låg framför, en blek linje av jord mellan träden. Rak. Bekant. Det sista hon litade på innan resan.

Vägen vecklade långsamt ut sig. Träden lutade närmare nu än

när de körde in. Damm låg över marken. Spåren från däcken nästan borta under ett tunt täcke av barr. Stigen såg mer ut som ett brandgatt än en väg. Men den fanns.

Freya gick först.

Lenas tyngd låg mot nyckelbenet, ena benet släpande. Hon var för lätt. Freya skiftade greppet. Armarna darrade inte av vikten utan av något djupare. Händerna, inlindade i trasigt bomullstyg, pulserade av hetta. Tyget fast där huden spruckit. Blåsorna hade brustit den senaste halvtimmen. Hon kände det. Smärtan var synlig.

Bakom henne rörde sig Johan som något halvt buret av tyngden själv. Ena foten. Sedan nästa. Han höll sig mitt på vägen, huvudet sänkt, axlarna hukade som ett jagat djur. Vänsterhanden släpade flaskan. Höger darrade var femte steg.

Skogen och molntäcket hade glesnat just nog för att visa himlen. En blek reva blått där ovan. Mitt på dagen, men utan värme. Långt nog från lägret kunde man se fåglar igen. Ändå var de tysta. Freyas kängor gjorde inget ljud.

Hennes lår brann i lutningen, men hon stannade inte. Hon kunde inte. Om hon stannade visste hon inte om hon skulle börja igen.

Lena mumlade något. En bit av ett ord kanske. Läpparna snuddade vid Freyas krage, huvudet rörde sig knappt.

– Lena? frågade Freya, för lågt.

Barnet svarade inte. Freya gick fortare. Johan kämpade bakom.

Vägen steg. Mjukt men förrädiskt. Freyas syn grumlades. Hon blinkade hårt. En gång. Två. Saltet sved i ögonvrån. Armarna värkte. Revbenen värkte. Andetagen tunna. Bakom henne hostade Johan. Ett lågt, vått ljud. Hon såg inte bakåt.

En kurva i vägen. Sedan en till. Skogen höll kvar tystnaden. Den sortens stillhet som följer något vasst. Pausen efter ett skrik. Freya flyttade Lena mot höften för att orka, men det hjälpte inte. Ärmen snuddade flickans kind. För varm. För torr. Lenas ögon halvöppna. Pupillerna suddiga, fransarna fastklibbade mot huden.

Freya drog luft genom tänderna. – Det är okej, sa hon. Osäker på till vem.

Bakom henne föll Johan ur takt. Ett dämpat duns. Inte ett fall. Mer en styrka som gav vika. Hans flämtningar skar som sandpapper. Sedan, smärtsamt långsamt, återvände stegen. Tunga, tveksamma. Marken under dem hade tappat sin märkliga värme. Blev spröd, oförlåtande.

Ännu en lutning. Freyas fot hakade i något. Rot eller sten. Hon brydde sig inte. Knäet vek sig, hotade falla. Men desperationen höll henne uppe. Lena tyngde armarna som domnade. Musklerna skrek. Munnen torr som fnöske, smaken av metall och rädsla tjock på tungan. Svett rann långsamt nerför ärmen. Blod från Lenas tandkött fläckade tyget mörkrött, från armbåge till handled.

Ändå fortsatte hon.

Bakom henne stannade Johan igen, hostade hackigt. Huden glödde med febervärme mot den bleka hyn. Han famlade med korken på flaskan, hällde skakigt mot torra läppar. Vatten rann över hakan när han svalde. Han hostade igen, svagare, spottade vatten blandat med blod. Sa inget mer. Ögonen glasiga, fast på Freyas suddiga gestalt. Den sista ankaret.

Freya höll blicken framåt. Ett steg. Ett till. Rytm trots utmattning. Synen smalnade till jordstigen under kängorna. Vägen höll. Sakta lossnade skogens grepp. Träden vek undan, tveksamt. Ängar öppnade sig. Ljuset svagt, prickigt genom moln. Gräset klippt, ordnat, främmande efter kaoset. Stugor i rött längst bort. Paneler flagnade, färg likt torkat blod. Taken branta mot vinter. Vildblommor trotsade vid stenmurar, doften ren, buren av en mjuk vind.

Nedanför drog sig skogen undan. Sjön låg där. Ett stilla blad av vatten. Reflekterade en värld som inte längre stämde.

Vidsträckt, platt i ljuset. Den bortre stranden upplöst i tall och dimma. Ytan orörd. Bara svaga krusningar vid vassbädden bröt stillheten. Övre Gålvattssjön. Freya mindes inte namnet, men formen satt kvar. Milda vågor, som en instängd ocean. Den avlägsna skogslinjen skimrade, allt fruset, som om tiden halkat och inte återhämtat sig.

Byn låg mot strandkanten. Röda stugor med skiffertak samlade längs grusvägar som spridda frön. Vissa äldre, takskägg hängande, mossa krypande upp från grunden. Andra nyare, nymålade, staket halvfärdiga, verktyg övergivna. En moped lutad mot en björk, speglarna fångade solen. Tvätt vajade bakom en stuga, skjortor som tomma kroppar.

En smal gränd skar igenom, krokig som en åder. Ett emaljskylt lutad i en böj. Strandgårdarna. Bokstäverna blekta, nästan oläsliga under smuts. En bult rostat loss. Inga bilar. Inga röster. Bara vindens fras genom barren, det svaga knarrandet av gammalt trä. Byn halvsov.

Freyas knän darrade igen. Nedförsbacken borde lättat bördan, men låren brände. Bröstet värkte. Hon sköt upp Lena högre mot sidan. En arm slapp, knogarna strök jackan.

Andetagen svaga mot halsen. Klockslag som närmade sig slutet.

Johan stannade vid hennes sida. Stirrade på taken, som om de kunde ändras om han såg tillräckligt länge. Svett mörkade skjortkragen, rann längs ryggen. Han lyfte handen mot pannan, men lät den falla tungt igen.

Framför dem låg en blekt cykel bredvid en brevlåda. Längre bort en trädgård, välklippt, stolar kring en stubbe till bord. Ett askfat halvfullt på ytan. Gardinerna i närmaste fönster öppna, men rummet bakom mörkt.

Freya såg nerför gränden, väntade på ett tecken. Någonstans bortom husen skällde en hund en gång. Sedan åter tystnad. De gick framåt. Gruset knastrade för högt i stillheten.

En grind öppnades. Den hörde till en liten stuga, dold bakom björk och gran. Färgen sliten. Trädgården fylld av fingerborgsblommor och pelargoner, färgerna skarpa mot himlen.

En man stod vid grinden, lutad över en skottkärra med nykluven ved. Breda axlar, kroppen buren av vana. Flanellärmarna uppkavlade. Armar fräkniga. Förhårdnade händer. På verandan sköljde en kvinna fingrarna under en utomhuskran. Vattnet rann över handlederna, droppade från knogarna.

Hon vände sig först.

Håret silvergrått, stramt i en fläta. En lavendelfärgad tröja, nött i sömmarna. Blå arbetsbyxor som matchade skiffertaket bakom. Hennes blick mötte Freyas, låg kvar.

– Hugaligen, sa hon mjukt, klev ner från verandan. Ordet kom utan förvåning. Bara oro. Hon tog in scenen med stillheten hos någon van vid nödfall. – Kom. Lägg ner henne försiktigt.

Freya rörde sig utan tvekan. Smärtan stack i armarna när hon sänkte Lena i mannens utsträckta famn. Han tog emot med varsamhet, en arm bar upp tyngden, den andra vilade lätt bakom axlarna. Han mumlade något ohörbart, såg sedan ner på flickans ansikte med ett svagt leende.

Kvinnans uppmärksamhet fastnade. Hennes blick på Freyas händer. Tyget runt dem mörknat. Fuktigt där blåsorna spruckit.

– Har du bränt dig? frågade hon.

Freya försökte svara.

Mannen harklade sig. – Margit, hon är i chock.

Kvinnan – Margit – stannade en sekund. Sedan vände hon sig, redan på väg mot dörren.

– Kom in, ropade hon. – Ta med henne.

Stugan låg låg, timrad i grått, fönster med vita ramar. Inne doftade det av vedrök vid spisen, en svag ton av kokt potatis. Kaffebryggaren fräste, droppande. Golvet knarrade när Freya gick in. Lena och den äldre mannen nära bakom.

Margit knäböjde vid barnet som lagts på soffan, fortfarande knappt vid medvetande. Hon kände puls, panna. Ansiktet bar något mellan oro och förvåning. Som inför en skada man inte väntat sig.

– Hon är het, sa Margit lugnt. – Men det här ser ut som brännskador, som av gnistor. Hon borde inte brinna överallt.

Freya såg på henne. – Det brände mig direkt, bara av röken, sa hon lågt.

Margit sträckte på sig. Gav Freya en mild, sorgsen blick.

– Du är i chock, sa hon. – De där… hon rörde vid Freyas armar… – …måste läggas om ordentligt. Men jag kan hjälpa.

Freyas bröst drogs samman. Hon skulle ta emot hjälp, även med frågor. Margit vände sig tillbaka mot barnet. Tog pulsen igen.

– Pulsen är svag, mumlade hon.

Hon lutade sig närmare, strök undan en hårslinga från flickans tinning. Håret föll av i handen. Tofsar hade lossnat länge, lämnat en kal fläck. Fingrarna rörde sig vant, med samma säkerhet som hos någon som rört för många febrar i för många rum. Svetten på Lenas hud torkade i fläckar, lämnade en matt glans över ansiktet. Margits blick drogs lägre. Hon öppnade kragen, avslöjade utslagen som kröp ner över halsen. Röda, bruna kvisslor, några blänkande där huden spruckit. Hon sa inget först, men munnen hårdnade.

Freya hade satt sig i fåtöljen bredvid soffan. Kände tygets fukt mot handflatorna. Tyget fastnat igen. Hon vågade inte dra loss det. Våga se hur djupt skadorna gick. Armbågarna värkte efter för lång tid med vikten.

Utanför satt Johan kvar på verandakanten. Kroppen insjunken. Ena armen slapp i knät. Den andra höll flaskan löst mot låret. Han hade inte rört den på minuter. Nästan ingen syn, ingen kraft att ropa.

Freya såg mot honom. Från vardagsrummet kunde hon se bakdörren. Ryggen höjdes, sjönk, ojämnt, som om andningen blivit uppmätt. Hon följde käklinjen, väntade på ett tecken att han såg tillbaka. Men huvudet förblev sänkt.

– Skulle du kunna titta till honom? sa hon lågt. – Han… han var värre nyss.

Margit såg mot verandan utan att resa sig. Blicken stannade där. Hon nickade litet, vände sig mot Johan. Hon såg på sin man. En tyst gest. Han rörde sig genast, gick genom dörren. Tog Johan i armen, hjälpte honom upp. Johan reste sig. Ett steg fram.

Sedan en knackning. Dov, ihålig. Knogar mot trä. Ett slag. Slutligt. Tungt.

Freya rörde sig innan tanken hann ifatt. Vände sig. Johan hade fallit mot stolpen. Kroppen vikt, benen under. Ena handen krafsade mot brädorna, fingrarna fann inget.

Mannen hukade bredvid, ena handen mot räcket, den andra utsträckt men osäker.

Johans huvud ryckte. En gång. Sedan igen. Ryggen spändes. Bröstet lyftes i en båge. Munnen drogs upp i en grimas, ögonen stilla. Sedan kom skakningen. Först svag, sedan ner i armarna, som tidigare. Hälen slog mot träet, skrapade högt, fel. Som en tändsticka dragen för länge.

Margits röst brast, ändå lugn. – Krampanfall, sa hon. – Lägg något under huvudet.

Mannen sköt in tyget under Johans nacke medan käken slog, skakade. Freya stod strax innanför. Kunde bara se. Det varade mindre än en minut. När det slutade blev Johan slapp. Andningen kom i korta stötar. Ögonen öppnades. Grumlade, ofokuserade. Han mumlade något, orden sprack som glas i munnen. Margit satte två fingrar mot hans hals.

– Pulsen rusar. Rolf, ring 112. Säg tre patienter. Ett barn knappt vid medvetande. Ett krampanfall. Och brännskador. Möjligen något mer systemiskt.

Rolf klev tillbaka från dörren, handen redan i jackfickan. Han drog upp en mobil, sprucken i hörnet, vände sig halvvägs mot grusgången och höjde den till örat. Rösten, när den kom, var stadig. Ett lågt mummel, slipat av år av att aldrig behöva gripas av panik.

Freya lutade sig mot väggen. Den svala putsen pressade mot skuldrorna. Andningen ojämn, som om bröstet inte längre rymde allt på en gång.

Margit hjälpte Johan att komma till rätta. Hans andning, allt grundare. En strimma svett rann ner längs kinden. Handen ryckte till en gång, stelnade sedan.

– Slog han i huvudet när han föll? frågade Margit.

– Jag vet inte, svarade Freya. – Jag såg inte.

Kvinnan reste sig långsamt, torkade handflatorna mot byxorna. Hon såg på Lena, som inte rört sig. Filten hon lagt runt barnet hade glidit ner från ena axeln. Huden under blek, vaxartad. Läpparna öppna. Torkad sprickighet vid kanten.

Rolf klev in igen, telefonen fortfarande mot örat.

– De skickar från Östersund. Helikopter. Det tar trettio minuter.

Margit nickade långsamt. – Frågade de efter värden?

– De frågade allt. Jag sa vad vi kunde. Sa att vi låg vid sjön.

Freya vände sig från Lena och såg på Margit. – Jag måste förklara.

Margit såg noga på henne. Inte bara lyssnande, utan vägande. Freya svalde. Halsen torr som damm.

– Vi tältade vid de mindre sjöarna. Sex kilometer västerut.

Förbi strandlinjen. Vi följde en gammal väg. Inte med på några kartor. Den slutade i en glänta. Låg. Marken het. Och inga fåglar. Bara… stillhet. Allt för tyst.

Freya drog upp ärmen. Tyget hade torkat fast i den spruckna huden. Hon skalade bort det långsamt. Köttet öppnade sig igen där det klibbat. Rått i vecken. Kall luft bet mot såret. Rolf stod längre in nu, handen slött mot bordet.

– Strålning, sa han. – Det var vad din man kallade det. Triangeln. Trefoil.

Freya nickade svagt. Margit såg på sin man, rösten dämpad.

– Den gamla vägen ovanför Gålvattssjön. Sa du inte att militären använde den? För väderstationer?

Rolf svarade inte genast. Blicken hade fallit på Lenas kropp. Han såg äldre ut än för några minuter sen.

– Jag var med och byggde en. Åttiotre började vi, tror jag. Många stationer här och upp genom Lappland byggdes likadant. En RTG för fjärrdrift, även på vintern. Bra för forskning. Jag hörde att de rev allt åttiosex, när forskarna lämnade.

Margit tog ett steg tillbaka. Tyst kalkyl, som någon som väger en sanning mot en annan. Freya sa inget. Smärtan i händerna mindre nu, eller kanske bara överlagrad av tyngden i rummet. Insikten att inget av det här var plötsligt.

Tiden segade sig fram. Freya satte sig på stolen vid dörren. Axlarna stela. Blicken fjärran. En darrning gick genom lemmarna. Om den kom av kyla, trötthet eller något djupare visste hon inte längre. Rolf stod stilla ännu. Tyngden låg på honom också. Tre främlingar i hans hus, alla sjuka. En knappt andandes. En medvetslös. En sönderbränd. Hans oro var tyst, men syntes i de hårda dragen. En skuld låg i ögonen, som om han redan anat vad som blivit kvarlämnat.

Han gick undan, nästan mjukt, ut i trädgården. Utanför lutade han huvudet mot öst. Björklöven började darra, fast ingen vind. Ljudet växte. Freya kände igen pulsen av rotorer. Hon hade inte insett hur länge sedan det var hon hört något mekaniskt.

Hon gick till fönstret. Ljuset föll hårt över gräset, fångade varje dammkorn i glaset. Två helikoptrar kom lågt, den ena bakom den andra. Lysande gula med grönt. En större, en smalare. Skuggorna gled före dem som vålnader, genom träden, över staketet, ner i gruset. Huset skälvde svagt när de passerade.

Margit öppnade dörren, gick ut på verandan. Fältet vid tomtens kant trycktes redan platt. Gräset piskade. En plasthink rullade längs staketet, lyfte, försvann. Freya följde. Luften sved nu. Varje partikelsmulor virvlade upp, belade tungan med grus. Hon kisade, höjde den lindade handen mot munnen.

Den första helikoptern landade. Sidoluckan öppnades innan rotorerna tystnat. Två sjukvårdare hoppade ner, packar mellan sig. En talade i radion på axeln. Den andre pekade mot Johan, som satt halvt uppe vid räcket. Rolf på knä bredvid, handen på hans skuldra.

En tredje steg ner från den andra helikoptern. Reflexjacka med regionens emblem, röd och blå, blekt dammig i sömmarna. Headset vid kragen. Kängor våta till anklarna.

– Vi måste bedöma dem där de är, sa han. Han pekade mot huset. – Barnet först.

Freya flyttade sig. Margit höll upp dörren. Sjukvårdaren gick in, följd av en andra med bår. Inne var luften stilla igen. Freya såg från hallen när de undersökte Lena. Den ena knäböjde, talade mjukt, men flickan svarade inte. Den andra tog fram en penna, skrev siffror på handskens baksida. Satte en klämma på flickans finger. Ett pip. Masken över mun och näsa. Huden gråare nu.

– Hon har feber, sa sjukvårdaren. – Låg respons. Utslag över bröst och hals. När började symptomen?

Freya försökte svara men halsen högg. Margit la handen på hennes arm.

– Fyra dagar sen, sa Freya. – Nej, kanske fem. Först trött. Sedan sjuk. Lite bättre. Sedan värre när vi hittade någon slags radioaktiv kapsel.

Sjukvårdaren nickade. Han såg lite osäker ut när han vände sig mot kollegan.

– Manifesterad fas av akut strålsjuka?

Den andre gav en bekräftande nick.

Freya stod åt sidan när de lyfte upp Lena på båren. En av sjukvårdarna talade kort i radion. Orden nådde henne inte. Ett annat team hade hunnit till Johan. Han hade försökt resa sig men misslyckats. Rolf hade hjälpt honom ner på en bår, styrt honom varsamt med båda händerna.

Den första helikopterns rotorer började röra sig igen. En sjukvårdare gav tecken åt den andra. Freya såg blickarna de bytte, sättet de kontrollerade Johans värden på nytt. Händerna rörde sig snabbt men utan tvekan. Johans ögon öppna, men ofokuserade.

Freya tog ett steg fram. En av dem hejdade henne med en blick.

– Du är Freya?

Hon nickade.

– Vi tar er alla till Östersund. Vi kan inte riskera längre transport nu. De förbereder traumarummet. De väntar.

Freya såg mot Lenas bår. En av sjukvårdarna hade dragit en värmefilt över henne innan hon bars in i helikoptern.

– Vad är fel med henne? frågade Freya. Rösten avlägsen.

Sjukvårdaren tvekade. – Vi vet inte allt än. Men hon visar tecken som stämmer med akut strålningsexponering. Ni alla gör det. Möjligen hög dos. Om källan var nylig kan vi fortfarande vara inom det kritiska fönstret.

Rösten mjuknade något. – Vi stabiliserar först. Sen omprövar vi för eventuell överflyttning till Stockholm.

Margit stod i dörren. Händerna hårt knäppta.

– Hennes brännskador, sa Freya plötsligt. – Mina också. De var inte av värme.

Sjukvårdaren skakade svagt på huvudet. – De behandlas som kontaminering tills motsatsen är bevisad.

Utanför snurrade rotorbladen långsammare, redo men väntande. Båren med Lena bars in först. Hon rörde sig inte under folien, ansiktet blekt där det syntes under syrgasmasken. En sjukvårdare klättrade in efter, justerade remmar och slangar tyst. Johan följde snart efter.

De lade honom på den andra båren. En av sjukvårdarna stannade vid hans axel, talade kort mot örat. Johan svarade inte. Fingrarna rörde sig svagt mot filtkanten. Ansiktet fått en gråhet Freya inte kände igen.

Dörren drogs igen bakom dem. Rotorljudet växte, tog fart.

En sjukvårdare vände sig till henne, pekade mot det andra planet där bladen redan börjat stiga.

– Du följer med i nästa. De är före dig med högst tio minuter.

Freya nickade. Hon visste inte vad mer att göra. Rolf stod vid gräskanten, skuggade ögonen för dammet. Margit bredvid, armarna hårt i kors, blicken fäst vid trädlinjen som om något mer skulle komma därifrån. Hon gav en enda nick när Freya passerade, en rörelse både vänlig och hjälplös.

Bältena klickade hårt. Händerna bultade under gasväven, nerverna ryckte vid varje rörelse. Sjukvårdaren erbjöd en filt, men hon tog den inte. Dörren stängdes med ett dovt pys. Rotorerna spann. Lyft. Marken, grön och ljus, föll bort medan himlen kom närmare. Freya såg åt vänster. Långt under skogen. En öppning. En plätt jord. Tre tält.

I kabinen tryckte ljudet mot allt. Konstant. Ojämt. En motor i otakt med sig själv. Freya satt mot väggen, händerna högt i knät. Fingrarna bultade nu i en regelbunden puls. Som om något under gasväven ville tränga ut. Hon vände blicken mot sjukvårdaren.

Hon såg yngre ut än Freya. Mitt i tjugoårsåldern. Ljusbrunt hår under en mörkblå keps. Smala, formade ögonbryn som gav ansiktet ett noggrant uttryck. Blicken lugn men vaken; en som lärt sig stå still i andras panik. Uniformen ren vid kragen men dammig längs ärmarna. Handskarna vilade mot knäna, redo men inte jäktade. Kängorna hårt snörda, militäriskt prydliga. Namnskylten läste **Linnea**, strax under märket: *Region Jämtland Härjedalen.*

De sa inget först.

Världen rörde sig utanför i sudd av tall och myr. Solen sjönk, kanterna milda. Moln utdragna över horisonten som ull. Freya följde dem.

Linnea lutade sig fram, kontrollerade bandaget på Freyas vänstra underarm. Hon frågade inte om lov. Drog tillbaka en liten bit, såg färgen under, lade tillbaka med vana händer.

– Inget nytt blod, sa hon. – Det är bra.

Freya såg upp men svarade inte. Bruset steg när de svängde. Bältet skar mot nyckelbenet.

– Vet du hur långt före de andra är? frågade Freya.

– Sex, sju minuter. Kanske åtta.

– Och de är… okej?

Linnea lutade huvudet litet. Vägde orden.

– De lever. Det är baslinjen just nu. Flickan var okontaktbar när vi lyfte. Men hon andas själv… fast febern stiger.

– Lena, sa Freya tyst. – Hon heter Lena.

Linnea nickade en gång och började fylla i papper; intagningsformulär. Hon stannade upp, fortfarande med blicken fäst vid arket.

– Hon är liten. Och ung. Ju mindre de är, desto snabbare tar det dem.

Freya såg ner på sina händer. Mörk fukt blödde genom bandaget vid tummarna, kröp in i skjortans manschett som en rostbrun kant.

– Klarar hon sig? frågade hon.

Linnea var tyst ett ögonblick. Hon knackade pennan två gånger innan hon fortsatte skriva, oberörd.

– Jag vet inte, sa hon.

Freya såg hastigt upp. Linnea mötte blicken utan att blinka.

– Jag tänker inte ge dig ett kanske, fortsatte hon. – Jag är inte tränad för tröst. Om det är tillräckligt illa för att ge hudförändringar och kollaps så här snabbt, då ja, det kan vara riktigt dåligt. Men det betyder inte nej heller.

Orden hängde mellan dem. Freyas andning fastnade i halsen, kom inte loss. Hon nickade, mekaniskt.

Utanför flöt träden förbi. Vägar. Fåror. Staket. Former av liv som fortsatt medan hennes stannat. Långt borta tyckte hon sig se en bil. Den såg orimligt liten ut.

– Din partner är med henne nu, hon känner sig åtminstone mindre rädd av det, sa Linnea efter en stund.

Freya vände huvudet. – Ex-partner.

Linnea log, kort och torrt. – Rätt. Mitt misstag. Du har den där blicken folk får när de försökt låta bli att mörda någon i ett trångt utrymme. Jag får den när mina vänner gör mig till karaktär i en roman.

Freya släppte ifrån sig ett ljud. Inte riktigt ett skratt, men nära. Linnea nickade, nöjd med sig själv.

– De kommer hålla dem tillsammans, sa hon. – Östersund är bra för trauma. De tas in direkt.

– Är det där hon blir kvar?

– För nu. Men om det bekräftas strålning, då söderut.
Karolinska har isoleringsavdelningar. Och bättre kaffe.

Freya nickade igen. Ett leende kom lite lättare den här gången.
Motorn sjönk i ton när de började gå neråt. Kabinen stillnade
på det sätt den gör när himlen släpper taget. Linnea drog åt sitt
bälte, lutade sig fram och säkrade utrustningen under sätet.
Genom fönstret kom staden närmare. Tak, vägar, antenner. En
glasfasad byggnad reste sig vid inflygningen, helipad markerad
i gult vid sjön. Linnea kontrollerade spännet på Freyas bälte,
gav henne en snabb blick. Landningen blev mjuk men högljudd.
Medarna slog i marken med ett ryck som skar ända upp genom
tänderna. Sedan tystnad, förutom rotorernas avklingande.

En sjuksköterska väntade utanför. Mask. Handskar högt
uppdragna på armarna. Bakom henne en bår. Dörrarna
öppnades. Kall luft svepte in. Freya blinkade mot ljuset. Allt
luktade desinfektion och bränsle.

Linnea lossade bältet.

– Klarar du att stå?

Freya nickade, men rörelsen fick världen att gunga. Hon steg
ner i strålkastarljuset. Sjukhuset reste sig ovanför henne, glas
och stål. Inne, maskiner som redan spann för Johan och Lena.
Sjuksköterskor rörde sig snabbt mellan avdelningarna. Hon slöt
ögonen när de rullade henne framåt.

I mörkret bakom ögonlocken kom bilden tillbaka. Avståndet
under skogen. En öppning. En plätt jord. Tre tält.

Ankomst

Gruset glesnade där vägen tog slut, ersatt av tallrötter som pressade sig upp ur fårorna som blottlagda revben. Regnvatten samlades stilla i grunda gropar. En Volvo stod snett vid sidan, förardörren nästan stängd.

Under en spänd grön presenning stod ett fällbord, varje hörn tyngt med svarta sandsäckar. Papperskartor låg fastklämda med metallclips. Två geigermätare vilade i en plastlåda, den ena redan med ett jämnt, varnande surr. Strålningsbrickor låg prydligt uppradade bredvid en pärm. Tre avläsningar hårt inringade, en överstruken, ersatt av en annan märkt preliminär. Allt uppställt under natten, klart för undersökning nästa morgon.

Vid en logistiklastbil drog två män på sig gula skyddsdräkter. Tyget nästan genomskinligt där det spänts över lederna. Styva sömmar i armbågar och knän, breda huvor låsta i runda kragar. Svarta visir smalnade ner ansiktena till insektslika maskor. Den ene drog långsamt upp dragkedjan, stannade när slangen klickade i filterpaketets fäste. Hans följeslagare hukade redan, spände kängorna, andningen immade lätt på insidan av visiret. En dieselgenerator tickade mjukt bakom det sista fordonet, ljudet pulserade lågt genom träden. En annan figur drog på sig handskar, redan på väg bort bakom det reflekterande glaset. Dräkterna bar inga märken, bara form och avsikt. Deras närvaro fick skogens tystnad att djupna.

Tre figurer i skyddsdräkt gick i enkel rad ner för en smal stig. Kängorna sjönk långsamt i riset som gav vika och slöt sig efter varje steg. Björkar pressade närmare, grenar grep tyst i tyget. Tallbarr viskade låga hemligheter. Stigen bakom dem försvann gradvis, slukad av skuggor och löv. Gryningens svaga ljus sögs upp mellan stammarna, färgerna förlorade sig i grått.

Mossan tunnare här, spröd, gulnad, kanterna inrullade som av skygghet för något osynligt. Till och med luften tyngre, tryckte mot visiren, andetagen grundare i maskerna. Stegen saktades, försiktigheten tog över. Tystnaden djupnade, bara dova fotsteg hördes.

Tiden sträcktes innan de nådde lägrets gräns. Mindre än kartorna lovat. Träden lutade in som sörjande runt en grav. I mitten hängde ett grönt tält, pinnen knäckt, tyget fallit inåt som en kropp utan luft. En barnsko låg halvt nedtryckt i jorden vid den släckta eldstaden, skosnören öppna. Bredvid låg en sovsäck, utdragen, skrynklig, tom. Vid tältets öppning spya, synlig mot askan. Några meter bort tickade en geigermätare. Inte frenetiskt, men tillräckligt för att skärpa sinnen. Ett viskande gift, som sipprade in i jord, hud och tystnad.

Erik Nyström stod mitt i gläntan, ärmarna fuktiga till armbågarna. Tyngden av befäl låg stilla över honom. Rösten och hållningen markerade honom som överstelöjtnant, CBRN-befäl. Han var inte en man som behövde höja rösten för att få lydnad.

Skyddsdräkten hängde tyngre på honom än på de yngre. Ljusorange, mörk vid knäna och ryggen där han själv tagit jordprover. Kängorna täckta av lera. Han höll en dosimeter utsträckt, långsamt, som en man som väntade på ett svar han redan anat. En andra mätare satt på handleden, skärmen matt bakom repad plast. Den handhållna tickade en gång, en andra, en tredje skarpare. Han justerade inställningen med tummen. Ingen reaktion i ansiktet. Bara en blinkning.

Han sneglade mot teknikern med pärmen, såg sedan tillbaka mot trädraden. Inget rörde sig. När det nya laget kom, dräkterna prasslande, höjde han inte handen.

– Börja sök från sydsidan, sa han, rösten i masken platt, kort.
– Markera allt som sticker över bakgrund. Fotografera varje kvadrant innan ni rör något.

En av dem nickade. Den längste gick mot det fallna tältet. Erik vände sig mot en yngre man med pärm.

– Logga varje pass på minuten. Om det rör sig, om det smälter, om det är varmt, tar vi det.

Mannen nickade, blyertsen redan mot pappret. Erik gick mot lägrets mitt. Platsen där metallkapseln grävts upp tidigare under dagen.

– Vad har vi hittills? frågade han, höll ut handen efter pärmen. En officer räckte fram en rapport. Kartongen fuktig i kanterna, plasten bubblad av värmen i lastbilen. Erik slog upp den, läste tyst.

Enhet:

RTG – Radioisotopgenerator; liten modell
Stålkapsling, korroderad. Modell okänd.

Trolig härkomst: fältstation för väder, tidigt 1980-tal.

Uppgrävd på ~30 cm djup, intill tältplatsen.

Isotop:

Primär: **Strontium-90**

Kapslingsbrott bekräftat. Sönderfallshetta intakt.

Beräknad aktivitet: **2,4 TBq**

Dos vid källa: **2 Sv/h** *; Dos vid 1 m:* **250 mSv/h**

Jordsaturation i kärnzonen. Betaemitter. Kontaminering inom 3–4 m.

Exponeringsrisk:

Ytkontakt = allvarlig risk för betabrännskada.

Ingen alfarisk. Inhalation osannolik.

Intern dosväg: ingestion eller slemhinnekontakt.

Bioackumuleras i ben. Undvik all kontakt.

Dödlig exponering sannolik.

Erik drog tummen längs pärmens kant. Handsken pep svagt. Han såg inte på officeren bredvid. Lät sidan falla tillbaka, räckte över brädan utan att möta blicken.

– Strontium, mumlade han bittert, ordet skrapade i halsen som grus.

– Någon grävde ner en generator och brydde sig inte ens om att registrera den. Det är vårt arv. Ett land av likgiltiga dårar.

Bitterheten stannade kvar i luften, en stilla anklagelse.
Ingen svarade. Han gick framåt, stannade över den rostiga metallkapseln. Geigermätaren klickade snabbare nu, en stadig påminnelse om en osynlig fara. Lagets blickar låg tysta på Erik, men hans egen hölls vid kapseln; korroderad, bucklad efter någon glömd smäll, nästan en halv meter lång, snett liggande i den omrörda jorden.

– Lycka till att behålla friska ben efter det här, sa han medan han mätte.

Orden ihåliga. Ingen tröst. Bara tyngd i stillheten. Bara klickandet från mätarna. Ingen talade; vad kunde sägas?

En yngre man tog ett tveksamt steg fram. Rösten darrade, förrådd av oerfarenhet.

– Herrn... hur illa är det egentligen?

Erik svarade inte genast. Han vred försiktigt på mätarens reglage, såg nålen klättra uppåt. Uttrycket hårdnade, knappt märkbart. Metallen mattgrå under korrosionen, brännmärken längs ena sidan. En bleknad märkplåt satt kvar, texten oläslig efter år av väder och glömska.

– Inte bra, sa han till slut. Rösten stadig men försiktig. Han kastade en blick mot den unge, såg sedan upp mot himlen när en vindpust tog tag. – Men inte katastrof heller. Kunde vara mycket värre.

Han rätade på ryggen, vände blicken mot fordonen i utkanten av gläntan, konturerna suddiga bakom grenverk och skymning.

– Den är i alla fall sluten, fortsatte han, som om han ville ge
något slags försäkran. – Bättre än en öppen kärna på Forsmark.
Skulle det hända, då evakuerar vi län, inte bara rensar ett läger.

Han höjde blicken igen, som om himlen kunde ge svar. En suck
lämnade honom, tung av slitage och byråkratins trötthet.

– IAEA kommer få ett fältarbete utan like, mumlade han, mer
för sig själv än för någon annan. Resignation låg över axlarna.
Han vände sig långsamt, fäste ögonen på en annan av männen i
dräkt.

– Och camparna? Var är de nu?

***

Sjukhusrummet bar en tung lukt av plast. Tät, steril, kvävande.
Lukten av förbandsmaterial i täta förpackningar, uppvärmda
av konstgjord värme, blandad med desinfektion och den torra
luften av klinisk likgiltighet. Lysrören ovanför surrade envist,
ett monotont dån som fyllde varje tystnad. Ett av dem fladdrade
ryckigt, kastade nervösa skuggor i taket innan det motvilligt
stabiliserade sig. Offvita plattor sträckte sig i perfekt rad ovanför,
missfärgade i kanterna, förstärkte den sterila tyngden. Luften
kändes tunn, så torr att den rev i halsen, varje andetag raspande.

Freyas ögon halvöppna, kämpade mot hinnan som suddade
världen. Former låg mjuka, oskarpa, som bakom immigt glas.
Hon blinkade hårt för att få skärpa tillbaka, men fransarna
fastnade klibbigt. Huvudet spänt, som fyllt inifrån tills inget mer
fick plats.

Händerna vaknade först. Med smärta i heta, rytmiska vågor.
Varje puls främmande. Något rastlöst, instängt under huden,

kröp för att slippa ut. Domnade fingrar, orörliga, leder stela under tjocka bandage som dämpade allt utom värken. Den brände som om elden fortfarande låg kvar. Ett dovt krafs hördes från vänster. En penna som rörde sig mekaniskt, lock öppnas, stängs, mellan korta pauser. Under det ett maskinbrus, en rytm som kändes främmande, i otakt med hjärtat.

Hon kände rören mot underarmen, tejpade mot huden, drog svagt vid varje sväljning. Hon vände försiktigt på huvudet, rörelsen långsam, eftersläpande, som ett eko. Hon såg en avdelande vägg, ett blekt draperi på en böjd skena, och bredvid en monitor med siffror hon inte förstod. Blinkande, pipande i mönster hon inte kände igen.

Ett bord stod vid sängen. Små flaskor med etiketter. En innehöll en matt rosa vätska. En annan pärlade i kondens, droppar rann långsamt längs glaset. Freya öppnade munnen, men halsen snördes åt.

En sjuksköterska kom in utan ljud. Som en del av tystnaden själv. Trettioårsåldern kanske, dragen milda av vana att hålla kontroll. Ljusblå kläder under ett genomskinligt, prassligt förkläde. Händerna i lila latex. Hon log inte, men vek inte heller undan blicken. Hon bar på en stillhet. Vanan av timmar i rum som detta. En människa som visste hur man rörde sig runt sorg och smärta utan att sjunka ner i det. Hon stannade ett ögonblick för länge, läste något i Freyas ögon, gick sedan till sängen.

– Du är i Östersund, sa hon och kastade en blick på monitorn. – De tog in dig i går eftermiddag.

Freya blinkade. Halsen värkte. – Lena? frågade hon. Ordet rått men tydligt.

– Hon är här, sa sjuksköterskan direkt.

– Två våningar ner. De har flyttat henne till barn för observation. Hon frågade efter dig tidigare.

Freya andades ut. Bröstet spänt, som ett långt andetag som släppt. Sjuksköterskan gick till droppställningen, justerade flödet. Ett klick, sedan ett svagt pys från en ny spruta som sattes i.

– Du har kontaktbrännskador. Mest handflator, en del upp mot underarmarna. Beta-strålning. Vi har satt in antibiotika och vätska. Du är stabil nog för överflyttning.

Freya sneglade ner. Hon såg inte skadorna, bara armarnas form under lindorna. Svagt rosa där bandaget tunnades, fläckar över knogarna. Fingrarna svullna. Tummarna stack ut klumpigt, lindade var för sig. Sjuksköterskan kollade saltnivån, antecknade på en pärm hon plockade från väggen.

– Din dos loggades på drygt två sievert. Ingen påverkan på benmärgen. Inga lungskador. Det är bra. Men händerna kommer ta tid.

Freya slöt ögonen.

– Vi flyger dig till Karolinska i natt, fortsatte sjuksköterskan.
– Stockholm. Brännskadeavdelningen där har mer kapacitet, bättre utrustning för kontaminering.

– Jag vill se Lena.

– Jag vet. Rösten ändrades inte, men tystnaden bar på förståelse.
– Men vi väntar på klartecken. Du har fortfarande spårvärden på ytan. Det är försiktighet.

Sjukhusrummet bar en tung lukt av plast. Tät, steril, sötaktig. Som förseglade förband, mjukt uppvärmda, blandade med desinfektion och den torra luften av klinisk likgiltighet. Lysrören surrade envist ovanför. Ett blinkade ojämnt, kastade skuggor som darrade i taket innan de stelnade.

Freyas ögon halvöppna, världen suddig. Hon försökte blinka skärpa tillbaka, men fransarna klibbade. Huvudet spänt som om det pressats inifrån.

Händerna vaknade först. Smärta i rytmiska vågor. Något oroligt under huden, försökte tränga ut. Fingrarna domnade, orörliga, inlindade i bandage som bara lämnade kvar värken. Brände som eld.

Ett krafs hördes från vänster. Pennspets mot papper, lock på, lock av. Maskiner brummade i bakgrunden, i otakt med hjärtat.

Hon kände slangar mot underarmen, tejpade hårt. Hon vände huvudet långsamt. En blek gardin hängde från en skena. En monitor blinkade, pipade med siffror hon inte förstod.

Bordet bredvid var fyllt av små flaskor. En med matt rosa vätska. En annan täckt av kondens. Hon öppnade munnen, men halsen höll emot.

En sjuksköterska steg in. Tyst. Ljusblå kläder under ett prassligt plastförkläde. Händerna i lila handskar. Ingen hälsning, men heller ingen undandragen blick. Stillhet i rörelsen. Vanan att stå i rum av oro och smärta utan att dras ner. Hon stannade, läste något i Freyas ögon, gick sedan fram.

– Du är i Östersund, sa hon, kollade monitorn. – De tog in dig igår eftermiddag.

Freya blinkade. Halsen värkte. – Lena? Rösten rå men klar.

– Hon är här. Två våningar ner. Barnavdelningen.

Hon frågade efter dig tidigare.

Freya andades ut. Bröstet lättade. Sjuksköterskan justerade droppet, satte in en ny spruta.

– Du har kontaktbrännskador. Mest handflator, en del upp längs underarmarna. Beta-strålning. Vi har börjat med antibiotika och vätska. Du är stabil för transport.

Freya såg ner. Såg bara lindorna. Rosa fläckar över knogarna. Fingrarna svullna. Tummarna lindade var för sig.

– Din dos låg på drygt två sievert, sa sköterskan. – Ingen påverkan på benmärg. Inga lungskador. Det är bra. Men händerna tar tid.

Freya slöt ögonen.

– Vi flyger dig till Karolinska i natt. Stockholm. De har mer kapacitet för brännskador och kontaminering.

– Jag vill se Lena.

– Jag vet. Men du har fortfarande spårvärden. Det är försiktighet.

Freya vred huvudet åt sidan. Plastlisten mot golvet. Utanför, ett vagnhjul som rullade. Sjuksköterskan vecklade upp bandaget på höger hand. Huden under rå, som övermogen frukt, blank där ytan skalats bort. Blåsor fallna. En nagel saknades. Freya såg inte längre än nödvändigt. Hon stirrade i taket. Sköterskan la på gel, lindade nytt bandage.

– Hon sover, sa hon mjukt om Lena. – De gav henne något.

Något spände vid Freyas revben. Tyngden av att vara här, medan dottern låg där nere, lika inlindad, lika bevakad.

– Hon är inte ensam, sa sköterskan. – Jag kommer tillbaka innan transporten.

Hon rättade till filten, kollade droppet en sista gång, drog för gardinen halvvägs och gick. I korridoren tog fläktbruset över monitorljudet. Hon drog av en handske, rullade ihop, stack ner den i fickan med brickan.

Två våningar ner, genom en avskild korridor, väntade en dörr. Gul tejp. Strålningssymbol. Barnavdelningen utrymd. Rummen tomma, utrustning undanrullad. Dörrarna märkta med biotejp och whiteboard-klotter. Lenas rum längst bort, förbi filtren. Sköterskan låste upp och gick in.

Luften torrare, renad tills inget återstod. En bärbar scrubber susade i väggen. Lena låg stilla i sängen. Lakanen sträckta för hårt, som om man inte väntade sig rörelse. Kroppen knappt en skugga under tyget. Ena foten halkat ut, hälen bar, tårna lätt inåt. Sjukhusskjortan hängde vid kragen, nyckelbenen tydliga. Huden grå.

Droppnålen i armen. Tejpen lager på lager, slitet, svettstelnat. Monitorn ovanför ritade grund rytm i grönt. Masken för syre halkat ner under hakan, kvarlämnad. Håret över kudden låg i tofsar, rötter tunga. Inte som i sömn, utan som i förfall. Små bon längs huvudkudden, som om något försökt växa tillbaka.

Sköterskan rörde sig försiktigt. Hon strök undan håret med handsken, torkade med en servett. Lyft på kudden, fukt under. Svett. En rosa fläck där kinden legat och blött. Utslagen hade spridit sig ner mot käken. Lila prickar under örat. Hon sa inget, men munnen hård.

På bänken låg en plastpåse, förseglad. Inuti en sten, lätt fuktig. *Pebble.* Ena ögat kvar. Stirrande. Dubbelinlindad.

Märkt för avhämtning. Ingen hade rört den.

Hon loggade värdena, kollade kanylen. Lena rörde sig svagt. Ett finger. En fladdring vid munnen. Sköterskan stod kvar en stund. Hon strök filten vid axeln, justerade masken. Ljuset ovanför dämpades när hon gick. Dörren stängdes tyst.

Freya satt upp när hon vaknade timmar senare. Sängen vinklad, en extra kudde bakom ryggen. Bandagen utbytta. Stramare. Smärtan vassare nu. Konstant tryck.

Ett bord fälld åt sidan. Två män stod bredvid. Inga rockar. Inga sjukhuskläder. Den ene med pärm. Den andre med svart anteckningsbok och handskar. Den äldre bar sig som i tjänst. Kroppen formad av år i befäl. Ryggen rak. Händerna stilla, ena över den andra. Namnskylten glimmade till: **Erik Nyström.**

Håret grånat ojämnt. Tunnt vid hjässan, fuktigt vid tinningarna av filtrerad luft. Blicken erfar, kände igen tystnaden i rummet.

Den yngre stod ett steg bakom. Kostym, block i handen. Pennan vilade. Ansiktet spänt, men oerfaret.

– Vi ska inte ta lång tid, sa Erik. – Vi vill bara förstå vad som hänt på platsen.

Freya svarade inte direkt. Hon rörde på sig, försökte bli bekväm. Hon slickade torra läppar. Smaken metallisk.

– Vi campade fem nätter, sa hon till slut. – Det var tyst. Det såg säkert ut.

– Och när hittade ni objektet?

Freyas blick gled mot taket. En panel hade en brun ring efter fukt.

– Johan grävde upp något vid eldstaden, sa Freya. – Han sa att han stötte mot metall. Han skottade fram det, jag hjälpte till när det började pysa.

– Såg det nytt ut?

– Nej. Genomrostat. En tätning hade spruckit. Jag sa åt honom att låta det vara.

– Och din dotter? Hur länge var hon exponerad?

Ingen reaktion från männen. Den yngre skrev ner något med ett ansikte lika stumt som en kortlek. Freya svalde, ögonen brände.

– Jag vet inte. Hon var trött, men inte rädd. Det var det värsta.

Erik nickade. – Du rörde objektet direkt?

– Nej. Vi var nära, försökte förstå vad det var, när det gick sönder.

– Hur länge?

Freya såg ner på sina lindade händer. Ingen talade. Monitorn pep svagt bredvid. Tystnaden drog ut. Hon visste inte vad hon skulle svara. Erik såg tårarna som byggdes upp. Han hade härdat sig genom sådana samtal i åratal. Så hårt att han inte längre visste hur man tröstade civila.

– Det är en radioisotopgenerator, sa han till slut, nästan som en tröst men utan värme. – En bortglömd. Från en väderstation, nedlagd på åttiotalet. Strontium-90. Dålig skärmning, om någon alls. Den skulle ha avregistrerats och tagits bort.

Händerna värkte. Vänster värre än höger. Hettan steg under gasväven, en som inte släppte. Erik harklade sig.

– Du flyttas till Karolinska inom timmen, sa han. – Brännskadeenheten är redan informerad.

De vände sig för att gå. Erik stannade kort, följde sedan den andre ut. Dörren slog igen. Strax därpå bytte sjuksköterskor Freya till en transportdräkt. Inte kläder. Stel i sömmarna, kragen för hög. Ärmarna uppkavlade för bandagen. Hennes armar vilade på handdukar för att minska svullnaden. Fingrarna fortfarande orörliga. Högerhanden ryckte till ibland.

Den här sköterskan var yngre. Ingen namnbricka. Rask men mild.

– Transporten är snart här, sa hon. – Vi väntar bara på ambulanspersonalen.

Freya frågade inte vart. Hon visste.

– Jag vill se min dotter, sa hon.

Sköterskan pausade inte. Hon justerade journalen.

– Fortfarande kontaktspärr. Försiktighetsåtgärd.

– Hennes ytvärden stiger, fortsatte hon. – De flyttar henne till full isolering. Ingen direkt kontakt, inget rumstillträde. Jag är ledsen.

Freya sjönk tillbaka. Avslaget så klart att det gjorde världen tunn, luften stram.

– Jag vill se henne. Snälla.

En paus. Lång nog för att låta som övervägande.

– Jag ska se efter, sa sköterskan och gick. Hon kom tillbaka med en man i marinblå väst. Strålsymbol på bröstet, FOI broderat under. Mask, handskar, rösten dämpad av protokoll.

– Du kan se henne genom observationsglaset, sa han. – Inte närmare.

Hans röst kall, beräknande. De rullade iväg henne i korridorer hon inte kände. Förbi tomma sängar, ett stängt kaffestånd, automater blinkande samma röda felkod. Sängen skakade på dåliga hjul. Droppåsen svängde lätt ovanför.

Rummet luktade antiseptiskt. En vägg i glas: tjock, blyfodrad, dubbelt tätad.

Bakom den: Lena.

Hon sov fortfarande, nedsövd för smärtan. Kurad på sidan under en tunn filt, händerna vid bröstet. En syrgasslang från näsan. Håret flätat, sektionerat, kammat för att följa håravfall. Hjässan redan gles. Ljuset mjukt, skymningslikt. Bröstkorgen höjde sig långsamt. Sänktes igen.

Freya tryckte de bandagerade händerna mot filten i knät.

– Hon vet inte att jag åker, sa hon.

– Hon följer efter om en dag eller två, svarade mannen lugnt. – När blodvärdena stabiliserats.

Hon såg dotterns kropp under täcket. Ena foten böjd inåt, tårna mot madrassen. En liten blåsa vid mungipan. Mindre än en minut innan de rullade bort henne igen, lämnade Lena kvar.

De körde ut henne genom nedre korridoren. Luften ångade av ånga och klor. Linnedon fyllda med varma lakan längs väggarna. Mopp-huvuden hängde från krokar, droppade i plastspann. Lamporna ovanför tändes en efter en, blinkade till, brummade, slocknade bakom. Som bojar som sjönk i vatten.

Vid ambulansintaget bar betongen värmen av regn. Lukt av däck, diesel. Båren skakade när den bytte händer. Två paramedicinare väntade innanför glaset. En nickade, ansiktet dolt bakom mask. Den andre böjde sig, lossade bromsen och styrde upp rampen. Hjulen klapprade, vibrationerna gick rakt genom ramen och in i ryggraden.

Inne glödde ambulansen under blekt ljus. Väggarna böjda, vita, sterila. Allt fastspänt eller fastbultat. En defibrillator i hållare vid Freyas huvud. En radio sprakade från fronten. Röster kom och gick. Korta rop, pip. Andra namn, andra platser. Hon låg stilla, lyssnade till problem som inte gällde henne. En i besättningen kollade droppnålen, fingrarna på tejpen vid armbågen. Den andre låste båren på plats med ett klick. Dörrarna stängdes. Inuti blev det skumt, ett konstgjort lugn som vibrerade i tänderna.

Resan tog femton minuter. Hon räknade den inte i tid, utan i vad som passerade fönstret. Östersund gled förbi i sidled. Byggnader hon kände igen. Vägar. En rondell med en sprucken skulptur vid yoghurtkaféet. En bensinmack med skylten vikt av storm. Sedan inget hon kände. Lyktorna sträckta i långa band. Rörelsen overklig, som att bäras bakåt genom sitt eget liv. Stadsljuset försvann när de korsade bron. Sedan ytterligare femton minuter mörker.

De svängde in vid en metallgrind som fräste till när den gled upp. Hjulen rullade över asfalt. Längst bort på banan öppnade sig en hangar mot flodljus och betong. Planet stod redo. Kroppen rent vit, bara en svag grå kontur av en svensk rundel på fenan. Cockpitglaset fångade inget ljus. Det påminde henne om affärsjetarna som förr flög konsulter och politiker mellan tysta städer. Det här var nedstrippat till funktion.

Inuti: en sjukhussäng, två fällbara säten, och lukten av

spritservetter insugna i borstat aluminium. Luften för torr. Processad. Turbinerna tickade i avsvalning. Ett högt, hackigt mönster som låg kvar även när ljudet tystnat.

En trappa hade fällts ner mot asfalten. Två besättningsmän stod bredvid. Handskar. Masker. Jackor lagda i lager mot kylan. Ingen sa hennes namn. En nickade. Ett leende hon inte kunde se bakom masken. De rullade båren fram utan ett ord. Freya försökte lyfta huvudet, få en skymt av himlen. Den var blek och vid och sakta falnande. Ljuset som aldrig helt försvann, så här långt norrut.

Inne var kabinen smal. En plats för båren hon lades på. En lång medicinrack längs väggen mitt emot. Vita skåp. Fastspända syrgastuber. En rad dova monitorer. Slangar och remmar hängde från taket som borttappade tankar.

Hennes händer ryckte under lindorna. Ingen sa när de skulle lyfta. Motorerna startade. Vibrationerna från bakre motorn skakade golvet, skåpen intill. Ett djupt brummande gick genom båren, upp i revbenen. En andra ton blandades i. Ett mjukt pip. Någon mumlade till någon annan bakom skärmen.

Hon tänkte på Lena. Inte ett ord. Inte en form. Bara tyngden av att inte vara där. Dörren stängdes. Ljuset dämpades. Tonen steg under henne.

Hon grät inte, men bröstet kändes urholkat när planet lyfte. Och marken, ännu en gång, gled undan under henne.

Retur

Planet landade i Stockholm strax före halv elva. Bromma flygplats låg dämpad och halvmörk, tyst mot den regnmörka banan. Fukt låg kvar på asfalten, glimmade svagt under natriumlamporna.

Hon såg lite av ankomsten. Båren rullades raskt, lyftes direkt in i en väntande ambulans. En ny besättning tog emot, masker dolde ansikten, handskar pudrade. De fäste remmarna, sa bara hennes namn. Sedan rörelse igen: långa, våta kurvor av väg, tunnelbelysning som drog förbi i bleka stråk, broar som skakade svagt under däcken. Gatlyktor sträckta till band, deras sken böjdes under plastens repiga yta. Ett grönt apoteksskylt flimrade över synfältet, vred sig till timglasform, försvann.

Karolinska reste sig utan fanfar. Stora bleka block, fönster förseglade, ansiktslösa. Ambulansen backade in i en port. Dörrar öppnades mot en ny pust av desinfektion blandad med plast värmd av friktion och bränsle.

Inuti krympte rummet. Korridorer smalnade till långa revben av linoleum, blankputsat till matt glans. Armaturer surrade lågt. En blinkade innan den stabiliserade sig. Skor viskade bredvid henne i mjuk takt, gummisulor mot golvet. En hand i latex vilade vid hennes armbåge, höll ramen stilla.

Lukten var omedelbar. Inte den mänskliga syran från akuten i Östersund; här bara kemikalier, övertvättade ytor, handskar med puderlukt. Luften torr. Processad. De passerade en luftsluss. Dörrar öppnades, slöts bakom. En svag tryckförändring i öronen.

– Strålningsprotokoll aktivt, hörde hon en man säga. – Dubbel filterlinje.

Freya vred på huvudet. Tungt. Hon såg fragment av människorna runt henne. En pappersrock, en strålningsbricka, en ventil på ett väggskåp. Hon rullades in i ett rum, dörren redan öppen. Luften svalare. Väggarna grå, färgen matt. Ett högt fönster mot utsidan, frostat glas. Ett annat mot korridoren.

En säng väntade. Lakan sträckta. En monitor blinkade tålmodigt, likgiltigt. Ett portabelt övervakningsstativ lyste svagt. Syre- och sugportar märkta men oanvända. På bordet bredvid låg en vikt handduk, vecket kvar efter händerna som lagt den dit. Allt kändes nyligen gjort, som om någon just varit där och suddats ut.

Sjuksköterskan arbetade tyst. Äldre än de andra, men tröttheten satt i ögonen, inte åren. En pedal klickade under skon, bädden höjdes ett steg. Hon kontrollerade slangen vid Freyas handled, satte en ny kanyl ovanför den blåslagna huden. Tejpen stramade. Freya ryckte till.

– Vätska pågår, mumlade sköterskan. – Vanlig saltlösning. En liter under natten.

Scannern pep mot armbandet. En ton, mer inventering än

omsorg. Freya lät huvudet falla åt sidan, långsamt. Hon kartlade rummet: tvåltvål i vägghållare, en gul avfallsburk, en klocka vars sekundvisare knappt hördes. Kvart över elva. Hon försökte hålla fast vid det, men tiden kändes urholkad.

Ovanför var ljuset nedtonat. Halv styrka, svagt blåtonat. En falsk natt. Skuggor i hörn, men inga tillräckligt djupa för trygghet. Som vid sjöarna. Den där ändlösa skymningen som aldrig tog slut.

Plast prasslade när gardinen drogs runt. En liten knapp lades på täcket, lätt i handen. Sköterskans steg försvann i korridoren. Freya lämnades ensam. Omgiven av klara veck som suddade ut kanter. Som canvas. Som nätter när vinden pressade tältduken mot ansiktet.

– Du träffar brännskadeteamet i morgon, sa hon. – Sov om du kan.

Freya blinkade. Ögonen sved. Dörren slöts med ett pys. Trycket förändrades igen. Luftventilerna spann mjukt i taket, i en rytm som inte var hennes egen. Händerna kliade under lindorna. Hon blundade.

I mörkret hördes Lenas röst. Det sista klara. *Det är varmt. Det låter högre när man rör vid det.*

Sömnen kom till slut.

En tunn ljusstrimma föll över golvet. Morgonen bröt in. Freya låg stilla, halv vaken. Maskinerna pep, droppmatningen pressades in i armen. Dörren suckade öppet. Två figurer steg in. Rockar. Masker. En bar en surfplatta. Den andre sköt en vagn med tyg och förseglade förpackningar.

– God morgon, Freya, sa den längre. Rösten platt genom

masken. – Jag är doktor Levin. Brännskadeteamet. Det här är sjuksköterska Hellström.

Sjuksköterskan nickade.

– Vi ska se på dina omläggningar i dag, fortsatte Levin. – Vi pratar mer efteråt.

De arbetade tyst, snabbt. Filten drogs ner. Armarna lyftes varsamt. Luften sval mot huden. Bandagen drogs av långsamt. Små drag där de släppte skorpor och hår. Huden under blottades. Röd. Avskalad på ställen. Kanter som släppte. Svullnaden minskad. Skadan såg ut som lager, inte yta. Som värme.

– Inte illa, mumlade Levin. – Inte bra, men inget fullhudsbortfall.

Freya ryckte till när han tryckte vid basen av tummen. Ett litet ljud av smärta. Han nickade, log kort. Sjuksköterskan smorde på gel ur en silverpåse. Kylan direkt. Sedan stickande, sedan domning. Hon lindade igen, tätare, mjukare. Upprepade på andra handen. När båda var klädda igen steg Levin tillbaka och skrev i plattan.

– Vi följer respons i 48 timmar, sa han. – Om återhämtningen håller behövs inget transplantat. Men det kan ändras... cirkulation och vävnadskvalitet avgör.

Bandagen kändes tyngre, men mindre hotfulla. Freya andades ut, nästan lättad. Om hennes skador lättade, kanske Lena också skulle klara sig.

– Vad med Lena? Hennes röst hakade sig. – Är hon här?

Levins paus var kort, men hon märkte den.

– Hon är på väg, sa han. – De hanterar hennes ankomst separat.

Ännu en paus medan doktorn tryckte på plattan i händerna.

– Du stannar på vätska idag. Morfinet trappas ner. Oral paracetamol när dina paneler bekräftar.

Freya vände ansiktet mot taket. Ljuset ovanför hade värmts lite, men bara i ton. Levin tryckte en sista gång på plattan, tog ett steg tillbaka. Sedan var han borta. Sjuksköterskan dröjde bara så länge det tog att kolla vitalparametrarna. Ett mjukt pip från monitorn, en blick på droppnivån.

– Du ses igen i kväll, sa hon, drog täcket över Freyas armar och gick. Dörren slöts mjukt bakom henne.

Hon åt för att hon blev tillsagd, inte för att hon var hungrig. Brickan kom med en knackning hon knappt hörde, lämnades på bordet utan kommentar. En skål soppa med lock, ljummen. En fralla i prasslig plast. Något blekt och darrande i en dessertkopp, vaniljkräm kanske. Hon rev av folien med en stel tumme och lät den falla på brickan.

Skeden slog mot porslinet, för högt för rummet. Fem skedar trycktes ner innan smaken försvann och bara konsistensen fanns kvar. Soppan inte het nog att bränna, inte sval nog att slukas utan tanke. Den bara låg där, tung, främmande. Morfinet rundade kanterna. Händerna värkte fortfarande under lindorna, men smärtan hade blivit rytmisk, ett stadigt bultande som pulserade upp i underarmarna när hon andades för djupt.

Luften smakade torrt. Filtrerad genom ventiler hon inte såg, bara hörde. Ett mjukt brummande, skarpt nog att märkas när allt annat tystnade. Hon började räkna mot droppets pump vid sidan. Tre klick i slangen för varje andetag från filtret. Sedan igen. Cykeln höll tankarna stilla.

Hennes blick drogs mot den lilla tv:n på väggen, vinklad
ner mot sängen. Skärmen först svart, en grön diod under.
Hon tryckte på fjärren med tummen. Brus. Sedan färg. En
nyhetsuppläsare, avbruten av fältbilder.

Gläntan.

Det visades bara kort, men hon kände igen den direkt: cirkeln
av bar jord omgiven av björk, nu avspärrad med band mellan
stolpar. Vita dräkter rörde sig försiktigt i bilden, masker glänste
under ett urtvättat norrsken av sol. Bakom dem speglade sjön
sig.

TV:n sprakade till. En nyhetsuppläsare läste med neutral röst:

– Platsen, en gång en väderstation, övergavs under det sena kalla
kriget. – 1986 föll ansvaret för saneringen på GeoSiftra AB, ett
underentreprenörsbolag inom miljötjänster. – Register visar att
företaget leddes av Vic...

Hennes uppmärksamhet drogs till en konversation utanför
rummet. Två röster bröt rytmen. En man, låg, kort. En kvinna,
mitt i meningen, otålig.

> – *...kan inte flytta honom så...*

> – *...vad visade senaste panelen?...*

> – *Hennes värden är sämre än...*

> – *...ni kan inte söva båda...*

Freya satte sig upp, nästan för fort, yrseln slog runt huvudet.
Rösterna nu precis utanför dörren, men inga hon kände igen.
Hon höll sig stilla, lyssnade.

> – *Barnsängen är inte isolerad än...*

> *– …vi måste separera…*

> *– Få henne stabil bara…*

Sedan tystnad igen. Steg som försvann, en dörr längre bort som klickade och slöts. Ingen återkomst. Ingen kom in. Freya vände huvudet, pressade pannan mot den kalla sängrälsen. Metallen höll henne fast för ett ögonblick, som om kyla kunde förankra. Andningen kort, ojämn. Hon försökte tvinga fram rytm, räknade ner i huvudet. Sex. Fem. Fyra.

Illamåendet hade släppt. Det var något. Lättnaden tunn, som vatten över torr sten. Hon låg stilla, lät minuterna sträckas ut. Kanske längre. Tiden utan form. Först när pumpen klickade märkte hon att hon tappat räkningen, att hennes egen rytm runnit bort.

Brickan stod kvar orörd, soppan täckt av hinna, kall i skålen. Hon sträckte sig efter skeden, tveksam. I ytan formades en spegelbild: hennes mun, färglös, halvöppen, främmande. Mer som en mask på väg att lossna än hennes eget ansikte. Hon vände bort blicken innan bilden hann fastna.

Vid sängens fot låg en filt, vikt med klinisk precision. Hon hade inte rört den. Blicken drogs dit, följde kanten. En lust att flytta den, veckla ut, drog i henne. Som om gesten skulle betyda något. En viljeyttring, ett sätt att visa att hon ännu hörde till här. Hon gjorde inget. Istället rullade hon över på sidan, ryggen böjd mot väggen.

Från den vinkeln såg hon dörrens kontur. Stängd. Förseglad. Världen tryckte mot pannan; ett tryck som inte räckte till tårar, men tillräckligt för att göra varje ljud skarpt. Varje tygskiftning. Varje andetag. För nära.

Hon slöt ögonen och sökte något konkret att hålla. Något att binda sig vid. Hon nådde efter Lenas röst, men ljudet fanns inte kvar. Bara orden. *Marken sjunger. Solen är varmare under.*

Värmen steg bakom ögonen. Halsen snördes åt, plötsligt, vasst. Hon ville resa sig. Inte gå, bara bevisa att hon kunde. Istället drog hon upp filten mot bröstet och försökte andas långsamt.

Hon tänkte på att trycka larmet igen. Fråga om Lena kommit. Om hon levde. Men hon visste svaret redan. *Ni får besked när vi kan.*

Så hade de sagt. Menat att lugna. Gjorde varken eller. Freya vände tillbaka ansiktet mot kudden. En enda tår släppte. Ingen panik. Bara rädslan för ovissheten. Om dottern ens skulle överleva. Rösterna utanför hade inte återvänt. Världen bortom dörren fortsatte utan henne. Hon låg kvar och lyssnade. Ifall.

Senare på eftermiddagen rullade den första av två ambulanser in i lastintaget. Inga sirener. Inget spring. Bara dova däck mot våt asfalt och ett pys när bromsarna låste.

Inuti, en bår. Johan.

Bakdörrarna öppnades mot lysrörsljus. Två ambulanssjukvårdare steg ner, ansiktslösa. En lyfte journalen vid fotänden. Den andre stramade dropppåsen som svängde från sitt stativ.

– Man, tjugoåtta, sa den ledande. – Strontiumkälla. Beräknad exponering sjutton gray. Kräkningar på plats. Kollaps efteråt. Patienten komatös.

Han var blek. Mer grå än vit; tröttheten i benmärg, inte muskler. Syrgasmasken immad. Manschett för blodtryck runt armen. Dropp kopplat. Monitorer tickade från en portabel enhet.

Händerna syntes. Den ena darrade svagt i fingrarna. Den andra slapp mot lakanet. Linjer dragna med penna på underarmen, fältmarkeringar för nålsättning. Under det, ett gammalt armband från Östersund.

En läkare i gröna kläder mötte båren. Hon såg knappt upp från sin pärm.

– Blodstatus?

– Trombocyter faller. LPK 0,7. Sätter in G-CSF.

– Dos?

– Just bekräftad.

En sjuksköterska nickade, gick till slangen. Ampullen knäppte. Sprutan gled in utan motstånd. Båren skumpade i svängen. Johan reagerade inte.

– Manifest fas? frågade läkaren.

– Ja. Pupiller tröga. Magtarmssyndrom misstänkt, inget blödande än. Kramper rapporterade.

Korridoren delade sig. Två dörrar förberedda. Båda med röda skyltar, handskrivna lappar tejpade på glaset: STRÅL-04 och STRÅL-05. Isoleringsrum. Väggarna för rena. Scrubbers med ett mjukt väsande som svalde stegen. De sköt honom in i det första. En sjuksköterska knappade dörren. Den slöts med ett mekaniskt suck. Trycket jämnades. Monitorer kopplades om. Ingen använde hans namn. Rummet förblev tyst. Från fönstret i dörren såg Freya en annan bår passera snabbt, vårdpersonal springande bakom.

Lena.

Barnbåren rörde sig fort, flankerad av två sköterskor och en läkare med journalen hårt mot bröstet. Flickan fyllde knappt bädden. Kroppen lutad åt vänster, skuldran sjunken, ryggen böjd under värmefilten. Svetten låg i pärlor längs hårfästet. Käken slapp under masken, läpparna lätt isär, kondensen steg därunder.

En sjuksköterska höll handen på droppstativet när de rullade fram, höll slangen stadig. Nålens tejp vid handleden gulnade redan i kanterna, huden under blek och insjunken.

– Sju år, ropade medicinaren framåt. – Sövdes i Östersund. Febern toppade över fyrtio vid transport. Blodtryck instabilt.

– Hon reglerar inte, sa någon annan. – GCS har sjunkit sedan avfärd.

De passerade glaset till STRÅL-04: Johans rum. Persiennerna ännu inte dragna. En blek gestalt under sjukhuslakan, monitorer blinkande i lager av dis. Ingen vände huvudet.

Lenas arm gled av stödet. En sjuksköterska fångade den mitt i fallet, vek den försiktigt tillbaka under filten. Huden klibbig av svett, fastnade vid handsken.

– Neutrofiler? frågade en med pärm.

– Noll.

– Bekräfta G-CSF redo. Push efter vitaler.

– Inte än, sa någon. – Kan vara sepsis.

– Hon visar alla tecken.

– Strålningsfeber och sepsis?

– Troligen båda.

En sjuksköterska lutade sig närmare, ögonen smalnade mot blåmärksfärgerna som spridit sig över Lenas sida. Huden fläckig i oregelbundna mönster. Blått som bleknade till violett, spänt över revbenen. Ingen blödning än, men mönstret talade för sig själv.

– Hon går in i manifest fas, mumlade registratorn, kort och säker. – Stabiliseras innan benmärgskollaps tar över.

STRÅL-05 öppnades. Den tunga dörren svängde inåt med en bricka, ingen fråga ställdes. Undertrycket hördes redan, ett väsande från takventilen, drog varje andetag bort. Väggarna nära, sterilt vita men med metallens kyla kvar.

Monitorplattor låg redo, tejpen redan krullad i kanterna. En termometer pep artigt bakom skynket, påminde om att värme aldrig fick vara omätt.

De lyfte Lena tillsammans, snabba, inövade. Ingen rörelse slösad. Kroppen föll in i mitten av lakanet, knäna lätt böjda som om trådar skurits av. Latexhänder rörde sig utan tvekan. Masken sänktes, tät över näsan. Slangar klickade, ventiler suckade när syre fyllde kanalerna. En annan sjuksköterska drog av den fuktiga skjortan, skalade tyget från huden, lade en värmefilt under axlarna med rutinerad stillhet.

Registratorn stod för sig själv, ögonen över journalen som om pappret skulle avslöja mer än flickan. Pennan skrapade, stannade, fortsatte. Han såg upp kort mot Lena. Bröstet höjde sig grunt. Fingrarna rörde sig en gång mot filten.

Freya, bakom glaset, pressade sina lindade händer mot rutan. Ingen värme passerade. Bara spegeln av hennes egna insjunkna drag.

– Vi är tydliga: det här är akut strålsjuka, sa registratorn. – Tidig GI-fas. Misstänkt neutropen sepsis. Trombocyter på gränsen.

– Transfusion?

– Förbered matchad. Dippar hon så pushar vi.

– Hon dippar.

– Då två enheter.

En ny kanyl hade satts i vristen, tejpad prydligt. Blod sipprade svagt i slangen, ännu inte kopplad till något. Huden där blekare än benet. Venerna höjda. Vätska följde. Hon rörde sig inte i sin dvala.

En sjuksköterska rättade hennes hand på kudden. Fingrarna slappa. Naglarna bleknade. Inte blå, men tömda på färg. Handflatorna gulnade. Huden vid handlederna tunn, venerna framträdde. Resten av kroppen orörlig, täckt bara vid bröst och knän. Febern hade lagt utslag över buken. Små prickar, röda och lila under huden. Magen höjdes, sjönk, ojämnt. Ibland fastnade rörelsen mitt i, hackade, fortsatte.

Håret fuktigt, eller det som fanns kvar. Breda kala fält blottade skalpen, blek mot ljuset. Tofsar hängde lösa, redo att lossna vid minsta beröring. Någon hade kammat undan det värsta från pannan, men strån låg kvar på kinden, fastklibbade i svetten. Under masken var läpparna spruckna, torra. En tunn blodstrimma från näsborren, rostfärgad linje mot huden.

Armarna spänt löst över magen, armbågarna ut som vingar. Vid lederna flagade huden, sprucken av hetta eller törst. Benen föll utåt, fötterna inåt, för tunga för att rätta till. Bara en gång rörde sig tårna. En svag ryckning. Sedan stilla.

Monitorn visade sitt svar i små, likgiltiga siffror. Nittiofyra. Sedan nittiotre. En paus. Stilla. Varje siffra följd av det obevekliga pipet, en trött ton som markerade hennes överlevnad. Inget annat ljud.

Persienner drogs för fönstret mot korridoren. Dörren slöts med ett mekaniskt sus, låset föll. Lena låg kvar i sin lilla ruta luft, andades svagt, masken immade till, klarnade.

Freya kände sig falla tillbaka, djupare än tidigare. En korridor bort men ändå oåtkomlig. Väggarna drog sig undan, pressade henne ner i madrassen. Tiden förlorade form. Minuterna föll ihop, utan följd. Det enda hon mindes säkert var filten bakom knäna, skrynklad på fel plats. Det hade varit tidigare, eller långt senare. Hon försökte hålla fast vid det, men tankarna gled undan.

Bröstet värkte på ett nytt sätt. En tyngd över sig. Som ett uppehåll före kvävning. Sorgens kvävning. En känsla för tidig för att bära namn.

Dörren öppnades utan förvarning.

En sjuksköterska steg in. Hon presenterade sig inte, såg inte ens direkt på Freya. Ung. Preciserad. Rörde sig snabbt, inövat. Journalen som en sköld i händerna. Hon knackade på maskinerna som höll ihop Freya; en förlängning av hennes egen kropp nu. Manschetten virades om armen, pumpades upp med ett lågt mekaniskt vinande. En annan apparat kopplades på. Syremätaren klämdes mot fingret. Ett nytt pip. Freya suckade tyst.

Plast. Handskar. Mjuk elektronisk signal.

Freyas ögon följde rummets hörn utan fokus. När manschetten spändes blev hon medveten om sin andning igen. Grund.

Kontrollerad. Manschetten drog åt hårdare. Siffrorna antecknades. Trycket kramade nästan outhärdligt.

Hon blundade. Trycket släppte. Hon samlade sig.

– Hon är här, eller hur? Lena.

Sjuksköterskan gjorde en notering vid sängens fot. Inget svar.

– Och Johan. Ni har tagit hit dem.

Fortfarande inget.

– Jag vill se henne. Bara…

Orden kom inte. Sköterskan mötte inte blicken. Hon rättade till förbandet vid armbågen, kontrollerade katetern. När allt var klart såg hon på Freya.

– De är under full isolering, sa hon till sist. – Ingen exponering tillåts.

Hon gav ingen förklaring, inget försvar. Markerade siffrorna tyst, drog sig tillbaka.

Freya låg kvar. Blicken fäst på droppstället i hörnet. Slangen höjdes, sjönk vid varje puls, kammaren darrade när vätskan rann. Hon studerade den, som om åsynen kunde hålla rytmen vid liv. Ventilerna susade, ljudet gled in i väggarna. Två gånger tvingade hon sig att svälja innan bröstet öppnade sig nog för luft. Varje tanke föll tillbaka till Lena.

Dörren öppnades. Samma sjuksköterska återvände, en rullstol mellan händerna. Hon kopplade loss droppet och fäste det vid en mindre stång på stolen. Fotstöden föll ner med ett klick. Filten drogs åt sidan. Hon väntade, log mjukt, blicken stadig på Freya.

Att sätta sig upp var tyngre än det borde. Sköterskan guidade henne, centimeter för centimeter, ner i stolen. Benen stela, ovilliga. De bandagerade händerna bultade vid varje rörelse. När hon till sist satt justerade sköterskan filten över knäna, förankrade henne där.

Dörren släppte igen med ett sus. Korridoren låg framför. Stolen började rulla. Ingen hade sagt vart hon skulle, vad som väntade bakom nästa dörr.

Korridoren luktade klor. Lång och vit. Utan hörn, utan ljud. Hjulens mjuka rullning över linoleum hördes under henne. Sköterskan sköt stolen framåt, tyst men säker. De stannade halvvägs ner i en sidokorridor. Ett observationsfönster. Glas från vägg till vägg, infällt i putsen. Märkningar ritade med whiteboardpenna: datum, initialer, förkortningar hon inte kände igen.

Sköterskan klev åt sidan, lämnade Freya vid glaset. Hon lutade sig fram.

Lena sov.

Inte hopkrupen. Rak. Ena armen vid sidan, den andra över magen. Ett förband lindat runt handleden och upp längs armen. Tejp längs infarten. En ny nål i foten. Slangen bar mörkröd vätska från påsen ovanför.

Håret uppdraget, försökt göras prydligt. Men det mesta var borta. Tunna tofsar vid öronen. Kudden bar bara några spridda strån. Utslag vid tinningen, svagt men växande. Färgen kröp in i huden ojämnt, målad underifrån.

Freya lyfte en hand mot glaset. Kylan mot handflatan. Reflektionen darrade till, hennes eget ansikte tillbaka. Hon kände knappt igen Lena. Inte barnet som studsade av energi för en vecka sedan. Hon viskade något. Det hördes inte. Inte ens för henne själv. Sköterskan rörde vid hennes axel, kort. De gick vidare.

Stolen stannade vid nästa panel. Freya lutade sig fram.

Det här rummet bar en annan tyngd. Taket högre, ljuset skarpare, varje yta tömd på värme. Mer testkammare än vård.

Johan låg i mitten. Kroppen halvt upprätt av sängens lutning. Kuddar och filtar höll honom i position. Inget antydde vila. Han var placerad. Andningen kort och motvillig. Mer maskinens takt än viljans.

Hans förfall var tydligare än i ambulansplanet. Huden tömd på färg, en matt grå. Käken slapp som vax. Kinderna insjunkna, håligheter som minnet inte kunde redogöra för. Mörka blånader under båda ögonen. Ögonvitorna gulnade, en sjuk ton som mer talade om beständighet än sjukdom. Bröstkorgen höjdes och sänktes i en takt som hörde kampen till, varje andetag motvilligt, draget åt honom snarare än av honom.

Freya la den bandagerade handflatan mot glaset. Värmen smetades till en tunn imma, redan på väg att blekna. Ingen rörelse svarade. Huvudet orört, ögonen slutna, fransarna släta mot den fläckiga huden. Även i stillhet verkade ansträngningen genomsyra honom, en kropp upphängd i osynliga trådar, ovillig att släppa men med nästan inget kvar att hålla.

Munnen ryckte till som för ett leende men musklerna svek. Hon formade ändå orden, läpparna rörde sig ljudlöst. *Fortfarande här.* Orden var inte för honom. De var för henne, för Lena, ett fragment att hålla i bristen på svar.

Tårarna kom, inte våldsamt utan oundvikligt, tills synen bröts.

Slangar och kablar löstes upp i bleka streck, axlarna i akvarell.
I ett ögonblick kände hon honom redan borta. Bara monitorns
monotona pip insisterade på motsatsen.

En beröring vid armen drog henne tillbaka. Sköterskans röst låg,
mjuk, nära medlidande.

– Vi ska låta honom vila.

Tillbakavägen kändes kortare. Utan förväntan. Korridoren
krympte till vitt och tyst. Luften bar sin filtrerade kyla, steril,
tillverkad. Droppet kopplades tillbaka med ett mjukt klick.
Pumparna andades ut i ojämna intervall, ett fuktigt mekaniskt
sus. Freya hörde dem inte längre som maskiner. De var rummets
egna andetag, stadiga och likgiltiga.

Hon låg på sidan, ryggen mot dörren. Sköterskan sa inget. Bara
små justeringar: en slang kontrollerad, en filt slätad. Sedan
tyst reträtt. Madrassen bar fortfarande spår av antiseptika,
överlagrade av något mänskligt. Hudens svaga avtryck. En
påminnelse om att hennes egen kropp blivit en del av detta
ställe, absorberad i dess katalog.

Ansiktet pressat mot kudden, halvvägs ner. Den bandagerade
handen rörde sig en gång. Inte med avsikt. Bara kroppen som
fann en ny position. Bandaget skrapade, drog i huden mot
lakanet. Hon såg rummet i det låga ljuset från fönstret. Den
här skymningen var mörkare än norrut. Nästan som om natten
äntligen skulle komma. Snart nog slöt hon ögonen.

Och försökte minnas ljudet av Lenas andning bredvid sig. Den
långsamma, omedvetna rytmen. När det fanns tält och tystnad
och värme. När andetag bara var något som hände. Men rytmen
kom inte.

En läkare hade sagt att hon skulle vara bättre om en vecka. Hon trodde det knappt om sig själv. Och absolut inte om Johan eller Lena.

Röjande

Himlen utanför fönstret vägrade skifta. Vissa morgnar tunnades ut till ett blekt blått, andra eftermiddagar föll tillbaka i grått. Aldrig fullt. Horisonten låg suddig, en enda molnlinje dragen som krita över glas. Bortom den reste sig takrader i ordnad geometri. Glas och stål, prydligt. Från den här höjden såg staden orörd ut. Obesvärad. Vägarna bar sina bilar i stilla strömmar, som blod som ännu inte bestämt sig för om det skulle koagulera eller inte.

Inne klibbade sterilitet vid varje yta. Spritservetter. Blek bomull. Den där fabriksgjorda citrusdoften som sprutades efter varje städning. Droppställningen hade tagits bort för tre dagar sedan, nu stående i hörnet som en glömd klädhängare. På besöksstolen låg en vikt filt, kvarlämnad, vikt exakt som sköterskan lämnat den. Sjukhuskläder i blekt tyg, formlösa, låg redo på nattduksbordet.

Freya satt framåtlutad vid sängkanten och böjde högerhanden. Transplantaten höll. Huden kändes fortfarande stram, fel sydd, öm där brännsåren tidigare spruckit. Rosa fält låg råa och onaturliga kvar, men hon kunde kröka fingrarna nu. Hon pressade tummen mot varje fingertopp i tur. Det gjorde ont, men äcklade henne inte längre. Det räknades som framsteg.

Skratt bröt genom avdelningen från rummet bredvid. Något om rockar som återanvändes. Resten av skämtet skramlade ut i korridoren som bestick tappade i ett bårhus. Freya log inte. Hon drog handen genom håret istället, ryckte loss två strån i taget. Färre nu. Ett slags återhämtning. Varje strå landade mot linoleumgolvet, rullade ihop sig som slängda fiskelinor. Hon räknade dem utan att märka det.

Framåt eftermiddagen kröp ljuset lågt över golvet, gjorde kaklet till färgen av gulnat papper. Dörren öppnades utan knackning. Bara hud mot stål och gångjärn för långsamma för att hindra.

Emelia kom in med samma dämpade säkerhet som alltid: kompetent, stillsam. Mindre än de flesta, kompakt kropp, håret så ljust att det såg silvergrått ut i det kliniska ljuset. Hennes ögon fick en först felaktig tyngd: ett grönt, ett brunt. Heterokromi. Freya mindes ordet, kliniskt, främmande. Men inget i Emelias sätt bar på avvikelse. Bara det lugn som växer hos någon som gått för många korridorer för att längre ryckas av lidande.

Hon bar ett plastglas vatten i ena handen och ett lock med piller i den andra. Kapslarna skallrade som lösa tänder. Hon nuddade livskurvan med knogen utan att se på skärmen. Blicken höll sig på Freya.

– Transplantaten tar sig, sa hon. – Neutrofilerna har stigit. Handträning imorgon. Du gör framsteg.

Freya log svagt, men tanken var redan någon annanstans. Hon höll glaset i båda händerna, kupade som om det kunde spricka av en för hård andhämtning. Värken i lederna höll i. Benen kändes ännu inte som hennes.

– Du står utanför övervakning nu, sa Emelia och skrollade på sin platta. – Värdena har legat stabilt i tre dagar.

Fysioterapeuten kommer imorgon. Du kan nog gå själv innan helgen.

Hon dröjde kvar. Vägde på hälarna. Byxbenet gled upp och visade strumpor med små katter som krökte sina ryggar. Den hemlika mjukheten skavde mot den sterila miljön.

– Lenas avdelning har begärt tätare besök, fortsatte hon. – De väntar på bättre blodvärden. Men... de är hoppfulla.

Ordet slog tomt i Freya. Hoppfull. Inget löfte. Bara luft i någon annans lunga.

Hon svalde. Tvingade fram frågan, rösten tunn. – Och Johan?

Emelias ögon mjuknade, men tonen hölls neutral. – Han har inte vaknat. Fortfarande i koma. Värdena stabila, men ingen förändring.

Ingen förändring. Orden lade sig som sten i magen. Kroppen förstod mer än huvudet ville. Ingen förändring betydde väntan. Att han kunde glida längre bort medan hon satt här och räknade hårstrån som böner.

Emelia stängde plattan, lade undan termometern hon inte ens använt. Blicken gled mot fönstret.

– Storm i natt. Inte allvarlig. Bara en sån som skrapar mot rutorna.

Freya nickade. Hon såg strumporna med katterna blinka till en sista gång innan dörren slöt sig. Det där vakuumsuset som fick rummet att låta som lungor som bara drog in, aldrig släppte ut.

Hon satt kvar vid madrassens kant. Ovillig att lägga sig igen. Handflatorna pressade mot låren, kände hur den nya huden drog i ärren. Två dagar sedan blödningen slutat. Hon kunde

hålla ett glas. Hon kunde borsta håret utan att skrika. Hon
kunde dra igen en dragkedja. Små segrar, alla utan tyngd. Ingen
kunde röra den kväljande oro som slog i bröstet.

Det kändes inte som läkande. Det kändes som att fuska.
Väggarna bakom klickade och surrade i sina rytmer. Filtrerad
luft, pumpar, pip från någon annans maskin. Märkligt hur
högt allt lät nu, när skogen var borta. Hur artificiellt själva livet
kändes här.

Rummet hade mörknat i steg. Lampan ovanför tickade svagt,
en sorts mekanisk tinnitus som alltid låg där. Utifrån läckte
gatlyktornas gula in, blekt och diagonal över golvet. Allt såg
dränkt ut, som om rummet sjönk långsamt och bara hon märkte
det.

Hon såg sig omkring i rummet. Middagsbrickan stod orörd på
bänken. Soppan kall, brödet hårt i kanterna. En ensam vindruva
hade rullat undan och lagt sig vid vattenkannan, som om den
försökt fly. Hon brydde sig inte. Drog i stället ner filten och
gled under den utan tvekan. Ingen pulsoximeter i natt. Ingen
droppställning som tickade bredvid. Bara det dova bruset från
ventilationen och stegen utanför, gummi mot linoleum.

Hon lade sig på sidan mot gardinen, fingrarna krokade i
kuddsömmen. För slät. För nytvättad. Ytorna bar inga spår,
ingen tyngd av henne. Doften av blekmedel och plast, skarp och
citrusren. Avsedd att lugna, men påminde bara om tomhet.

En tyngd låg i bröstet. Som järn. Pressade ner varje andetag.
Inte sorg, utan väntan på sorg. Varje inandning skrapade, rev i
revbenen. Hon försökte följa takets surrande rytm, jaga lugn i
den lånade kadensen. Kroppen vägrade. Sömn föll över henne
som kallt vatten över tyg. Smög in tills hon inte längre kunde
hålla emot.

Marken under henne blev mossa, fuktig och sviktande. Bara tår pressade mot lav som gav vika som krossad frukt. Hon hade inte gått hit, men hon rörde sig, svävande genom en skymningsskog. En sjukhusrock klibbade vid benen, släpade tung i fållen, ärmarna svalde armarna. Händerna glödde råa och rosa, huden spänd, för tunn.

Ovanför reste sig granar och björkar som pelare i en dränkt katedral. Grenar svajade i en tystnad som tryckte mot öronen. Skymningen höll sig fast i kronorna, ett blågrått slöjskikt. Varje steg fördjupade tystnaden, barr hakade fast vid hennes fotsulor.

En barnröst skar igenom stillheten. Lenas röst.

> *Rida, rida ranka...*

Hjärtat rusade före kroppen. Hon snubblade mellan träden, grenarna rev som rep mot armarna. Luften tjocknade, kåda och fuktig gran blandades med stanken av bränt hår.

> *Hästen heter Blanka...*

Rocken slets mot en gren, tyget lämnade efter sig trasiga flikar som hud. Sången svävade framför henne, dämpad som genom tyg. Skogen öppnade sig till en glänta. Rund, nedsänkt, mittpunkten sjunken som en grund grav. Mossan andades värme under fötterna. Småsten tryckte upp ur jorden, hårda som ben.

Vid gläntans kant stod en kvinna.

Håret föll i blöta mossrep längs marken. Drivvedsliknande hud knöt sig kring armar och axlar. Högre än en människa. Orörlig. Blott närvaro, uthuggen i trä och skugga.

Huvudet lutade långsamt, vinklat mot sången.

Far han red till skogen svart...

Lenas vaggvisa ringlade runt gläntan. Bortom henne, mellan två träd, rörde sig en man bortåt. Johan. Axlarna krökta, stegen målmedvetna. Han såg sig inte om. Känslan träffade Freya som något redan inövat: han var redan på väg bort.

Läpparna formade hans namn, men inget ljud nådde luften. Marken tippade under henne. Mossan och barren gled som sand i en sluttning. Hon lutade sig framåt och marken svalde steget. Bark rev mot tungan. Jord trycktes mot tänderna, metallisk, söt.

Kvinnan vred sig. Håret drogs åt sidan och avslöjade en urholkad rygg, en kavitet som ett träd uppätet inifrån. Ett grovt svanslikt släp borstade mossan bakom benen. Ingen andning. Bara närvaro.

Vaggvisan bröts, återkom sedan. Nu kvävd, som sjungen under vatten.

...aldrig kom han åter snart...

Freya sträckte sig framåt igen, men kroppen lydde inte. Lemmar tunga, strupen stängd. Hon sjönk där hon stod. Johan försvann längre in i skuggorna tills han var borta. Gläntan vek inåt. Sjukhusets ljus brände sig tillbaka. Takplattor. Vita väggar. Hon vaknade i sängen, hjärtat rusande, bröstet ihåligt.

Morgonen ritade bleka rutor av ljus över golvet. Hon satt redan upprätt när frukostvagnen slamrade i korridoren. Hennes spegelbild i sängens stålram stirrade tillbaka, insjunken och sömnlös. När knackningen kom, mjuk och inövad, drog hon redan undan filten.

Emelia klev in, håret fångade ljuset.

– Doktor Kihlberg har godkänt det, sa hon, stoppade ner termometern i fickan. – Du får sitta hos henne. En halvtimme, utan direktkontakt.

Hon dröjde. Lät sina olikfärgade ögon vila på Freyas ansikte.

 – Du minns infektionsprotokollet.

Freya nickade för snabbt. Kroppen redan i rörelse. Sliriga tofflor drogs på med klumpig brådska. Gummisulorna viskade mot linoleumgolvet som om även marken ville hålla henne tillbaka. Frukosten stod orörd. Tallrikar, lock, en mjölkkartong. Allt glömt. Bara en sak betydde något nu. Bakom glas.

Pulsen bultade hett i halsen när hon följde Emelia ut. Sköterskan höll plattan, stadig, klinisk. Freya bar något annat, högre. Hennes tystnad sprack nästan, knastrade under varje steg. Hon pressade händerna mot sjukhusrocken för att dölja darrningarna.

Hissdörrarna slöts med ett sus, för mjukt för det de bar. När korgen sjönk räknade hon hjärtslag, snabbare än maskinens fall. Varje våning förde henne närmare.

Isoleringen var stillare än hon föreställt sig. Tunn luft svalde varje ljud. En maskin pep i mjuka tripletter bakom en tät dörr. Ett hostljud hördes, dämpat av glas. Ovanför fladdrade ett lysrör, brummade lågt som en döende insekt.

Freya ökade takten trots trögheten i musklerna. Varje steg både för snabbt och för långsamt. Hon tyckte sig redan höra Lena, minnet av rösten virad genom korridoren som en vaggvisa på väg att bryta fram.

Lenas rum varnat redan innan dörren öppnades. Ett laminerat ark hängde snett på glaset, hörnen krullade där tejpen släppt.

Under det satt en plastflik fast, kardborre som rev till när Emelia lossade den. Arket prasslade när de steg igenom.

Freya stannade innanför gränsen, andan fångad. Luften slog mot henne, stickande av antiseptika, överlagrad av något surt; torkad svett, plastad bädd, den svaga järnsmaken av blod som skrubbats för rent. Ytorna glänste till en onaturlig glans, som om inget mänskligt någonsin varit ämnat att röra dem.

Rummet var sparsmakat, byggt för funktion, inte för tröst. En ensam säng dominerade, lakanen spända som bandage. Vid sidan stod en bricka med orörd mat, halvt dold bakom en gardin där skuggan samlats på linoleumgolvet. Mellan Freya och sängen reste sig en vägg av klar plast, från golv till tak. Slät, ogenomtränglig, fastsatt med breda sjukhusremsor, vibrerande svagt när ventilationen skiftade. En barriär för säkerhet, men för Freya kändes den som ett straffsytt skynke.

Hon hukade sig, kom i höjd med den lilla gestalten där bakom.

Lena låg hopkrupen mot fönstret, profilen ritad i det bleka morgonljuset. Håret, en gång ett rufsigt moln från skogens vind, nästan borta. Hårbotten glimmade i ojämna fläckar. Slangar löpte från armvecket till droppet, en annan fäst vid vristen. Pulsmätaren blinkade bredvid handen, ett rytmiskt sken alltför skört.

– Hej, älskling, viskade Freya. Rösten skar i halsen.

Barnet vände sig, ögonlocken fladdrade. Först irrade pupillerna, sedan fokuserade de. Bara det såg ut att kosta henne allt.

– Mamma. Ordet var mer en suck än ljud, en tråd av luft.

Leendet drog i Freyas mun innan hon hann hindra det, fingrarna vitnade runt knäna. Orden saknades. Inget räckte.

Tystnaden kändes spröd, redo att gå sönder.

– Du är här, mumlade Lena, som en hemlighet. – Jag drömde att du var i sjön.

Freya svalde, minnet hann före tungan. – Du också.

Mor och dotter satt så, spegelstilla på varsin sida plasten. Lenas lilla hand rörde sig vid magen, lyfte en aning, darrade, föll. Andetagen immade mot barriären, en blek kontur av hennes form. Med tydlig möda höjde hon ett finger, pekade långsamt. Freya följde blicken.

Utanför låg sjukhusträdgården stilla. Bortom grusgång och klippta häckar drog en man i gröna overaller en räfsa genom grunda vattenpölar. En låg ränna, matad av spridare och avrinning. Lenas hand sjönk.

Freya vände sig tillbaka. Lenas ögon låg kvar vid fönstret. Munnen öppnades svagt, slöts igen. Orden kom inte, eller ännu inte. Ett hostande rörde luften bakom henne. Fotsteg. Sedan stillhet.

– Det är tystare här, sa flickan. Inte riktigt till modern. Inte riktigt till rummet. Orden mer påmint än uttalat.

Freya satt kvar, blicken fast vid dottern.

Lenas röst igen, svagare: – Inte så mycket surr.

Monitorn höll sin rytm. Blink av grönt. Paus. Blink igen. Lenas blick låg kvar på fönstret, stilla.

– Det där är inte riktiga ån.

Ingen betoning. Ingen fråga.

Freya höll blicken på dotterns ansikte, rädd att varje blink kunde släppa taget. Röster pressade sig igenom väggen. Först dämpade, klippta av isoleringen, sedan tydligare, som om orden riktades rakt mot henne.

– …oreagerande sen tidigt i morse.

Kylan kröp in i bröstet. Huden reste sig. Hon blinkade hårt, vred huvudet mot ljudet.

– …hjärtstillestånd.

Prassel av papper. Röster som föll lägre, fakta med tung rytm mellan kollegor.

– …vi satte tiden vid…

Magen drog ihop sig. Hon behövde inte slutet av meningen. Hon visste redan.

Hon reste sig för hastigt. Blodet rann ur huvudet, golvet lutade. Knäna hotade att ge vika. Hon grep tag i plaststolen, vit om fingrarna. Då öppnades dörren.

En man klev in. Vit rock, pressad i kanterna. Rakad haka, kortklippt vid tinningen. Glasögon som blänkte i ljuset. Skorna pep svagt mot linoleumet. Runt fyrtio. Ett ansikte övat till stillhet innan varje rum. Förberett. Värre än medlidande.

Hans ögon mötte hennes. Han lutade huvudet en aning, en inbjudan ut i korridoren, bort från Lenas säng.

Korridoren bländade. Lysrören brummade över dem, paneler i raka rader. En vagn slamrade längre bort, hjulen studsade vid varje fog. Lukten ändrades direkt. Antiseptika starkare här, skarpare. Under den kokt kaffe från expeditionen. Luften hade den torra kant som kommer av ventilation som aldrig får vila.

– Vi gjorde allt vi kunde, sa han. Rösten formad av övning, mild, jämn. – Komplikationer under natten. Multiorgansvikt. Han vaknade aldrig.

Ett tryck slöt sig runt hennes revben. Armarna drogs in, ena handen greppade motsatt armbåge. Hon nickade en gång. En rörelse som inte kändes som hennes, utan lånad från ett annat liv där man fått frågor utan betydelse.

– Han gick stilla, lade läkaren till, som om stillhet kunde trösta.

Käken värkte. Hon hade bitit ihop utan att märka, malde tänder tills smärtan kröp upp i tinningarna. Ett hålrum öppnade sig bakom bröstbenet, långsamt, tungt.

Blicken drogs mot Lenas rum tvärs över korridoren. Gardinen hade dragits för glaset, ett tyg spänt av protokoll. För Freya såg det ut som en mur. Något byggt för att hålla henne ute. För att påminna om att hon alltid stod på fel sida.

– Jag måste se honom. Rösten platt. Inte vädjande. Inte än.

– Jag förstår, sa läkaren, sänkte blicken. – Men det finns exponeringsprotokoll. Han är i post-isolering tills…

– Jag måste se honom. Den andra gången sprack orden. Skarpare. Nästan slitna ur halsen. – Jag måste se att han är borta.

Han tvekade. Händerna gled ner i rockfickorna, axlarna vred sig i en liten försvarsvinkel. – Han är fortfarande i post-isolering. Vi borde…

– Jag bryr mig inte.

Fötterna bar henne innan han hann avsluta. Hon korsade korridoren med mer kraft än kroppen borde ha. Den trycksatta dörren höll emot, gav sedan efter med ett pys.

Som om hon brutit en tätning som inte skulle brytas.

Inne väntade rummet.

Sängen stod i mitten, dränkt i hårt ljus. Ett lakan spänt med noggrann precision. Formen under var obestridlig.

Hon stannade vid tröskeln.

Kroppens kontur hel: breda axlar under linne, långa ben raka mot madrassen. Stillheten omslöt allt. Inte vilans stillhet, utan frånvarons. Ingen andning. Ingen rörelse. Ingen möjlighet.

Någon hade förberett honom. Slangar borttagna. Spår undanröjda. En tejpremsa satt kvar på armen, kanten uppflikad som näver. Händerna låg vikta över bröstet, fingrarna arrangerade i en främmande ordning.

Luften bar en svag lukt av saltlösning och latex, blandad med en bränd ton som hängde kvar i näsan som bränt hår. Maskinerna var borta, fyrkantiga avtryck markerade var de stått. Plastlamellerna skramlade svagt vid ventilationens drag.

Hon tog ett steg närmare.

Varje instinkt stretade mot vad ögonen redan visste. Han var där. Hon drog undan lakanet och såg hans ansikte.

Huden hade grånat. Pannan var slät, knuten borta. Han hade alltid rynkat, även i sömnen. Inte nu. Håret var helt borta. Bryn, fransar, det mjuka skäggfjunet vid käken. Med musklernas frånvaro syntes benen tydligare. Kindbenets båge, tinningens tunna linje, munnen som glömt hur man spänts.

Ett litet ärr fanns kvar under hakan. Blekt mot den grå huden. Hon hade glömt det. Han hade sagt att det kom från en båtklamp, en misslyckad fisketur.

Hon hade aldrig frågat mer. Freya såg ner mot nyckelbenets kurva. Huden hade blivit märkligt genomskinlig.

– Du ser mer ut som dig själv nu än under hela resan, sa hon. Ingen tröst i det.

Hon drog stolen närmare. Benen skrek mot plattorna, ljudet skar genom henne, men hon stannade inte. Sänkte sig långsamt, knäna klickade, ryggen stel som om hon kunde spricka av en för snabb rörelse.

Händerna låg i knät, fingrarna knutna i tunntyg. Hon vågade inte röra honom. Beröring kändes omöjlig. Blicken stannade vid bröstet, väntade på rörelse. Någon ytlig höjning av revbenen. Ett ryck i andetaget. Johan hade aldrig följt order. Han hade stridit mot läkare, räkningar, henne, världen. Visst skulle han vägra detta också. Visst skulle han trotsa även nu.

Men inget lyfte. Ingen ryckning störde linneytan. Stillheten drog ut, total.

Tiden upplöstes. Tio minuter. Tjugo. Kroppen låstes i väntan. Hon lutade sig fram till slut, armbågar mot knän, hakan mot knutna händer.

– Du försökte, viskade hon. Läpparna knappt rörliga.

– Jag vet det nu.

Rösten skrämde henne. Tunn, hes i den filtrerade luften. Hon svalde, strupen skavde. Först då märkte hon att handen skakade mot rocktyget.

Halvtimmen rann förbi utan att hon räknat den. Den löstes upp i fläktarnas sus och det dova tickandet av hennes egen puls i öronen. När hon reste sig var rörelsen kantig, utan grace. Stolen skrapade bakåt, ryckte i ryggraden. Benen bar men knappt. Lungorna släpade efter, drog in luft motvilligt, som om de själva inte ville vidare.

Han såg nästan fridfull ut. Det var grymheten. Fridfull, som om lättnaden till sist valt honom.

Hon ville slå. Slå mot hans arm tills blåmärken kom. Väsa mellan tänderna: du får inte lämna nu. Inte efter bråken, uppbrottet, tältet på den varma marken, svampen Lena tiggde om att få plocka, det flyktiga leendet när marshmallowsen brann. Inte efter allt. Inte efter att hon börjat tro att han kunde komma tillbaka, inte som denna kropp under linne, utan som mannen hon en gång trodde hon kände.

Orden pressade mot bröstet men kom inte ut. Rummet kvävde dem. Tystnaden var för tät, för sluten för vrede. Sorgen fick krympa till den form utrymmet tillät.

Hon stod kvar ett ögonblick till. Andningen grund, halsen stängd kring outtalade ord. Sedan vände hon. Dörren släppte taget med sitt mjuka pys, den filtrerade luften sval mot hennes fuktiga hud.

Lenas rum mötte henne med sin egen sorts tystnad. Mekanisk, fylld av låga surr och dolda strömmar. Freya satte sig i samma stol som förut, precis bortom den genomskinliga avskärmningen. Luften här kändes alltid varmare än i korridoren, som om den redan passerat genom någon annan innan den nådde hennes hud. Varje inandning smakade återanvänd, en stickande blandning av antiseptika, plast och något sött som låg kvar under allt.

Ventilerna viskade jämnt ovanför. Ett trycksatt dån, mjukt och konstant, som om väggarna själva andades. Lena sov på sidan, ena armen skyddande över bröstet, den andra utsträckt mot lakanet. Droppslangar bågade mjukt från hennes hud till ställningen bredvid, bleka i skenet från monitorerna. Läpparna ryckte till, mumlade halvformade ljud. En gång steg en spröd ton i halsen, darrade som en fågel mot glas, försvann lika snabbt.

Freya andades långsammare när hon såg på. Lena hade inte sagt något sedan hon kommit tillbaka. Orden kändes för tunga här, som om även en viskning kunde störa något bräckligt. En bricka stod orörd vid handfatet. Äppeljuice väntade i sin kartong. En sked låg kvar i sin sterila förpackning. Ingen hand hade rört vid den.

Dörren bröt tystnaden med sitt pys. Emelia kom in, bar något litet mellan fingrarna: ett vikt pappersark. Kanterna böjda, mjuka som om de värmts i en barns hand för länge.

– Hon bad om papper tidigare, sa Emelia, rösten låg för att inte väcka barnet.

– Hon sa att hon måste minnas innan det ändrades.

Freya vände sig, sträckte handen instinktivt utan att resa sig. Sköterskan lade försiktigt arket i hennes hand, som om det kunde gå sönder.

– Hon sa inget mer.

Emelia dröjde en halv sekund, gick sedan tillbaka genom tätningen. Dörren stängdes med sitt stadiga ljud. Freya sänkte blicken. Lappen kändes levande i handen, svagt varm, som om den ännu vilade mot hud. Hon vecklade långsamt upp den, strök längs vecken. Sjukhuspapper. Tjocka kritstreck över ytan, hastiga.

Bilden vecklades ut till en scen som inte borde ha hört till ett barn. En stuga, eller det som var kvar. Taklinjen sjunken, timmer brustet som revben. Dörren hängde snett, rykte hölls knappt kvar i gångjärnen. En grå rök krökte sig åt sidan, som om luften själv låg skev. Träd trängdes längs kanterna, svarta streck, för täta, pressade in mot ruinen.

I mitten stod en flicka. Formen antydde Lena, men proportionerna förrådde det. Lemmar för långa, ansiktet utdraget, leendet ofärgat, spänt som en rispa i papper. Inte ett barns grin. Något vasstare, tömt på glädje.

Bredvid reste sig en annan figur. Högre. Kroppen skrovlig, barklik i kritans repor, så hårt nedtryckt i papperet att fibrerna flisades. Armarna hängde stela vid sidorna, fingrar för smala, för många. Där ett ansikte borde varit fanns bara en spricka, ett sår över trä. En mun skuren i intet.

Freya märkte inte förrän handen skakade. Bröstet fylldes av tyngd, tjockt som kåda. Det var inte bara bilden. Det var mörkret i skuggningen, hur figurerna lutade, dragna av något osynligt. Som om papperet fortfarande bar värmen av det som redan hänt.

Hon vek ihop arket igen, försiktigt, lade det i knät som om det kunde bränna genom tyget om hon höll det för länge. Andningen grund, en kall hinna mot huden.

Rörelse.

Lena vände sig under täcket. Inte den halva ryckningen av sömn, utan medvetet. Den lilla handen nuddade tyget, stannade, föll. Ögonlocken öppnades långsamt, fransar särades som av tyngd. Freya rätade sig, märkte först då hur mycket hon sjunkit ihop, dragen närmare pappret.

Lena blinkade en gång. Blicken vandrade i taket, föll nedåt tills den mötte siluetten på andra sidan plasten. Ögon mötte ögon. Ett andetag passerade mellan dem, fångat i det återvunna bruset.

Rösten kom tunn, bräcklig men säker.

– Är pappa borta nu?

Freyas hals slöt sig. Läpparna öppnades, men inget kom.

Lena vände sig mot fönstret, där det sena ljuset föll i blekt guld. Orden som kom bar en tyngd för stor för hennes kropp.

– Jag såg träkvinnan ta pappa i min dröm.

Ett ögonblick rörde sig ingen. Sedan pressade Lena handen mot madrassen, prövande. Armen skakade, men hon satte sig upp. För första gången på dagar. Andningen fastnade, hon svalde, vred sig av smärtan, men lade sig inte ner.

Freya reste sig halvvägs ur stolen, redo att kalla, men Lena viftade bort henne med en liten rörelse, darrig, som att stryka bort damm.

Dörren öppnades bakom. En sköterska steg in, pärm i handen, halvt fokuserad.

– Du är uppe, sa hon mjukt, gick fram till sängen. – Det är bra.

Lena svarade inte direkt. Hon såg mot fönstret igen. Rösten lätt när den kom. – Kan man öppna? Jag vill höra ån.

Sköterskan tvekade.

– Det finns ingen å här, hjärtat.

Lena höll blicken mot glaset.

– Inte den.

Sköterskan kastade en snabb blick mot Freya. Förbryllad, men inte orolig. Hon skrev något i pärmen och gick.

Freya satt kvar. Hon frågade inte vad Lena menade. Utanför böjde vinden ett ensamt träd över muren. Det gungade mjukt. Himlen låg kvar, stålblå och avlägsen. Hon lät tystnaden bära dem en stund till.

Sedan vände Lena sig sakta mot modern.

– Imorgon, viskade hon. – Vi går och ser den. Imorgon.

Omen

Grå moln pressade sig lågt mot det lilla fönstret. Utanför darrade en björk, grenarna vred sig i en vind som aldrig nådde in på avdelningen. Solen fanns någonstans ovanför, suddad bakom ett lock av väder, reducerad till en blek strimma som aldrig nådde rummet. Årstider spelade ingen roll här. Dag och natt vek sig in i varandra, en sommar utan vila.

Ljuset kom från annat håll. Skärmar blinkade i jämn rytm, kastade blekgrönt mot väggarna. Lysrören brummade ovanför, deras platta sken sjönk in i varje yta. Nog för att läsa. Nog för att följa vätskan som långsamt föll genom slangarna, en droppåse som tunnades, en blodpåse som tömdes.

Freya satt i observationsstolen, benen vikta hårt under sig. Den klara plasten hängde från en skena i taket, styva veck som förseglade henne bortom sin dotter. Ren sterilitet, men grym i sin kylighet. Ingen beröring tillåten. Ingen värme. Bara syn och ljud, filtrerade, dämpade.

Lena rörde sig knappt. Lemmarnas ställning under täcket såg fel ut, slappa, vinklade, blåslagna vid varje led efter misslyckade nålar. En infart i armvecket, en annan dold under förbandet de bytt under natten. Huden tunnare än igår. Nästan genomskinlig, ådror blå under ytan som sprucken glasyr. Partier av underarmen mörknade, svarta fläckar där vävnaden börjat brytas ner. Ett långsamt, tungt förruttnande som kröp ut från nålställena. Lesioner blommade över armbågar och handleder, spruckna, ilskna, som blåmärken som vägrade försvinna. När täcket rörde sig spred sig en svag odör. Söt, sur. Huden som redan börjat dö.

Mer grå. Mer frånvarande. Munnen halvöppen, läpparna spruckna i kanterna, som om stängningen blivit för dyr.

Surrandet hade återvänt under natten. Freya visste inte när. Först i drömmen, ljudet sipprade in i sömnen som statisk elektricitet i benen. Inte från maskinerna. Inte från rummet. Inte från Lena. Det följde inte monitorernas rytm, matchade inte pulslinjen. Men när Freya viskade, även härifrån stolen, verkade surret alltid lyfta. Ett svar. Ett kall. Hon intalade sig att det var feedback från droppumpen. Eller ventilationen. Eller ett minne som fortfarande följt henne från gläntan.

Sköterskan kom strax efter sju, gummisulorna pep dämpat mot golvet. En pärm vilade mot höften, en engångsmugg svart kaffe darrade svagt i handen. Hon nickade utan att sakta in.

– Hon hade en jobbig timme runt fem, sa hon och böjde sig över mätarna. – Febern stack igen. Trettionio komma åtta.

Freya blinkade, strupen stram.

– Är hon septisk? En läkare mumlade om det igår.

Pausen var den sorten som kommer när man inte vill ljuga. En svarston byggdes, balanserad mellan sanning och att hålla en förälder stående.

– Troligen. Tarmväggen är förmodligen skadad. Hon har varit neutropen sen överflytten. Vi håller noga koll.

Freyas hand ryckte under bandaget. Huden kliade värre än igår. Antagligen svett.

En frukostbricka följde på en skramlande vagn. Svart kaffe, torrt rostat bröd, små juicekartonger under plastfilm. Den placerades vid hennes armbåge. Hon åt inte.

Lena nynnade lågt under maskinernas pip. Tonen kom och gick. Ibland från andningen, ibland djupare.

– Hon gör så när du pratar med henne, sa sköterskan utan att riktigt tänka. – Nynnar.

Freya såg upp.

– Hon började igen i natt, fortsatte sköterskan. – Kanske en traumarespons.

Freya svarade inte. Plastkanten skar mot låren, stolen byggd för hållbarhet, inte nåd. Hon rörde sig en gång, två, jagade en position ryggen kunde acceptera. Ingen fanns. Sätet kallt, drog värmen ur henne tills musklerna krampade. Axlarna värkte av att luta fram, men hon böjde sig ändå närmare, just när Lenas ögon gled upp.

Ögonlocken rörde sig som fastklistrade i febern. En långsam öppning mot irisar som en gång glimmat klarare än midsommarsol.

– God morgon, älskling, viskade Freya, läpparna nästan vid plasten. – Det är lördag. Vi har varit här nästan en vecka.

Monitorn svarade innan Lena hann. Manschetten blåstes upp runt den tunna armen, ett pysande som slöt gummit så hårt att hela lemmens form försvann. Maskinen knep, pausade, släppte.

Siffror lyste i sjukligt grönt:

BP 78/44, HR 126, SpO$_2$ 96 %, Temp 39,7 °C.

Varje blinkning kändes som en dom. En ny påse vätska hängde bredvid saltlösningen, redan halvvägs tömd. Plasten prasslade vid varje rörelse, ett ljud som vred Freyas mage. En sköterska mumlade något om eskalering, pennan skrapade i pappret som om ordet bara hörde hemma på en journal.

Freya höll handen platt i knät. Hon ville nå genom plasten, röra vid dottern, men skynket förbjöd. Hon satt still, trots att klådan under bandaget brände. Svetten hade blött igenom, gulnande vid handleden. Hon föreställde sig att dra bort tejpen, naglarna slitande i kanten. Kanske var det var. Kanske rå hud. Kanske värre.

En skugga rörde sig vid sidan.

– Läckte det där? frågade en sköterska mjukt, nickade mot fläcken som spred sig.

Freya böjde fingrarna en gång, tvingade dem sedan till stillhet.

– Det är inget.

Sköterskan dröjde, väntade som på ett ärligare svar, gick sedan. Tystnaden vecklade sig tillbaka. Mor och dotter, varsin sida av plasten.

Bortom låg Lena stel, bröstet reste sig i korta ryck, kanylerna följde med varje andetag. Syrgasmasken väntade bredvid, slangen hoprullad som en sovande orm. Ännu inte i bruk. Inte än.

Freyas ord tryckte mot strupen. Hon hade knappt pratat sedan ronden. Hon visste inte varför längre. Ibland kändes tystnaden som ett skydd, som om orden kunde skära hål på luften och släppa in förtvivlan. Ibland kändes den som feghet. Hon såg ner. Sedan upp. Sedan bort, mot plastvecken. Ljuset bröts, förvrängde Lenas kontur tills revben och lemmar ryckte i skepnader hennes kropp inte gjorde.

Surrandet var tillbaka.

Det vävde sig genom maskinerna, för lågt för att vara deras. Ett andetag mot huden på nacken, som om någon lutat sig in bakifrån. Hon vred på huvudet. Bara droppmaskinen tickade. En sköterska hade sagt: ”Troligen ventilerna.” Men ventiler fick inte ben att darra.

Nästan för svagt för att lita på vände Lena ansiktet mot henne. Läppar spruckna, särade.

– Kan vi gå och se ån nu?

Freya stelnade. Tungan tryckt mot gommen, oanvändbar. Hon sneglade mot fönstret, halvt skymt av slangar och metallställningar. Bortom dem hängde himlen i tennlikt grått, men där bakom gömde sig ett blygt blått stråk. Riktiga åar fanns där ute. Klara strömmar med vass som böjde sig i flödet, med hyllor så grunda att ett barn kunde springa över. Lena hade en gång rusat där, barfota i vattnet, håret klistrat mot kinderna, kaninen glömd på stranden. Minnet satt skarpare än rummet.

De hade tältat vid en å en gång. Sen vår, fästingar i gräset. Morgnar där andedräkten syntes i luften. Lena hade varit fem. Fortfarande bara frågor. De hade lånat utrustning, kört ut, slagit läger vid en å. Vattnet gick snabbt men grunt. Man hörde det innan man såg det, bruset mot sten. Johan satte upp tältet för nära, sa att ljudet skulle vagga dem till sömns. Freya hade flyttat det längre bort själv till slut.

Lena hade hunnit ut till låren innan de märkte. Freya mindes skriket: högt, gällt. Hon hade sprungit, hjärtat redan på väg att ge upp, bara för att finna flickan stående i det grunda, pekande ner på foten.

– Något grep tag, grät hon. – Det gömmer sig.

Freya hade dragit upp henne, kontrollerat huden. Inga sår. Bara kall hud, spår av vass runt ankeln. Hon hade sagt det milt: bara växter. Bara strån. Men Lena hade insisterat.

– De väntade, viskade hon senare, svept i handduk. – De ville dra ner mig.

Den natten fick Lena feber. Inget allvarligt, bara barnets vanliga låga glöd. Rödflammiga kinder, oroliga ben, magen för upprörd för mat. Johan hade muttrat om marshmallowsen som blev liggande. Freya hade lagt sig tätt intill, försökt viska henne till ro.

– Vad händer om jag går vilse på andra sidan? hade Lena frågat.

Freya blinkade.

– Av vadå?

Inget svar först. Bara den glasartade blicken mot nylontaket, handen hårt om hennes ärm. Freya hade hittat på något mjukt. En saga, tillfällig, för att söva barnet.

En å som rann mellan världar. Ett gränsland. Något mellan liv och död. En å man inte kunde korsa utan att någon som älskade en sjöng på andra sidan. Sången skulle öppna vägen. Det hade fungerat. Lena somnade snabbt.

Freya hade glömt sagan. Den skrevs aldrig ned. Upprepades aldrig. Bara något hopslängt en midnatt, mellan tempkontroller och vattenbrus. Aldrig tänkt att återvända. Nu, bakom plasten, hade dottern bett om än igen. Nu satt de här.

Freya såg på hennes ansikte. Munnen slapp, febern svettig. Surret låg kvar under sängen, nästan ohörbart om man inte kände till det. Hon gjorde det.

Lenas mun rörde sig igen. Inget ljud. Bara andedräkt formad till stavelser. Hon tryckte ett finger mot den kalla plasten.

Freya hade inte menat att somna. Stolen hade gett vika under henne någon gång. Huvudet lutat mot skenan där plastgardinen mötte väggen. Nacken värkte av vinkeln. Armen hade domnat. Genom plasten blinkade Lenas monitorer i stilla rytm. Hon hade missat en timme, kanske mer. Stegen av en sköterska svepte förbi, dova, gummi mot golv.

Hon rätade sig långsamt, men kroppen lydde trögt. Tyget vid handleden klibbade fuktigt mot huden. Hon drog ner det. Blod. Inte färskt, men fastnat i stråk, segt mot bandaget.

Hon vände på handen. Tunna bågar av torkat blod vid handflatan, sprött som höstlöv. Klådan var värre nu, krypande under huden som om något levde där. Varje pulsning klättrade uppåt tills käken spände.

Lena hade somnat igen. Små axlar vända mot fönstret. Andningen viskande, oregelbunden. Sömn, men inte mild. Freya satt länge och följde rytmen. En tanke pressade sig fram: stanna. Men kroppen drog mot reträtt. Hon reste sig tyst, smög ur stolen.

Hennes eget rum väntade svalare. Antiseptikan ny, stickande i näsan. Hon satte sig på sängkanten, började linda upp bandaget.

Tejpen drog loss hår från handleden. Under rann huden färskt i en halvmåne, ett sår som nästan slutit sig dagarna innan. Nu öppet igen, glänsande rosa där naglarna rivit sönder i sömnen. Tre diagonala rispor tvärs över handflatan, råa och skarpa. Torkat blod under naglarna, bruna flagor.

Minuter flöt förbi innan dörren klickade svagt. En gestalt kom in med den stilla vana som tillhör sjukrum. Längre än de flesta, skuggan drog över golvet. Ljusa kläder prasslade. Freya hörde först jämnheten i andningen, lugn, övad.

Blicken föll på Freyas hand. Inget suckande, inget tillrättavisande. Bara en lätt smalning i ögonen. Hon ställde ner en bricka, började lossa det indränkta bandaget. Nya förband i rad på brickan. Rörelserna ritualiserade, ett mönster från vana.

– Du höll på att läka, sa hon mjukt. En fråga dold i konstaterandet. – Det här såg inte ut så tidigare?

Freya skakade på huvudet. Orden fastnade i den torra halsen.

– Vaknade du med klösmärken, eller...

– Jag minns inte. Rösten sprucken, mer ursäkt än svar.

Sköterskan nickade, tog emot. Hon hukade, fortsatte linda i spiraler. Kall vätska svepte över huden. Freya ryckte till när smärtan sköt upp längs armen.

– Det är inte du som styr läkningen, mumlade hon. Blicken kvar på såren. – Ingen av oss gör det. Kroppen bestämmer. Alltid.

Freya stirrade på handflatorna, fria bara några sekunder. Graften drog åt. Åsar av ny hud stram och blank. Fukt sipprade där naglarna slitit upp det i sömnen.

Dagar av skör läkning upplöst till rå rosa vävnad. Klådan återkom, starkare, myllrande som myror under huden.

Dörren stod på glänt. En remsa ljus från korridoren föll in. Freya låg inte ner direkt. Hon satt kvar med händerna vilande på knäna, stirrade på blåmärken vid smalbenen. Färger hon inte märkt förr. Gult som mörknade till lila. Knäet darrade. Hon pressade det stilla. Började igen.

Till slut lade hon sig. Lakanen luktade tvätt. Inte hemtvätt, bara... rent. Sterilt. Blicken fäst vid takplattorna. Hon försökte inte känna klådan under bandaget. Försökte inte tänka på värmen i handflatorna, som om gläntan följt hit.

Sömnen kom till sist. En blinkning för lång. Hon försökte stå emot, men kroppen gav efter. När hon vaknade var korridorerna dämpade. Stegen färre. Tystnaden bredde ut sig i skiftbytet. En tom tystnad. Expeditionsbord tomma. Korridorer tomma.

En kvällssköterska visade sig till slut i dörren, pärm under armen.

– Vill du se Lena innan gardinen tätas?

Freya gungade benen mot golvet. Stegen mjuka mot linoleumet.

Inne hos Lena låg luften tung som alltid. Maskiner tickade i stilla rytm, lägre än förut. Inga larm. Bara droppets långsamma räknande in i en kropp som knappt höll trycket.

Lenas hud hade tagit ojämna blåmärken. Purpur som bleknade till saffran. Färgerna låg fel, pressade under ytan. Infarten i handleden hade havererat igen. Vätskan rann längs armen, klar blandad med rött. Rött som virvlade i det klara. Det fastnade i veck vid rockärmen innan det nådde lakanet.

Någon hade torkat en gång, men huden släppte redan där kanylen satt. Tejpen höll inte.

En yngre sköterska hukade bredvid sängen, ansiktet spänt bakom masken. En bricka med instrument låg prydligt. Men händerna skakade lätt. Spänningen satt i axlarna, en lång skiftad dag.

– Hon har tappat en till infart, mumlade hon för sig själv, utan att lyfta blicken.

Freya stod på andra sidan plasten. Händerna instoppade under armarna för att inte röra något. Lenas feber hade inte släppt. Huden blek över axlarna. Den nya infarten satt för grunt, vek sig innan vätskan hann rinna.

– Förlåt, förlåt, mumlade sköterskan, redan på väg att dra ut nålen. – Hennes kärl... de håller inte.

Lena ryckte till, ett snabbt andetag genom tänderna. Freya klev fram i tyst panik. Nära nog att se där tejpen slitit med sig hud i armvecket. Små röda prickar blommade där nålar prövats. Sköterskans röst hölls låg, men stressen hördes. Hon sökte fortfarande en ven som inte fallit samman. En av Lenas fötter hade lyfts på en kudde. Freya såg hur sköterskan tryckte mot huden där, testade. Kanske en respons.

Hon torkade rent och försökte igen. Freya ryckte till, men Lena låg stilla. Fingrarna slaka mot täcket.

– Hon får inget för smärtan? frågade Freya. Orden kändes tröga.

Sköterskan tvekade. Såg inte upp.

– Hon fick. Men infarten höll inte. Vi provar annat.

Armbågen slog mot brickans kant. En förpackad torkis föll,

plasten knäppte mot golvet. Hon plockade upp den utan ett ord. Freya såg tillbaka på Lenas ansikte. Läpparna mer spruckna. Munnen torr. Ögonen stängda. Andningen hade förändrats, som om varje andetag blivit ett beslut.

Sköterskan höll nästa infart på plats. Händerna stadiga när hon tejpade fast den. Vätskan rörde sig långsamt. Droppe för droppe.

– Hon kanske inte håller den här heller, mumlade hon. Rösten låg, som om mjukheten kunde få kärlet att stanna.

Surrandet kom tillbaka. Inte högt. Knappast mer än en vibration. Freya kunde inte placera det bland maskinerna. Inte pumpen. Inte monitorn. Det låg under allt, inlindat i bröstkorgen, en ton från gläntan som fortfarande satt kvar i benen. Ingen annan reagerade.

Sköterskan lutade sig fram, två fingrar under nyckelbenet, spanade efter minsta rörelse. Freyas strupe låste sig. Hon stod inte ut med att se ännu en ven brista, ännu en droppe rinna ut. Hon backade innan någon hann säga till.

Korridorens luft mötte henne svalare. Lysrören hade mattats, golvet färgat i blekt blått. Hon gned armarna, huttrade fast värmen klängde kvar. Gick förbi expeditionen där ny personal satt med pennor, ögonen sänkta. En skrivare klickade igång, spottade papper som ingen läste.

Hon fortsatte.

En varuautomat stod i en tom trapphall. Den skramlade igång, motorer malde djupt inne i plåten. En pappersmugg föll ner, skevt på ställningen. Vätska rann i ryck, mer ånga än dryck. Bitter lukt ringlade ut. Freya lutade sig mot väggen medan det fyllde. Händerna darrade när hon lyfte muggen. Hettan trängde genom kartongen men kändes svagt, dämpad av förbanden.

Hon drack för tidigt. Tungan brändes. Hon hostade en gång i trapphuset. Smaken var ingenting. Bara stillastående vatten och brända rester. Hon svalde ändå. Som om själva handlingen kunde lura kroppen till styrka.

Värmen lade sig falskt i magen. Tung. Ingen tröst hon förtjänade.

Hon lutade sig mot den målade tegelväggen. Muggen balanserad i händerna. Hon försökte inte se framför sig vätskan längs dotterns arm. Försökte inte höra tejpens långsamma släpp från rå hud. Skulden högg skarpare än kaffets bränna. Vad var det för mor som gick ut ur rummet? Ändå stod hon här. Drack en smaklös dryck hon inte behövde.

Tanken tryckte på, ful och envis. Att hon var svagare än barnet bakom glaset. Lena bar nålarna, misslyckandena, febern som brände genom märgen. Freya orkade inte ens stanna. Hon intalade sig att hon samlade styrka, men händerna skakade för mycket för att vara styrka. Hon intalade sig att hon inte skulle vara till hjälp om hon föll sönder inför Lena, men även det klingade ihåligt.

Varje klunk rev i halsen. Hon tänkte på Johan för första gången sen beskedet. Hur han alltid drack starkt kaffe, spillde överallt. Fläckarna på tröjorna. Han hade stannat, tänkte hon. Han hade tvingat sig att se varje nål gå in. Sedan hatade hon honom för det. För att han inte fanns kvar. För att hon stod ensam kvar, rädd, förlamad av sin egen dotters säng.

En röst bröt tystnaden.

– Kom nu.

Hon ryckte till. En nattsköterska stod där, pärm under armen. Ingen medlidande blick. Ingen förebråelse. Bara lugn envishet.

– Vi måste kolla dina förband.

Freya följde henne tillbaka. Satte ner muggen. Sköterskan drog försiktigt upp kanten av bandaget, nog för att se huden under. Svullen. Rosa. Glänsande fuktig. Precis som i morse. Inte mycket hade ändrats. Blåsorna skulle vara där igen till morgonen, precis som idag.

– Har du ätit idag? frågade hon.

Freya skakade på huvudet.

– Jag ber köket skicka ner något.

– Gör inte det, svarade hon, utan reaktion.

Sköterskan insisterade inte. Hon satte sig i stolen istället. Pennan rörde sig kort över blocket. Sedan paus.

– De har precis flyttat Lena.

Freyas bröst låste sig.

– Hon är inte långt, fortsatte sköterskan, rösten låg, noga vägd. – Fortfarande på den här våningen. Rum två nitton. Hon visar tecken på systemisk försämring. Infarter kollapsar. Immunprofilen har planat ut. Varje ny exponering riskerar att påskynda inre sammanbrott.

Orden föll tunga, en och en.

– Hon är inte smittsam, sa Freya. Platt. Mer påstående än fråga.

– Nej. Vi skyddar det lilla försvar hon har kvar. Det handlar inte om oss längre. Det handlar om att hindra henne från det vi kan bära med oss.

Freyas strupe snördes åt tills det värkte.

– Har någon sagt det till henne?

Sköterskan skakade på huvudet. – Jag tror inte hon är helt medveten.

Hon samlade ihop brickan, balanserade den mot höften och gled ut ur rummet utan fler ord.

Freya reste sig, armarna tunga vid sidorna. Benen stela när hon tog stegen ut i korridoren. Varje steg släpade. Skorna klibbade mot den nymoppade linon. Gången sträckte sig framför henne. Högst tjugo steg. Ändå kändes varje steg längre, tyngre. Takets lysrör glödde matt blått, deras trötta ljus drev skuggor in i hörnen. Tiden töjdes, rörelserna fördröjda, tills korridorens slut stod framför henne på en gång.

Rum två nitton väntade vid sidan. En tät dörr, sömmarna förstärkta med tjock vinyl, kanterna pressade tätt mot ramen. Ett laminerat blad satt ovanför handtaget. Svarta bokstäver varnade för isolering. Hörnen slitna, uppvikta i draget från ventilen ovanför. Filtrerad luft borstade ständigt mot huden.

Hon lutade sig närmare. Ett smalt glasfönster satt inskuret i dörren. För lågt för att ge mer än en glimt. Nederdelen immig där värmen mött den svalare korridoren. Hon satte tinningen mot glaset, andetaget immade tills hennes kontur blandades med det innanför.

Därinne rörde sig två sköterskor i tyst koreografi. Plastrockar prasslade vid varje böj. Masker och visir dolde ansiktena. Bara händerna syntes, handskar som knäppte klämmor, drog tejp, rättade slangar. Rytmen långsam, noggrann. Den ena hukade vid ett skåp, kontrollerade tätningen, drog handen längs listen innan hon reste sig. Den andra vek en handduk i fyrkant, lade ner den, släppte den sedan i en gul tunna. Rörelser som ritual.

Upprepade till vanor. De kretsade kring sängen, men rörde aldrig den kropp som låg där.

Freya pressade sig närmare glaset.

Lena låg vänd delvis mot väggen. Ögonen halvöppna, fransarna stilla, huden matt av feber. Sjukhusrocken halkat ner, blottade axelns linje, förbandets kant fläckad gult där vätska trängt igenom. Remmarna hade släppt greppet, ringlade bort från huden. Armarna tunnare än på morgonen, benen hårda under huden. Vinklar där det en gång varit mjukt.

Freya satte handen mot glaset. Platt. Kall hud mot rutan.

En röst bröt tystnaden bakom henne. Låg, men fast.

Hon vände sig.

En äldre man stod i korridoren. Bred i sin skyddsrock, mask tätt mot ansiktet, visiret fångade ljuset. Handskarna vilade mot en pärm han inte såg på. Hon kände igen honom från kvällen innan. Samma lugna ton, djupare nu.

– Hennes blodvärden har sjunkit mer, sa han. – Hon blöder mikro på flera ställen. Hon har inga trombocyter kvar för att koagulera. Vi kan inte få in nya infarter.

Freya hörde knappt. Blicken var fast genom glaset. Där inne rättade en sköterska syrgasmaskens rem. Den hade skavt upp kinden, lämnat huden röd och ilsken. Händerna rörde sig varsamt, lätt tejp, lätt tryck.

Maskinerna hummade jämnt tills en bröt rytmen. En pulsoximeter gav ett skarpt larm. Ett nytt ljud tillkom, högre, brådskande. Siffrorna kröp ner på skärmen.

Freya höll blicken på glaset. Lenas bröst sviktade. Rörde sig mindre för varje gång, som om kroppen glömt.

Läkaren drog åt masken över ansiktet. Rösten redan kort.

– Värdena har kollapsat. Trombocyter borta. Inga infarter kvar.

Han vände sig, gick in genom tätningen, rocken fladdrade.

Vagnen rullade fram, lådorna flög upp. Förpackningar sprack, plast föll. En sköterska tryckte hårt i bröstkompressioner, sängen dundrade för varje stöt.

– Infart! Sätt en infart! – Höger arm är slut! Hård som trä! – Kärlen är borta! – Ingen hållning. Sprucken.

Alarmen gick ihop, ett lager av skrik. Slangar skakade, pumpar hackade torra.

Freya pressade handflatan mot glaset. Andetaget immade tills bilden suddades. Genom dimman såg hon Lenas ögon fladdra. Ett ögonlock släpade, rullade sedan bakåt.

Monitorn skrek. Ett enda utdraget ljud. Genomträngande.

– Påbörja kompressioner, beordrade läkaren.

Handskar tryckte ner, sängen dundrade för varje stöt. Syrgasmasken tät, remmarna skar mot rå hud. Plasma hängde, vätskan mörk i slangen som inte fann någon väg in.

Freya slog handflatan mot glaset. Huden gnisslade mot kylan, lämnade en strimma som spreds för varje andetag. Bröstet hävde. Andningen hackig, slog mot rutan tills Lenas kontur försvann i imma. Munnen öppnades till skrik men inget bar. Allt hon kunde var att se. Makten borta.

– Defibrillator in! ropade en sköterska.

Vagnen skramlade fram, paddlar drogs loss, gel smetades hastigt.

– Ladda till etthundrafemtio.

Ett stigande vinande fyllde rummet.

– Klart!

Lenas kropp ryckte. Lemmarnas lyft en gång, föll sedan tungt. Monitorn höll tonen. En ensam röd linje. Ingen rytm.

– Igen! Ladda tvåhundra.

Paddlarna pressades ner. Ett högre vinande.

– Klart!

En ny stöt rev genom henne. Sängen skakade. Den lilla kroppen lyftes, föll. Linjen flimrade knappt. Ett pip. Sedan det långa, jämna. Platt.

– Fortsätt kompressioner. – Fortfarande inget utfall. – Ladda igen! Tvåhundrafemtio!

Defibrillatorn byggde upp sitt vinande. Sköterskornas blickar fast vid klockan, händerna rörde sig med febrig precision.

– Klart!

En ny stöt. Kroppen kastades ännu en gång. Föll slak. Allas blickar mot monitorn. En enda röd linje. En lång ton. Ingen återkomst.

Tystnaden inne var öronbedövande. Sköterskor böjde huvuden, svettiga händer knäppta. Läkaren lyfte armen, såg på sin klocka. Allvaret i rösten när han kallade:

– Dödstid: tjugotre tjugosex.

Wither

En månad hade gått, men inte på något sätt som följde tidens regler. Dagarna flöt ihop i medicinering, övervakade måltider och det tunna stöd som kom från sköterskor som talade vänligt men aldrig stannade länge. Bandagen var nu tunnare, huden under mindre rå. Utskrivningen hade kommit, men kändes mer som förvisning.

Mottagningen idag var mer trång än hon föreställt sig. En vid hall sträckte sig framåt, rader av plaststolar bultade i rutnät, nästan alla upptagna. Barn med fuktiga hostor, män med bandagerade handleder, en äldre kvinna lutad mot sin dotters arm. Våta rockar från en regndag hängde tunga, droppade på linoleumet som redan bar år av fläckar. Vinylklädseln på stolarna sprucken i sömmarna. Dämpning stack fram i bleka tofsar där otaliga kroppar suttit och väntat. Luften tung av desinfektion, syrlig av en svag citrusdoft från en doftplugg som sedan länge gett upp. Samtal brummade, brutna bara av en ringsignal eller skrapet av stolsben mot golv. Ovanför blinkade en skärm namn i röda punkter.

Hon satt med jackan uppdragen trots det överhettade rummet. Andningen ytlig, räknade sekunder mellan de andras upprop. Andra bläddrade i tidningar eller skrollade sina telefoner. Inte

Freya. Hon stirrade ner på handflatorna, fortfarande inslagna.

En röst skar genom väntrummet.

– Åström?

Freya ryckte till, väntade sig ett pip, inte en röst. Hon reste sig långsamt, höll handlederna samman och följde sköterskan in i ett rum.

Sidrummet var svalare än väntrummet. Väggarna målade i en färg av gammal mjölk. Ett fönster såg ut mot en annan flygel, persiennerna halvdragna. Maskiner stod uppradade längs väggen: en längdmätare, vågar med stålplatta matt av skor, en vagn med bandage och saltlösningar, en kamera på stativ för att dokumentera ärr. En tunn skärm glödde grönt i hörnet, siffror väntade på att definieras av en kropp.

Freya satte sig på britsen, täckt av prasslande engångspapper. Luften bar metallens ton av steriliseringsmedel, underlagd av den skarpare doften från latexhandskar just dragna ur sin ask.

Sköterskan lindade upp bandagen. Saxen gled långsamt genom tejpen. Ljusa åsar blottades där transplantat tagit, råare fält där kroppen ännu tvistade. Korallrosa vid tumroten, svettglans. En lukt steg upp, salt och svagt stickande.

– Några stickningar? frågade sköterskan.

– Ibland på natten.

– Var exakt?

Freya knackade med knogen vid tumroten.

– Bra. Nervrespons finns. Nu styrka. Krama när jag säger till.

En gummiblåsa pressades i hennes hand. Hon slöt fingrarna långsamt. Mätaren darrade när hon pressade. Siffror steg till en nivå som betydde något för någon van att läsa dem.

– Igen.

Hon kramade. Siffrorna steg och höll. En tredje gång. Blåsan stirrade tillbaka med sin söm.

Fotografering sedan. En kamera på stativ, markeringar på ett papper för var händerna skulle ligga. Blått underlag för att balansera hudton. Sköterskan ursäktade blixten. Freya nickade, såg upp mot takplattorna.

– Du får smörja in i två månader till, sa sköterskan lågt. – Undvik varmt vatten. Undvik sol.

– Inte svårt, sa Freya. – Solen undviker oss.

De log båda kort.

Sköterskan skrev på plattan, pennan lätt mot ytan. När hon var klar log hon igen, nickade mot dörren. Freya svarade med en nick och gick ut i korridoren. Ljudet från mottagningssalen kändes hårdare nu. Varje hosta, varje skrap drog genom nerverna. Hon valde en stol längst ut, under klockan.

Händerna vilade i knät. Hon böjde fingrarna en gång. Ärrvävnaden drog, stel och motvillig, som tyg sytt för hårt. En dov värk följde pulsen. Vänster ben hade börjat hoppa. Hon märkte det först när rytmen följde en annans fot i rummet. Hon stillade det snabbt, pressade hälen mot golvet.

> *När ska det sluta göra ont?*

Tanken kom tyst, oinbjuden. Hon såg ner på händerna. Det var inte bara smärtan som oroade.

*Tänk om det här är det? Tänk om läkningen betyder att
leva med det som aldrig läker?*

Rummet runt henne rörde sig som under vatten. Röster
dämpade på avstånd. Ett barn nös vid hissarna. Någon prasslade
upp en smörgås, ljudet skar genom nerverna. Hon gned
tummarna mot varandra, stannade när huden protesterade.

Skärmen ovanför receptionen blinkade till. Ett mjukt pip följde,
skarpare än allt tidigare. Hennes namn lyste i röda punkter.

Konsultationsrummet var ljusare än de andra. Större också. Två
stolar, ett handfat, ett skrivbord och illusionen av avskildhet.
På väggen satt en affisch om hudtransplantat, fyra alltför
optimistiska rutor. Freya satte sig där hon blev tillsagd.

Hon kände inte igen läkaren bakom skrivbordet. Han satt redan
där när hon kom in. Vit rock, prydligt vikt vid handlederna. En
surfplatta i handen. Kanske i sena femtioårsåldern. Renrakad,
lätt mage. En man som bar sig som någon som en gång arbetat
på ett större sjukhus och nu uppskattade lugnare morgnar.

Han såg upp när hon steg in.

– Freya Åström?

Hon nickade, satte sig framför bordet.

– Jag ska vara kort, sa han, redan på väg att dra på handskar.
– Dina värden ser bra ut. Händerna läker fint. Transplantaten
håller. Lite stramhet vid vänstra tummens bas, men inget
oroande.

Han lossade ett nytt bandage med stadiga fingrar, stannade bara
för ett kort ljud i halsen medan han fortsatte.

– Rosa är bra. Ljusa kanter också. Glansen mattas med tiden.

Lite stramhet är väntat.

Freya nickade kort, som bekräftelse. Hon stirrade förbi honom, ögonen fästa vid affischen. En tecknad arm vinkade tillbaka.

– Inga tecken på infektion, fortsatte han. – Och ingen ytterligare behandling här. Du skrivs över till distriktsvård. Hemsjuksköterska varannan vecka, byter förband, ser till läkningen. Sedan är det tålamod.

Han började linda nya bandage, vävde runt handflatorna och genom fingrarnas veck.

– Du behöver inte tillbaka hit om inget förändras. Rodnad, svullnad, blödning som inte beror på överanvändning…

– Jag ringer, avbröt hon, blicken fast vid en fläck på golvet vid skrivbordets ben.

Läkaren såg upp, överraskad av avbrottet. Men nickade bara.

– Bra.

Han reste sig och räckte henne ett litet kuvert med papper. Hon tog det utan att kontrollera innehållet och förberedde sig på att gå.

Färden genom centrum susade förbi skyltfönster och busshållplatser. Hon såg det i fragment, fångade sin spegelbild i glaset ibland. Centralstationen kändes överväldigande efter sjukhusets dämpning. Rörelse och metall. Röster från alla håll. Människor med resväskor, med kaffe i händerna. Friska. Högtalarna mumlade plattformar på svenska och engelska medan tågen kom och gick, punktliga.

Freya klev av rulltrappan och stannade vid raden av biljettautomater. Skärmarna lyste med avgångstider. Hennes tåg hade inte kommit än, men hon hade ingen brådska.

Hon tog hissen ner till fjärrtågsplattformarna. Skyltar för SJ Intercity hängde ovanför, smutsiga av år. Plattformen låg öppen mot himlen. Vinden svepte in från spåren. Några passagerare stod i lösa grupper. Rygga på rygga. Kaffemuggar. Tysta telefoner.

Freya valde en bänk under avgångstavlan och väntade. Tåget gick först om tio minuter. Hon hade inte flugit sedan ambulansflyget söderut. Inte för att hon försökt. Tanken på att stängas in i en metalltub igen, instängd med andras andetag, vände magen. Ännu nu satt minnet kvar i revbenen. Remmarna. Den tysta höjden. Surrandet under allt.

Ett tåg drog in, bröt tankarna. Silver och rött metallblock längs spåret. Repor över rutorna. Människor stod vid dörrarna redo att kliva av. 12.12. Hon steg på. Stålet suckade tungt när bromsarna släppte.

Hennes säte vände bakåt, staden försvann utanför. Staket och betong, höghus med flagande balkonger. Affärsområden. Första stoppet Uppsala. Vagnen fylldes lite till, fortsatte norrut.

Staden gled undan för skog. Oändlig skog. Tåget stannade ibland vid små samhällen. Resenärer kom och gick. Hon såg ut mot träden. Någonstans bortom horisonten låg Forsmarks kraftverk vid kusten. Osynligt.

I Gävle pausade de länge nog för att höra högtalarna upprepa sig. Mannen bredvid reste sig, ersattes av en kvinna som somnade direkt med luvan över huvudet. Timmarna kröp fram. Förbi Ljusdal. Förbi Ånge. Regn började, droppar rann längs repiga glas.

Bergen steg vid horisonten. Färgerna smälte in i dimman.

Till sist var hon framme.

När hon klev av i Östersund hade plattformens lampor tänts. Telefonen visade 18.23. Knäna värkte. Ingen känsla av ankomst.

Staden kändes tunnare än hon mindes. Färre människor. Färre bilar. Hon gick. Förbi kaféer och tomma bänkar. Förbi torget där öl en gång flöt över gatstenen på sommarfestivaler, ljuset aldrig slocknande. Hotellet låg strax bortom.

I lobbyn spelade en radio lågt bakom disken. Receptionisten såg knappt upp. Tog hennes namn, räckte fram ett kort.

Rum 413. Smalt. Rent. En enkel säng med vikt filt. Vita väggar. En stol. Ett skrivbord för litet att använda. Hon hängde av sig och satte sig. Drog djupt efter andan. En ensam tår rann, utan förvarning. En tunn rännil ner till käken. Kall mot huden. Hon lät den falla.

Fjärrkontrollen låg på bordet. Hon slog på TV:n. Blått ljus flimrade över rummet.

En nyhetskanal fyllde tystnaden. En man i skiffergrå kostym läste från teleprompter. Rösten gick henne förbi. Hon reste sig mot vattenkokaren. Drog fram en påse te, vilken som helst. Hällde upp, rörde om.

TV:n mumlade. En utlänning gripen vid Öresundsbron, en grynig bild på en man mellan två uniformer. Hon hörde inte detaljerna.

Hon tog koppen till sängen. Satte sig på kanten. Nyheterna fortsatte. Till sist stängde hon av ljudet. Ställde alarmet. Släckte skärmen. Lade sig ovanpå täcket, fortfarande påklädd.

Hon märkte först nästa morgon hur trött hon varit. Teet stod kallt kvar vid sängen. Vinden hade tilltagit under natten. Hon klädde sig i tystnad, drog upp dragkedjan till halsen och klev ut.

Östersund var kallare än hon mindes. Hösten hade kommit tidigt. Vinden kröp genom kapellets gård som om den väntat på henne. Björkarna knastrade i vindbyarna. Ett blad föll. Sedan ett till.

Kapellet låg lågt vid kyrkogårdens kant. Stenmurar fläckade av ålder. Frost vid fönsterhörnen trots timmen.

Inne doftade det av vax och fuktigt trä, med en ton av jord. Två kistor väntade längst fram.

Enkla. Obehandlade. Träets ådror i lodräta linjer, som om de redan återvände till marken. Båda stängda. Inga blommor. Inga bilder. Bara formerna, sida vid sida under bjälkarna. Mindre än hon väntat. Även Johans.

Freya stod längst bak, under stenvalvet. Jackan stängd till halsen. Få människor. Några släktingar. En av Johans bröder. En gammal vän hon mindes, där mer av plikt än vilja. De mumlade för sig själva, blickarna mot golvet. Några sneglade mot henne. Ingen gick fram.

Prästens röst drev över bänkraderna, mjuk och rytmlös. Orden sagda. En psalm reciterad. Namnen lästa högt. Johan först. Sedan Lena. Freyas händer låg i fickorna. Fingrarna pressade mot fodret tills naglarna fann hud.

Barnets kista hade placerats lite längre fram. Mindre. Mindre vikt att bära. Ovanpå låg en teckning, kanterna slitna. Freya kände igen linjerna men hade inte sett noga. Prästen tog ett steg tillbaka. Tystnaden tog hans plats. Någon snörvlade bakom henne. En jacka prasslade. En kråka ropade en gång från björken utanför. Mannen vid gången rättade till kragen.

Freya såg allt som genom gammalt glas. Som om hon besökte en främlings begravning, bockade av en plikt. Orden rann förbi, tömda på mening. När dörrarna öppnades och människor reste sig, följde hon med.

Utanför hade vinden tagit i. Gravarna stod öppna strax bortom kapellets mur, jorden mörk av regn. Jordhögar låg under presenningar. Två kyrkogårdsarbetare väntade, ansikten neutrala.

Kistorna bars långsamt. Inga tal nu. Bara ramens knarr, stöveltramp mot frostigt gräs. Barnet sänktes först. Sedan Johan. Rep gled genom blocken med ett jämnt skrap. Efteråt dröjde några kvar, sedan började de försvinna i par. Freya stod kvar.

De flesta nickade med ett stelt leende när de passerade. Några stannade, viskade kondoleanser, ställde frågor av artighet mer än omsorg. Hon svarade lågt, utan att något verkligt kom fram.

Johans bror dröjde kvar. Han såg äldre ut än hon mindes. Ansiktet tyngre. Håret grånat sedan sist. Han kom fram utan ord, sträckte sedan handen in i kavajfickan.

– De sa att den här var säker, mumlade han. – Sjukhuset skickade tillbaka den. Inget de reagerade på. Tänkte du ville ha den. Det finns lite fint om Lena.

Han räckte fram boken. Brunt läder, hörnen slitna, mjukt av bruk. Johans. Den han fört under hela resan. Freya tog emot den varsamt. Fingrarna följde lädrets ådror.

– Tack, sa hon, stoppade den i fickan utan att bläddra. Tyngden lade sig där. Liten men fast.

Han nickade, lade handen på hennes axel, gick sedan efter de andra.

Hon väntade tills stigen var tom. Vände sig tillbaka mot gravstenarna. Lena. Johan. Namn nyristade i sten. Jorden ännu orörd runtom. Hon hade inte gråtit under ceremonin. Inte när kistorna sänktes, när repen sjöng i blocken, eller när prästen snubblade på välsignelsen.

Men nu, ensam i kylan, utan något kvar att svara på, släppte kroppen. Tårarna kom inte hårt. Bara långsamt. Värma först, sedan iskalla mot kinderna. Hon torkade dem med ärmen, såg bort från gravarna. Tåget gick på morgonen. Tillbaka till Stockholm.

***

Några dagar senare var hon tillbaka i Stockholm.

Den nya lägenheten luktade puts. Vita väggar, vitt tak, vitt ljus. I annonsen hade den kallats ljus och modern. För Freya kändes den som väntrum. Färglös. En plats man passerade, inte bodde i.

En rad oöppnade kartonger stod längs hallväggen. Etiketterna, skrivna med hennes egen hand, hade redan börjat blekna: böcker, vinterkläder, toalettartiklar, extra. En var märkt bara ”L”. Den rörde hon inte.

Sovrummet hade inga gardiner. Ljuset rann in genom glaset, lade sig grått över sängen. Täcket låg fortfarande i plast, kastat ovanpå en naken ram. Hon hade inte tagit bort det. Hon sov ovanpå, ibland i jackan, men oftast inte alls.

Balkongen såg ut över några tallar längst bak mot en park. Tunna stammar. Pråliga. Satte dit för symmetri, en stad som försökte imitera natur. Träd som var tänkta att uppföra sig.

Hon stod vid fönstret, andetaget lämnade bleka märken i glaset. Hon hade inte öppnat balkongdörren.

Att kliva ut kändes inte nödvändigt.

Bakom henne surrade dörren. En gång. Sedan igen. Hon vände sig till slut. Suckade, gick barfota till hallen. En sjuksköterska steg in. Sent i tjugoårsåldern. Blond. Praktisk. Doft av tvål och vinterkräm.

– Hej, Freya. Jag ska bara kolla förbanden.

Freya nickade, ledde henne till vardagsrummet. Öppen planlösning, kök som gled in i en bar, fyrkantig yta. Bänkarna rena men tomma, förutom en vattenkokare och en obruten rulle soppåsar. Skåpen matta i vitt, ljuset studsade utan att speglas. Kylskåpet brummade under en ventil som aldrig målats.

Mitt i rummet stod en ensam soffa. Ingen filt, inga kuddar. Den vänd mot en vägg där en TV kanske skulle stå, en dag. Sköterskan tog av sig skorna vid tröskeln och följde med.

Freya satte sig, höll ut händerna. De började darra nästan direkt. Förbanden var lösa idag, kanterna mörknade. Sköterskan rullade upp dem varsamt. Lager för lager. Huden under var röd och veckad, ärren ojämna från tumme till handled. Bleka fält av ärrvävnad längs fingrarnas bas. En skorpa av gult var fäst vid det innersta lagret, brun i kanterna.

– Fortfarande känsligt?

Freya nickade långsamt.

Sköterskan öppnade en liten burk kräm, doppade fingrarna, arbetade in salvan över ärren. Rytmen stadig.

– Du läker bra, sa hon lugnt.

– De kommer snart vilja dra ner på besöken.

Freya svarade inte. Blicken gled förbi, ut mot balkongens glas. En svag ljusfläck kröp över rutan. Hon visste inte om det var dimma eller staden speglad i glaset.

Sköterskan packade ihop, skrev en notering i telefonen, stannade i dörren.

– Numret står på kylen om du behöver det igen. Du kan ringa när som helst. Det hjälper att prata.

Freya nickade en sista gång. Sköterskan log svagt, drog på sig skorna, försvann utan fler ord. Dörren slog mjukt igen.

Lägenheten var tyst igen.

Hon stod barfota i dörröppningen, handen lätt mot karmen. Golvet under fötterna var fuktigt av kondens där glasets kyla mött rummets värme.

Utanför hade den skandinaviska sommaren äntligen givit upp. Efter veckor av ljus som vägrat slockna hade himlen börjat mörkna. Hennes blick gled mot köket.

En liten lapp satt fäst på kylen med en röd magnet. *"AKUTNUMMER"*, skrivet i blockbokstäver, under en tioställig siffra. Bläcket redan utsmetat.

Bredvid kylen, vid bänkens kant, låg Johans läderbok. Freya gick fram, lyfte den försiktigt.

Hon öppnade inte från början. Hon gick längst bak. Till de sista sidorna innan de tomma tog vid. Anteckningar från lägret fyllde ytan. Nyktra noteringar. Tankar och känslor. Om henne, om Lena, om sig själv.

Hon bläddrade bakåt några sidor. Till dagarna innan de rest. Skriften rakare. Långsammare. En titel, understruken två gånger, som om han en gång tänkt skriva rent.

En dikt.

Jag håller händerna stilla.

Tvål i stället för whisky.

Det känns märkligt,

att vara stolt över ingenting mer

än rena fingrar.

I morgon, tältet, träden.

Hennes skratt, kanske.

En eld som sprakar upp som ett löfte.

Jag undrar om hon kommer kalla mig pappa

utan att rygga.

Hennes mamma ler nu.

Inte som förr.

Inte som om vi aldrig förstörde allt.

Men tillräckligt.

Jag drömmer om brända marshmallows,

hennes kladdiga fingrar tryckta mot mina.

Ljudet av grodor i skymningen.

Hur vanlig frälsning kan vara.

Lyckan kommer,

jag känner det.

Men kanske kan vi låta den sitta där,

en stock till på elden.

Älskling.

Älskling.

Älskling.

Jag övade på att säga det

så att det inte lät lånat.

Det tillhör dig.

Som jag önskar att jag fortfarande gjorde.

Freya lät fingrarna följa raden. Tummen stannade vid den sista. En sekund övervägde hon att läsa högt, bara för att höra hans ord i luften igen. Hon stängde boken, höll den löst i båda händerna. Lade sedan ner den och gick ut på balkongen.

Ovanför hade mörkret kommit fullt. Inte sommarens mjuka blå. Inte det bärnstensdränkta skenet från sena kvällar. Det här var svart. Klart, absolut. Ett mörker som slukade tak. Dolde träd. Raderade konturerna av världen.

Inga stjärnor. Ingen norrsken. Bara stadens matta, orangea glöd som pressade uppåt, färgade himlen roströd.

Hon släppte ifrån sig en svag suck.

Världen hade ännu en gång sjunkit ner i mörker.

295

Tackord

Ett stort tack till Shana Roark för att ha skrivit Johans dikt. Upptäck hennes Instagram och TikTok för specialskrivna dikter! @supergirlreject

Stort tack också till min mormor, som läste hela första utkastet och gav sitt fulla omdöme: *"Jo, den är bra."*

Och sist men inte minst – tack till dig som läst! Vill du följa fler böcker och uppdateringar: Instagram: @danieldlsmith

Den här berättelsen bygger på farorna med så kallade **föräldralösa källor**: övergivna radioaktiva material som hamnat utanför kontroll. Sådana händelser är extremt sällsynta.

Modern kärnkraft, däremot, är en av de säkraste och renaste energiformer vi har. Den upprätthålls genom sträng vetenskaplig granskning och genomtänkt säkerhetsdesign.

Vill du läsa mer om kärnenergi, besök:

- World Nuclear Association — www.world-nuclear.org

- International Atomic Energy Agency — www.iaea.org

DDL Smith

Frasöversättningsguide

Hej, tack för att du läste! Eftersom du uppenbarligen kan läsa
svenska vet jag inte riktigt varför du är här. I den engelska
upplagan förklarar det här avsnittet ord som var på svenska.
Men eftersom du just har läst den här boken på svenska... tror
jag inte att du behöver det. Jag vet inte ens varför det här är med
i boken. Du är antagligen här för att du:

a) har läst klart boken och bara fortsatte (grattis, men du kan
    sluta nu. Hitta en ny bok – jag har hört att *Detective
    Dion* är fenomenal)

b) blev förvirrad av ett ord (jag förstår inte hur)

c) blev förvirrad över varför det finns en uttalsguide i en
    svensk översatt bok som utspelar sig i Sverige

d) blev uttråkad och bläddrade till slutet för att se om någon
    dör (inga spoilers – läs boken eller lyssna på ljudboken)

Så istället får du en liten guide till hur jag själv upptäckte de delar som i den engelska versionen är på svenska.

Bokstäver:

Ä - Den här var enkel. Uttalas som *"ai"* i **hair** eller **air**.

Å - Den här förvirrade mig. Jag uttalade det som "OA"... men det lät ungefär som "aw", och till slut blev det rätt.

Ö - Det finns inget riktigt motsvarande ljud på engelska, så jag antog att det var som tyskans "ö" – som jag *också* alltid uttalat fel (typ som "oo" i *look*). Jag blev till slut pinsamt korrigerad av en belgare efter många obekväma svenska leenden. Mina ursäkter till alla svenskar som hörde mig uttala **ö** som *"oo"* i *look* och undrade varför jag sa att jag varit i **Oyster Sand** istället för *kräks*-tersund.

Ord britter stötte på – och som jag älskade så mycket att jag lade in dem:

Älskling – Ett så gulligt ord.

Toppen – Hörde det i både Östersund och Stockholm – var tvungen att använda det.

Lagom – Lade mest till det för att förvirra engelsktalande ännu mer.

Hugaligen! – *Oj då! Herregud!* (Yngre svenskar kanske inte känner till det.)

Dra åt skogen – Jag använder det dagligen nu. Och fram till den här bokens publicering visste inte ens min mamma vad det betydde.

Ingen ko på isen – Att föreställa sig en ko på isen är underbart. *Moö!*

Brittiska uttryck för svenskar!

Även om de inte används i boken är här några uttryck du kan slänga ur dig om du reser till London! Användning av dessa kan leda till förvirring, beundran, eller spontan köbildning.

Fancy a cuppa? = *Vill du ha en kopp te?* (Bokstavligt: "Tycker du om en kopp te?")

He's a right muppet. = *Han är en riktig mupp.* (Bokstavligt: "Han är en riktig Mupp.")

That's proper dodgy. = *Det där verkar skumt.* (Bokstavligt: "Det där är riktigt skumt.")

That went pear-shaped. = *Det gick åt skogen.* (Bokstavligt: "Det gick i päronform.")

Not being funny, but... = *Jag menar inget illa, men...* (Bokstavligt: Jag ska precis säga något otrevligt.)

Yeah, I'm fine mate. = *Jag mår bra, kompis.* (Bokstavligt: Jag mår bra. Jag mår skit. Jag vill inte prata om det. Min hund har dött. Fråga inte.

Om författaren

DDL Smith är en romanförfattare baserad i London. Med en bakgrund inom manusförfattande och kortfilmer har han sedan tonåren odlat en kärlek till dialog som skär skarpt.

Hans verk rör sig i skuggorna där mysterier, teknik och folktro möts. Serien om Detektiv Dion vrider klassisk noir genom det moderna samhällets lins, medan hans kommande skräckroman *Förfall* tar sig djupt in i de mytomspunna svenska skogarna.

Mer information om kommande böcker och utgivningar finns på: www.ddlsmith.com

Fler böcker av DDL Smith

Upptäck **Detective Dion-serien** på engelska! Böckerna finns tillgängliga via <u>Amazon.se</u>

Detective Dion: The Silent Blade

I en stad där överflöd döljer svek kallas detektiven Dion Knight till en mordplats i den högsta societeten. Lydia Harper, en glamorös societetsperson, ligger död i sin takvåning, omgiven av ett pussel av krossat glas och en blodlös kniv. När Dion och hans ambitiösa partner, Officer Stevens, gräver i Lydias liv, avslöjar de ett nät av lögner med frånvarande makar, hemliga älskare och hänsynslösa affärsrivaler. Varje vändning fördjupar mysteriet och tvingar Dion att nysta i lögnerna och avslöja mördaren innan han slår till igen.

Detective Dion: Tech Titans

När den plötsliga döden av en framstående tech-VD skakar staden får den erfarne detektiven Dion Knight samarbeta med Theodore Stevens. Vad som börjar som en högprofilerad utredning utvecklas snart till något mycket mer olycksbådande: ett intrikat nät av sabotage och mord, gömt under den teknologiska elitens